NOUVELLE BIBLIOTHÈQUE

THÉÂTRE
DE
JEAN RACINE

PUBLIÉ PAR D. JOUAUST

PRÉCÉDÉ D'UNE
NOTICE

TOME TROISIÈME

PARIS
LIBRAIRIE DES BIBLIOPHILES
Rue Saint-Honoré, 338
M DCCC LXXX

THÉATRE

DE

JEAN RACINE

THÉATRE
DE
JEAN RACINE

PUBLIÉ PAR D. JOUAUST

EN TROIS VOLUMES

ET PRÉCÉDÉ D'UNE

PRÉFACE PAR V. FOURNEL

TOME TROISIÈME

PARIS

LIBRAIRIE DES BIBLIOPHILES

Rue Saint-Honoré, 338

M DCCC LXXX

IPHIGENIE

TRAGEDIE

PREFACE

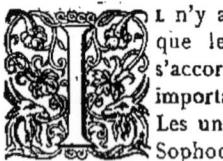

Il n'y a rien de plus celebre dans les poëtes que le sacrifice d'Iphigenie. Mais ils ne s'accordent pas tous ensemble sur les plus importantes particularitez de ce sacrifice. Les uns, comme Eschyle dans *Agamemnon*, Sophocle dans *Electra*, et aprés eux Lucrece, Horace et beaucoup d'autres, veulent qu'on ait en effet répandu le sang d'Iphigenie, fille d'Agamemnon, et qu'elle soit morte en Aulide. Il ne faut que lire Lucrece au commencement de son premier livre :

> *Aulide quo pacto Triviaï virginis aram*
> *Iphianassaï turparunt sanguine fœde*
> *Ductores Danaum, etc.*

Et Clytemnestre dit, dans Eschyle, qu'Agamemnon, son mari, qui vient d'expirer, rencontrera dans les enfers Iphigenie, sa fille, qu'il a autrefois immolée.

D'autres ont feint que Diane, aïant eu pitié de cette jeune princesse, l'avoit enlevée et portée dans la Tauride au moment qu'on l'alloit sacrifier, et que la déesse avoit fait trouver en sa place ou une biche, ou une autre victime de cette nature. Euripide a suivi cette fable, et Ovide l'a mise au nombre des Metamorphoses.

Il y a une troisiéme opinion, qui n'est pas moins ancienne que les deux autres, sur Iphigenie. Plusieurs auteurs, et entr'autres Stesichorus, l'un des plus fameux et des plus anciens poëtes lyriques, ont écrit qu'il estoit bien vray qu'une princesse de ce nom avoit esté sacrifiée, mais que cette Iphigenie estoit une fille qu'Helene avoit eue de Thesée.

Helene, disent ces auteurs, ne l'avoit osé avoüer pour sa fille, parce qu'elle n'osoit declarer à Menelas qu'elle eust esté mariée en secret avec Thesée. Pausanias [1] rapporte et le témoignage et les noms des poëtes qui ont esté de ce sentiment. Et il ajoûte que c'estoit la creance commune de tout le païs d'Argos.

Homere enfin, le pere des poëtes, a si peu prétendu qu'Iphigenie, fille d'Agamemnon, eust esté ou sacrifiée en Aulide, ou transportée dans la Scythie, que dans le neuviéme livre de l'*Iliade,* c'est-à-dire prés de dix ans depuis l'arrivée des Grecs devant Troye, Agamemnon fait offrir en mariage à Achille sa fille Iphigenie, qu'il a, dit-il, laissée à Mycene, dans sa maison.

J'ay rapporté tous ces avis si differens, et sur tout le passage de Pausanias, parce que c'est à cet auteur que je dois l'heureux personnage d'Eriphile, sans lequel je n'aurois jamais osé entreprendre cette tragedie. Quelle apparence que j'eusse souillé la scene par le meurtre horrible d'une personne aussi vertueuse et aussi aimable qu'il falloit representer Iphigenie? Et quelle apparence encore de dénoüer ma tragédie par le secours d'une déesse et d'une machine, et par une metamorphose qui pouvoit bien trouver quelque créance du temps d'Euripide, mais qui seroit trop absurde et trop incroïable parmi nous?

Je puis dire donc que j'ay esté tres-heureux de trouver dans les anciens cette autre Iphigenie, que j'ay pû representer telle qu'il m'a plû, et qui, tombant dans le malheur où cette amante jalouse vouloit précipiter sa rivale, merite en quelque façon d'estre punie, sans estre pourtant tout-à-fait indigne de compassion. Ainsi le dénoüement de la piece est tiré du fond même de la piece ; et il ne faut que l'avoir veû representer pour comprendre quel plaisir j'ay fait au spectateur, et en sauvant à la fin une princesse vertueuse pour qui il s'est si fort interessé dans le cours de la tragédie, et en la sauvant par une autre voie que par un miracle, qu'il n'auroit pû souffrir parce qu'il ne le sçauroit jamais croire.

---

1. €orinth., p. 125.

Le voïage d'Achille à Lesbos, dont ce heros se rend maistre, et d'où il enleve Eriphile avant que de venir en Aulide, n'est pas non plus sans fondement. Euphorion de Chalcide, poëte tres-connu parmi les anciens, et dont Virgile[1] et Quintilien[2] font une mention honorable, parloit de ce voyage de Lesbos. Il disoit dans un de ses poëmes, au rapport de Parthenius, qu'Achille avoit fait la conqueste de cette isle avant que de joindre l'armée des Grecs, et qu'il y avoit mesme trouvé une princesse qui s'estoit éprise d'amour pour luy.

Voilà les principales choses en quoy je me suis un peu éloigné de l'œconomie et de la fable d'Euripide. Pour ce qui regarde les passions, je me suis attaché à le suivre plus exactement. J'avouë que je luy doi un bon nombre des endroits qui ont esté les plus approuvez dans ma tragédie; et je l'avoüe d'autant plus volontiers que ces approbations m'ont confirmé dans l'estime et dans la veneration que j'ay toûjours eu pour les ouvrages qui nous restent de l'antiquité. J'ay reconnu avec plaisir, par l'effet qu'a produit sur nostre theatre tout ce que j'ay imité ou d'Homere ou d'Euripide, que le bon sens et la raison estoient les mesmes dans tous les siecles. Le goust de Paris s'est trouvé conforme à celuy d'Athenes. Mes spectateurs ont esté émus des mesmes choses qui ont mis autrefois en larmes le plus sçavant peuple de la Grece; et qui ont fait dire qu'entre les poëtes Euripide estoit extrêmement tragique, τραγικώτατος, c'est-à-dire qu'il sçavoit merveilleusement exciter la compassion et la terreur, qui sont les veritables effets de la tragédie.

Je m'estonne, aprés cela, que des modernes aïent témoigné depuis peu tant de dégoust pour ce grand poëte, dans le jugement qu'ils ont fait de son *Alceste*. Il ne s'agit point icy de l'*Alceste*. Mais en verité j'ay trop d'obligation à Euripide pour ne pas prendre quelque soin de sa memoire, et pour laisser échapper l'occasion de le reconcilier avec ces Messieurs. Je m'assure qu'il n'est si mal dans leur esprit que parce qu'ils n'ont pas bien leû l'ouvrage sur lequel ils l'ont condamné. J'ay choisi la plus importante de leurs

---

1. *Eclog.*, 10. — 2. *Instit.*, I. 10.

objections, pour leur montrer que j'ay raison de parler ainsi. Je dy la plus importante de leurs objections, car ils la repetent à chaque page, et ils ne soupçonnent pas seulement que l'on y puisse repliquer.

Il y a dans l'*Alceste* d'Euripide une scene merveilleuse, où Alceste, qui se meurt et qui ne peut plus se soûtenir, dit à son mary les derniers adieux. Admete, tout en larmes, la prie de reprendre ses forces et de ne se point abandonner elle-mesme. Alceste, qui a l'image de la mort devant les yeux, luy parle ainsi :

> *Je voy déja la rame et la barque fatale ;*
> *J'entens le vieux nocher sur la rive infernale.*
> *Impatient, il crie :* « *On t'attend icy bas ;*
> *Tout est prest, descens, vien, ne me retarde pas.*

J'aurois souhaité de pouvoir exprimer dans ces vers les graces qu'ils ont dans l'original. Mais au moins en voilà le sens. Voicy comme ces Messieurs les ont entendus. Il leur est tombé entre les mains une malheureuse édition d'Euripide où l'imprimeur a oublié de mettre dans le latin, à costé de ces vers, un *Al.* qui signifie que c'est Alceste qui parle, et à costé des vers suivans, un *Ad.* qui signifie que c'est Admete qui répond. Là dessus il leur est venu dans l'esprit la plus étrange pensée du monde : ils ont mis dans la bouche d'Admete les paroles qu'Alceste dit à Admete et celles qu'elle se fait dire par Charon. Ainsi ils supposent qu'Admete (quoiqu'il soit en parfaite santé) « pense voir déja Charon qui le vient prendre. « Et au lieu que, dans ce passage d'Euripide, Charon impatient presse Alceste de le venir trouver, selon ces Messieurs, c'est Admete effrayé qui est l'impatient, et qui presse Alceste d'expirer de peur que Charon ne le prenne. « Il l'exhorte, ce sont leurs termes, à avoir courage, à ne pas faire une lascheté et à mourir de bonne grace ; il interrompt les adieux d'Alceste pour luy dire de se dépescher de mourir. » Peu s'en faut, à les entendre, qu'il ne la fasse mourir luy-même. Ce sentiment leur a paru *fort vilain*, et ils ont raison : il n'y a personne qui n'en fust tres-scandalisé. Mais comment l'ont-ils pû attribuer à Euripide ? En verité, quand toutes les autres éditions, où cet *Al.* n'a point esté oublié, ne donneroient pas un démenti au malheureux imprimeur qui les a trompez, la suite de ces quatre vers et tous les discours qu'Admete tient dans la même scene estoient plus que suffisans pour les empescher de tomber dans une erreur si déraisonnable. Car Admete, bien éloigné de presser Alceste de mourir, s'écrie que « toutes les morts ensemble lui seroient moins cruelles que de la voir en l'estat où il la voit. Il la conjure de l'entraîner avec elle ; il ne peut plus vivre si elle meurt ; il vit en elle, il ne respire que pour elle. »

Ils ne sont pas plus heureux dans les autres objections. Ils disent, par exemple, qu'Euripide a fait deux *époux surannez* d'Admete et d'Alceste, que l'un est un *vieux mary*, et l'autre une *princesse déja sur l'âge*. Euripide a pris soin de leur répondre en un seul vers, où il fait dire par le chœur qu'Alceste, « toute jeune et dans la premiere fleur de son âge, expire pour son jeune époux ».

Ils reprochent encore à Alceste qu'elle a deux grands enfans à marier. Comment n'ont-ils point leû le contraire en cent endroits, et sur tout dans ce beau recit où l'on dépeint Alceste « mourante au milieu de ses deux petits enfans qui la tirent en pleurant par la robbe, et qu'elle prend sur ses bras l'un aprés l'autre pour les baiser » ?

Tout le reste de leurs critiques est à peu prés de la force de celle-cy. Mais je croy qu'en voilà assez pour la défense de mon auteur. Je conseille à ces Messieurs de ne plus decider si legerement sur les ouvrages des anciens. Un homme tel qu'Euripide meritoit au moins qu'ils l'examinassent, puisqu'ils avoient envie de le condamner ; ils devoient se souvenir de ces sages paroles de Quintilien : « Il faut estre extrèmement circonspect et tres-retenu à prononcer sur les ouvrages de ces grands hommes, de peur qu'il ne nous arrive, comme à plusieurs, de condamner ce que nous n'entendons pas. Et, s'il faut tomber dans quelque excés, encore vaut-il mieux pecher en admirant tout dans leurs écrits qu'en y blâmant beaucoup de choses. *Modeste tamen et circumspecto judicio de tantis viris pronuntiandum est, ne [quod plerisque accidit] damnent quæ non intelligunt. Ac, si necesse est in alteram errare partem, omnia eorum legentibus placere quam multa displicere maluerim.* »

IPHIGENIE

ACTEURS

AGAMEMNON.
ACHILLE.
ULYSSE.
CLYTEMNESTRE, femme d'Agamemnon.
IPHIGENIE, fille d'Agamemnon.
ERIPHILE, fille d'Helene et de Thesée.
ARCAS, \
EURYBATE, / domestiques d'Agamemnon.
ÆGINE, femme de la suite de Clytemnestre.
DORIS, confidente d'Eriphile.
TROUPE DE GARDES.

La scene est en Aulide, dans la tente d'Agamemnon.

IPHIGENIE
TRAGEDIE

ACTE PREMIER

SCENE PREMIERE.

AGAMEMNON, ARCAS.

AGAMEMNON.
Oüy, c'est Agamemnon, c'est ton roy qui t'éveille.
Vien, reconnoi la voix qui frappe ton oreille.
ARCAS.
C'est vous-mesme, Seigneur! Quel important besoin
Vous a fait devancer l'aurore de si loin?
A peine un foible jour vous éclaire et me guide,
Vos yeux seuls et les miens sont ouverts dans l'Aulide.
Avez-vous dans les airs entendu quelque bruit?

Les vents nous auroient-ils exaucez cette nuit?
Mais tout dort, et l'armée, et les vents, et Neptune.
AGAMEMNON.
Heureux qui, satisfait de son humble fortune,
Libre du joug superbe où je suis attaché,
Vit dans l'estat obscur où les dieux l'ont caché !
ARCAS.
Et depuis quand, Seigneur, tenez-vous ce langage?
Comblé de tant d'honneurs, par quel secret outrage
Les dieux, à vos desirs toûjours si complaisans,
Vous font-ils méconnoistre et haïr leurs presens?
Roy, pere, espoux heureux, fils du puissant Atrée,
Vous possedez des Grecs la plus riche contrée.
Du sang de Jupiter issu de tous costez,
L'hymen vous lie encore aux dieux dont vous sortez.
Le jeune Achille enfin, vanté par tant d'oracles,
Achille, à qui le Ciel promet tant de miracles,
Recherche vostre fille, et d'un hymen si beau
Veut dans Troye embrasée allumer le flambeau.
Quelle gloire, Seigneur, quels triomphes égalent
Le spectacle pompeux que ces bords vous étalent,
Tous ces mille vaisseaux qui, chargez de vingt rois,
N'attendent que les vents pour partir sous vos lois?
Ce long calme, il est vray, retarde vos conquestes;
Ces vents, depuis trois mois enchaînez sur nos testes,
D'Ilion trop long-temps vous ferment le chemin.
Mais, parmy tant d'honneurs, vous estes homme enfin ;
Tandis que vous vivrez, le Sort, qui toûjours change,
Ne vous a point promis un bonheur sans meslange.
Bien-tost... Mais quels malheurs, dans ce billet tracez,
Vous arrachent, Seigneur, les pleurs que vous versez?
Vostre Oreste au berceau va-t-il finir sa vie?

ACTE I, SCENE I

Pleurez vous Clytemnestre, ou bien Iphigenie?
Qu'est-ce qu'on vous écrit? Daignez m'en avertir.

AGAMEMNON.

Non, tu ne mourras point ; je n'y puis consentir.

ARCAS.

Seigneur...

AGAMEMNON.

Tu vois mon trouble ; appren ce qui le cause,
Et juge s'il est temps, amy, que je repose.
Tu te souviens du jour qu'en Aulide assemblez,
Nos vaisseaux par les vents sembloient estre appellez.
Nous partions ; et déja, par mille cris de joye,
Nous menacions de loin les rivages de Troye.
Un prodige estonnant fit taire ce transport :
Le vent, qui nous flattoit, nous laissa dans le port.
Il fallut s'arrester, et là rame inutile
Fatigua vainement une mer immobile.
Ce miracle inouï me fit tourner les yeux
Vers la divinité qu'on adore en ces lieux.
Suivi de Menelas, de Nestor et d'Ulysse,
J'offris sur ses autels un secret sacrifice.
Quelle fut sa réponse ! et quel devins-je, Arcas,
Quand j'entendis ces mots prononcés par Calchas :
Vous armez contre Troye une puissance vaine,
Si, dans un sacrifice auguste et solemnel,
Une fille du sang d'Helene
De Diane en ces lieux n'ensanglante l'autel.
Pour obtenir les vents que le Ciel vous denie,
Sacrifiez Iphigenie !

ARCAS.

Vostre fille !

AGAMEMNON.
     Surpris, comme tu peux penser,
Je sentis dans mon corps tout mon sang se glacer.
Je demeuray sans voix, et n'en repris l'usage
Que par mille sanglots qui se firent passage.
Je condamnay les dieux, et, sans plus rien ouïr,
Fis vœu sur leurs autels de leur desobeïr.
Que n'en croyois-je alors ma tendresse allarmée !
Je voulois sur le champ congedier l'armée.
Ulysse, en apparence approuvant mes discours,
De ce premier torrent laissa passer le cours.
Mais bien-tost, rappellant sa cruelle industrie,
Il me representa l'honneur et la patrie,
Tout ce peuple, ces rois, à mes ordres soûmis,
Et l'empire d'Asie à la Grece promis :
De quel front, immolant tout l'Estat à ma fille,
Roy sans gloire, j'irois vieillir dans ma famille.
Moy-mesme (je l'avouë avec quelque pudeur),
Charmé de mon pouvoir et plein de ma grandeur,
Ces noms de roy des rois et de chef de la Grece
Chatouilloient de mon cœur l'orgueilleuse foiblesse.
Pour comble de malheur, les dieux, toutes les nuits,
Dés qu'un léger sommeil suspendoit mes ennuis,
Vengeant de leurs autels le sanglant privilege,
Me venoient reprocher ma pitié sacrilege,
Et, presentant la foudre à mon esprit confus,
Le bras déja levé, menassoient mes refus.
Je me rendis, Arcas ; et, vaincu par Ulysse,
De ma fille en pleurant j'ordonnay le supplice.
Mais des bras d'une mere il falloit l'arracher.
Quel funeste artifice il me falut chercher !
D'Achille, qui l'aimoit, j'empruntay le langage :

J'écrivis en Argos, pour haster ce voyage,
Que ce guerrier, pressé de partir avec nous,
Vouloit revoir ma fille, et partir son époux.

ARCAS.

Et ne craignez-vous point l'impatient Achille?
Avez-vous prétendu que, muet et tranquille,
Ce heros, qu'armera l'amour et la raison,
Vous laisse pour ce meurtre abuser de son nom?
Verra-t-il à ses yeux son amante immolée?

AGAMEMNON.

Achille estoit absent ; et son pere Pelée,
D'un voisin ennemi redoutant les efforts,
L'avoit, tu t'en souviens, rappellé de ces bords;
Et cette guerre, Arcas, selon toute apparence,
Auroit dû plus long-temps prolonger son absence.
Mais qui peut dans sa course arrester ce torrent?
Achille va combattre et triomphe en courant;
Et ce vainqueur, suivant de prés sa renommée,
Hier avec la nuit arriva dans l'armée.

Mais des nœuds plus puissans me retiennent le bras :
Ma fille, qui s'approche et court à son trépas;
Qui, loin de soupçonner un arrest si severe,
Peut-estre s'applaudit des bontez de son pere;
Ma fille... Ce nom seul, dont les droits sont si saints,
Sa jeunesse, mon sang, n'est pas ce que je plains.
Je plains mille vertus, une amour mutuelle,
Sa pieté pour moy, ma tendresse pour elle,
Un respect qu'en son cœur rien ne peut balancer,
Et que j'avois promis de mieux recompenser.
Non, je ne croiray point, ô Ciel ! que ta justice
Approuve la fureur de ce noir sacrifice.
Tes oracles sans doute ont voulu m'éprouver,

Et tu me punirois si j'osois l'achever.
    Arcas, je t'ay choisi pour cette confidence :
Il faut montrer icy ton zele et ta prudence.
La reine, qui dans Sparte avoit connu ta foy,
T'a placé dans le rang que tu tiens prés de moy.
Prens cette lettre, cours au devant de la reine,
Et sui sans t'arrester le chemin de Mycene.
Dés que tu la verras, défens-luy d'avancer,
Et rens-luy ce billet que je viens de tracer.
Mais ne t'écarte point, prens un fidelle guide.
Si ma fille une fois met le pied dans l'Aulide,
Elle est morte : Calchas, qui l'attend en ces lieux,
Fera taire nos pleurs, fera parler les dieux ;
Et la religion, contre nous irritée,
Par les timides Grecs sera seule écoutée.
Ceux mesme dont ma gloire aigrit l'ambition
Réveilleront leur brigue et leur prétention,
M'arracheront peut-estre un pouvoir qui les blesse...
Va, dis-je, sauve-la de ma propre foiblesse.
Mais sur tout ne va point, par un zele indiscret,
Découvrir à ses yeux mon funeste secret.
Que, s'il se peut, ma fille, à jamais abusée,
Ignore à quel peril je l'avois exposée.
D'une mere en fureur épargne-moy les cris,
Et que ta voix s'accorde avec ce que j'écris.
Pour renvoyer la fille et la mere offensée,
Je leur écris qu'Achille a changé de pensée,
Et qu'il veut desormais jusques à son retour
Differer cet hymen que pressoit son amour.
Ajoûte, tu le peux, que des froideurs d'Achille
On accuse en secret cette jeune Eriphile
Que luy-mesme captive amena de Lesbos,

Et qu'auprés de ma fille on garde dans Argos.
C'est leur en dire assez : le reste, il le faut taire.
Déja le jour plus grand nous frappe et nous éclaire;
Déja mesme l'on entre, et j'entens quelque bruit.
C'est Achille. Va, pars. Dieux! Ulysse le suit!

SCENE II.

AGAMEMNON, ACHILLE, ULYSSE.

AGAMEMNON.

Quoy! Seigneur, se peut-il que d'un cours si rapide
La victoire vous ait ramené dans l'Aulide?
D'un courage naissant sont-ce là les essais?
Quels triomphes suivront de si nobles succés!
La Thessalie entiere ou vaincuë ou calmée,
Lesbos même conquise en attendant l'armée,
De toute autre valeur éternels monumens,
Ne sont d'Achille oisif que les amusemens.

ACHILLE.

Seigneur, honorez moins une foible conqueste;
Et que puisse bien-tost le Ciel, qui nous arreste,
Ouvrir un champ plus noble à ce cœur excité
Par le prix glorieux dont vous l'avez flatté!
Mais cependant, Seigneur, que faut-il que je croye
D'un bruit qui me surprend et me comble de joye?
Daignez-vous avancer le succés de mes vœux?
Et bien-tost des mortels suis-je le plus heureux?
On dit qu'Iphigenie, en ces lieux amenée,
Doit bien-tost à son sort unir ma destinée.

AGAMEMNON.

Ma fille! Qui vous dit qu'on la doit amener?

Racine. III.

ACHILLE.

Seigneur, qu'a donc ce bruit qui vous doive estonner?

AGAMEMNON, *à Ulysse.*

Juste Ciel! sçauroit-il mon funeste artifice?

ULYSSE.

Seigneur, Agamemnon s'estonne avec justice.
Songez-vous aux malheurs qui nous menassent tous?
O Ciel! pour un hymen quel temps choisissez-vous?
Tandis qu'à nos vaisseaux la mer toûjours fermée
Trouble toute la Grece et consume l'armée;
Tandis que, pour fléchir l'inclemence des dieux,
Il faut du sang peut-estre, et du plus precieux,
Achille seul, Achille à son amour s'applique?
Voudroit-il insulter à la crainte publique,
Et que le chef des Grecs, irritant les Destins,
Preparast d'un hymen la pompe et les festins?
Ah! Seigneur! est-ce ainsi que vostre ame attendrie
Plaint le malheur des Grecs et cherit la patrie?

ACHILLE.

Dans les champs phrygiens les effets feront foy
Qui la cherit le plus ou d'Ulysse ou de moy.
Jusques-là je vous laisse étaler vostre zele.
Vous pouvez à loisir faire des vœux pour elle.
Remplissez les autels d'offrandes et de sang.
Des victimes vous-même interrogez le flanc;
Du silence des vents demandez-leur la cause.
Mais moy, qui de ce soin sur Calchas me repose,
Souffrez, Seigneur, souffrez que je coure haster
Un hymen dont les dieux ne sçauroient s'irriter.
Transporté d'une ardeur qui ne peut estre oisive,
Je rejoindray bien-tost les Grecs sur cette rive.

ACTE I, SCENE II

J'aurois trop de regret si quelque autre guerrier
Au rivage troyen descendoit le premier.
AGAMEMNON.
O Ciel! pourquoy faut-il que ta secrette envie
Ferme à de tels heros le chemin de l'Asie?
N'auray-je veû briller cette noble chaleur
Que pour m'en retourner avec plus de douleur?
ULYSSE.
Dieux! qu'est-ce que j'entens?
ACHILLE.
     Seigneur, qu'osez-vous dire?
AGAMEMNON.
Qu'il faut, Princes, qu'il faut que chacun se retire;
Que, d'un credule espoir trop long-temps abusez,
Nous attendons les vents, qui nous sont refusez.
Le Ciel protege Troye, et par trop de presages
Son courroux nous défend d'en chercher les passages.
ACHILLE.
Quels presages affreux nous marquent son courroux?
AGAMEMNON.
Vous-même consultez ce qu'il prédit de vous.
Que sert de se flatter? On sçait qu'à vostre teste
Les dieux ont d'Ilion attaché la conqueste;
Mais on sçait que, pour prix d'un triomphe si beau,
Ils ont aux champs troyens marqué vostre tombeau;
Que vostre vie, ailleurs et longue et fortunée,
Devant Troye en sa fleur doit estre moissonnée.
ACHILLE.
Ainsi, pour vous venger, tant de rois assemblez
D'un opprobre eternel retourneront comblez;
Et Pâris, couronnant son insolente flâme,
Retiendra sans peril la sœur de vostre femme!

Agamemnon.

Hé quoy! vostre valeur, qui nous a devancez,
N'a-t-elle pas pris soin de nous venger assez?
Les malheurs de Lesbos, par vos mains ravagée,
Espouvantent encor toute la mer Egée.
Troye en a veu la flâme, et jusques dans ses ports
Les flots en ont poussé le débris et les morts.
Que dis-je? les Troyens pleurent une autre Helene,
Que vous avez captive envoyée à Mycene;
Car, je n'en doute point, cette jeune beauté
Garde en vain un secret que trahit sa fierté,
Et son silence même, accusant sa noblesse,
Nous dit qu'elle nous cache une illustre princesse.

Achille.

Non, non, tous ces détours sont trop ingenieux:
Vous lisez de trop loin dans les secrets des dieux.
Moy, je m'arresterois à de vaines menaces?
Et je fuirois l'honneur qui m'attend sur vos traces?
Les Parques à ma mere, il est vray, l'ont prédit,
Lors qu'un époux mortel fut reçû dans son lit.
Je puis choisir, dit-on, ou beaucoup d'ans sans gloire,
Ou peu de jours suivis d'une longue memoire.
Mais, puisqu'il faut enfin que j'arrive au tombeau,
Voudrois-je, de la terre inutile fardeau,
Trop avare d'un sang reçû d'une déesse,
Attendre chez mon pere une obscure vieillesse,
Et, toûjours de la gloire évitant le sentier,
Ne laisser aucun nom et mourir tout entier?
Ah! ne nous formons point ces indignes obstacles.
L'honneur parle, il suffit : ce sont là nos oracles.
Les dieux sont de nos jours les maistres souverains;
Mais, Seigneur, nostre gloire est dans nos propres mains.

Pourquoy nous tourmenter de leurs ordres suprêmes?
Ne songeons qu'à nous rendre immortels comme eux-mêmes,
Et, laissant faire au Sort, courons où la valeur
Nous promet un destin aussi grand que le leur.
C'est à Troye, et j'y cours; et, quoy qu'on me prédise,
Je ne demande aux dieux qu'un vent qui m'y conduise;
Et, quand moy seul enfin il faudroit l'assieger,
Patrocle et moy, Seigneur, nous irons vous venger.
Mais non, c'est en vos mains que le Destin la livre.
Je n'aspire en effet qu'à l'honneur de vous suivre.
Je ne vous presse plus d'approuver les transports
D'un amour qui m'alloit éloigner de ces bords :
Ce même amour, soigneux de vostre renommée,
Veut qu'icy mon exemple encourage l'armée,
Et me défend sur tout de vous abandonner
Aux timides conseils qu'on ose vous donner.

SCENE III.

AGAMEMNON, ULYSSE.

ULYSSE.
Seigneur, vous entendez. Quelque prix qu'il en coute,
Il veut voler à Troye et poursuivre sa route.
Nous craignions son amour; et luy-même aujourd'huy,
Par une heureuse erreur, nous arme contre luy.

AGAMEMNON.
Helas!

ULYSSE.
De ce soupir que faut-il que j'augure?
Du sang qui se revolte est-ce quelque murmure?

Croiray-je qu'une nuit a pû vous ébranler?
Est-ce donc vostre cœur qui vient de nous parler?
Songez-y : vous devez vostre fille à la Grece.
Vous nous l'avez promise ; et, sur cette promesse,
Calchas, par tous les Grecs consulté chaque jour,
Leur a prédit des vents l'infaillible retour.
A ses predictions si l'effet est contraire,
Pensez-vous que Calchas continuë à se taire;
Que ses plaintes, qu'en vain vous voudrez appaiser,
Laissent mentir les dieux sans vous en accuser?
Et qui sçait ce qu'aux Grecs, frustrez de leur victime,
Peut permettre un courroux qu'ils croiront legitime?
Gardez-vous de reduire un peuple furieux,
Seigneur, à prononcer entre vous et les dieux.
N'est-ce pas vous, enfin, de qui la voix pressante
Nous a tous appellez aux campagnes du Xante,
Et qui, de ville en ville, attestiez les sermens
Que d'Helene autrefois firent tous les amans,
Quand presque tous les Grecs, rivaux de vostre frere,
La demandoient en foule à Tyndare, son pere?
De quelque heureux époux que l'on dût faire choix,
Nous jurâmes dés lors de défendre ses droits;
Et, si quelque insolent luy voloit sa conqueste,
Nos mains du ravisseur luy promirent la teste.
Mais, sans vous, ce serment que l'amour a dicté,
Libres de cet amour, l'aurions-nous respecté?
Vous seul, nous arrachant à de nouvelles flâmes,
Nous avez fait laisser nos enfans et nos femmes.
Et quand, de toutes parts assemblez en ces lieux,
L'honneur de vous venger brille seul à nos yeux;
Quand la Grece, déjà vous donnant son suffrage,
Vous reconnoist l'autheur de ce fameux ouvrage;

Que ses rois, qui pouvoient vous disputer ce rang,
Sont prests, pour vous servir, de verser tout leur sang,
Le seul Agamemnon, refusant la victoire,
N'ose d'un peu de sang acheter tant de gloire,
Et, dés le premier pas se laissant effrayer,
Ne commande les Grecs que pour les renvoyer?

AGAMEMNON.

Ah! Seigneur, qu'éloigné du malheur qui m'opprime,
Vostre cœur aisément se montre magnanime!
Mais que si vous voyiez, ceint du bandeau mortel,
Vostre fils Telemaque approcher de l'autel,
Nous vous verrions, troublé de cette affreuse image,
Changer bien-tost en pleurs ce superbe langage,
Esprouver la douleur que j'esprouve aujourd'huy,
Et courir vous jetter entre Calchas et luy!
Seigneur, vous le sçavez, j'ay donné ma parole;
Et, si ma fille vient, je consens qu'on l'immole.
Mais, malgré tous mes soins, si son heureux destin
La retient dans Argos ou l'arreste en chemin,
Souffrez que, sans presser ce barbare spectacle,
En faveur de mon sang j'explique cet obstacle;
Que j'ose pour ma fille accepter le secours
De quelque dieu plus doux qui veille sur ses jours.
Vos conseils sur mon cœur n'ont eû que trop d'empire,
Et je rougis...

SCENE IV.

AGAMEMNON, ULYSSE, EURYBATE.

EURYBATE.
Seigneur...
AGAMEMNON.
Ah! que vient-on me dire?
EURYBATE.
La reine, dont ma course a devancé les pas,
Va remettre bien-tost sa fille entre vos bras.
Elle approche. Elle s'est quelque temps égarée
Dans ces bois qui du camp semblent cacher l'entrée ;
A peine nous avons, dans leur obscurité,
Retrouvé le chemin que nous avons quitté.
AGAMEMNON.
Ciel !
EURYBATE.
Elle ameine aussi cette jeune Eriphile,
Que Lesbos a livrée entre les mains d'Achille,
Et qui de son destin, qu'elle ne connoist pas,
Vient, dit-elle, en Aulide interroger Calchas.
Déja de leur abord la nouvelle est semée,
Et déja de soldats une foule charmée,
Sur tout d'Iphigenie admirant la beauté,
Pousse au Ciel mille vœux pour sa felicité.
Les uns avec respect environnoient la reine,
D'autres me demandoient le sujet qui l'ameine.
Mais tous ils confessoient que, si jamais les dieux
Ne mirent sur le trône un roi plus glorieux,
Egalement comblé de leurs faveurs secretes,
Jamais pere ne fust plus heureux que vous l'estes.

AGAMEMNON.
Eurybate, il suffit : vous pouvez nous laisser.
Le reste me regarde, et je vais y penser.

SCENE V.

AGAMEMNON, ULYSSE.

AGAMEMNON.
Juste Ciel, c'est ainsi qu'assurant ta vengeance,
Tu romps tous les ressorts de ma vaine prudence!
Encor si je pouvois, libre dans mon malheur,
Par des larmes au moins soulager ma douleur!
Triste destin des rois! Esclaves que nous sommes
Et des rigueurs du Sort et des discours des hommes,
Nous nous voyons sans cesse assiegez de témoins;
Et les plus malheureux osent pleurer le moins.
ULYSSE.
Je suis pere, Seigneur. Et, foible comme un autre,
Mon cœur se met sans peine en la place du vostre;
Et, fremissant du coup qui vous fait soupirer,
Loin de blâmer vos pleurs, je suis prest de pleurer.
Mais vostre amour n'a plus d'excuse legitime;
Les dieux ont à Calchas amené leur victime :
Il le sçait, il l'attend; et, s'il la voit tarder,
Luy-même à haute voix viendra la demander.
Nous sommes seuls encor : hâtez-vous de répandre
Des pleurs que vous arrache un interest si tendre.
Pleurez ce sang, pleurez; ou plûtost sans paslir
Considerez l'honneur qui doit en rejallir.
Voyez tout l'Hellespont blanchissant sous nos rames,

Et la perfide Troye abandonnée aux flâmes,
Ses peuples dans vos fers, Priam à vos genoux,
Helene par vos mains renduë à son espoux ;
Voyez de vos vaisseaux les pouppes couronnées
Dans cette même Aulide avec vous retournées,
Et ce triomphe heureux qui s'en va devenir
L'eternel entretien des siecles à venir.
AGAMEMNON.
Seigneur, de mes efforts je connois l'impuissance :
Je cede, et laisse aux dieux opprimer l'innocence.
La victime bien-tost marchera sur vos pas,
Allez. Mais cependant faites taire Calchas,
Et, m'aidant à cacher ce funeste mystere,
Laissez-moy de l'autel écarter une mere.

FIN DU PREMIER ACTE.

ACTE II

SCENE PREMIERE.

ERIPHILE, DORIS.

ERIPHILE.

Ne les contraignons point, Doris, retirons-nous,
Laissons-les dans les bras d'un pere et d'un espoux;
Et, tandis qu'à l'envy leur amour se déploye,
Mettons en liberté ma tristesse et leur joye.

DORIS.

Quoy, Madame! toûjours irritant vos douleurs,
Croirez-vous ne plus voir que des sujets de pleurs?
Je sçay que tout déplaist aux yeux d'une captive,
Qu'il n'est point dans les fers de plaisir qui la suive;
Mais dans le temps fatal que, repassant les flots,
Nous suivions malgré nous le vainqueur de Lesbos,
Lors que dans son vaisseau, prisonniere timide,
Vous voyiez devant vous ce vainqueur homicide,
Le diray-je? vos yeux, de larmes moins trempez,
A pleurer vos malheurs estoient moins occupez.
Maintenant tout vous rit. L'aimable Iphigenie
D'une amitié sincere avec vous est unie :
Elle vous plaint, vous voit avec des yeux de sœur,

Et vous seriez dans Troye avec moins de douceur.
Vous vouliez voir l'Aulide, où son pere l'appelle,
Et l'Aulide vous voit arriver avec elle.
Cependant, par un sort que je ne conçoy pas,
Vostre douleur redouble, et croist à chaque pas.

ERIPHILE.

Hé quoy ! te semble-t-il que la triste Eriphile
Doive estre de leur joye un témoin si tranquille ?
Crois-tu que mes chagrins doivent s'évanouïr
A l'aspect d'un bonheur dont je ne puis jouïr ?
Je vois Iphigenie entre les bras d'un pere,
Elle fait tout l'orgueil d'une superbe mere ;
Et moy, toûjours en bute à de nouveaux dangers,
Remise dés l'enfance en des bras estrangers,
Je reçûs et je voy le jour que je respire
Sans que mere ny pere ait daigné me sourire.
J'ignore qui je suis ; et, pour comble d'horreur,
Un oracle effrayant m'attache à mon erreur,
Et, quand je veux chercher le sang qui m'a fait naistre,
Me dit que sans perir je ne me puis connaistre.

DORIS.

Non, non, jusques au bout vous devez le chercher.
Un oracle toûjours se plaist à se cacher.
Toûjours avec un sens il en presente un autre :
En perdant un faux nom vous reprendrez le vostre.
C'est là tout le danger que vous pouvez courir,
Et c'est peut-estre ainsi que vous devez perir.
Songez que vostre nom fut changé dés l'enfance.

ERIPHILE.

Je n'ay de tout mon sort que cette connoissance ;
Et ton pere, du reste infortuné témoin,
Ne me permit jamais de penetrer plus loin.

Helas ! dans cette Troye où j'estois attenduë,
Ma gloire, disoit-il, m'alloit estre renduë ;
J'allois, en reprenant et mon nom et mon rang,
Des plus grands rois en moy reconnoistre le sang.
Déja je découvrois cette fameuse ville.
Le Ciel mene à Lesbos l'impitoyable Achille.
Tout cede, tout ressent ses funestes efforts.
Ton pere, enseveli dans la foule des morts,
Me laisse dans les fers à moy-même inconnuë ;
Et, de tant de grandeurs dont j'estois prevenuë,
Vile esclave des Grecs, je n'ay pû conserver
Que la fierté d'un sang que je ne puis prouver.

Doris.

Ah ! que perdant, Madame, un témoin si fidelle,
La main qui vous l'ôta vous doit sembler cruelle !
Mais Calchas est icy, Calchas si renommé,
Qui des secrets des dieux fut toûjours informé.
Le Ciel souvent luy parle. Instruit par un tel maistre,
Il sçait tout ce qui fut, et tout ce qui doit estre.
Pourroit-il de vos jours ignorer les auteurs ?
Ce camp même est pour vous tout plein de protecteurs.
Bien-tost Iphigenie, en épousant Achille,
Vous va sous son appuy presenter un azile ;
Elle vous l'a promis et juré devant moy.
Ce gage est le premier qu'elle attend de sa foy.

Eriphile.

Que dirois-tu, Doris, si, passant tout le reste,
Cet hymen de mes maux estoit le plus funeste ?

Doris.

Quoy ! Madame !

Eriphile.

Tu vois avec étonnement

Que ma douleur ne souffre aucun soulagement.
Écoute, et tu te vas estonner que je vive.
C'est peu d'estre étrangere, inconnuë et captive.
Ce destructeur fatal des tristes Lesbiens,
Cet Achille, l'auteur de tes maux et des miens,
Dont la sanglante main m'enleva prisonniere,
Qui m'arracha d'un coup ma naissance et ton pere,
De qui jusques au nom tout doit m'estre odieux,
Est de tous les mortels le plus cher à mes yeux.

DORIS.

Ah! que me dites-vous?

ERIPHILE.

Je me flattois sans cesse
Qu'un silence eternel cacheroit ma foiblesse.
Mais mon cœur trop pressé m'arrache ce discours,
Et te parle une fois pour se taire toûjours.
Ne me demande point sur quel espoir fondée
De ce fatal amour je me vis possedée.
Je n'en accuse point quelques feintes douleurs
Dont je crus voir Achille honorer mes malheurs.
Le Ciel s'est fait sans doute une joye inhumaine
A rassembler sur moy tous les traits de sa haine,
Rappelleray-je encor le souvenir affreux
Du jour qui dans les fers nous jetta toutes deux?
Dans les cruelles mains par qui je fus ravie
Je demeuray long-temps sans lumiere et sans vie.
Enfin mes tristes yeux chercherent la clarté;
Et, me voyant presser d'un bras ensanglanté,
Je fremissois, Doris, et d'un vainqueur sauvage
Craignois de rencontrer l'effroyable visage.
J'entray dans son vaisseau, detestant sa fureur
Et toûjours détournant ma veuë avec horreur.

Je le vis. Son aspect n'avoit rien de farouche.
Je sentis le reproche expirer dans ma bouche.
Je sentis contre moy mon cœur se declarer;
J'oubliay ma colere, et ne sçûs que pleurer.
Je me laissay conduire à cet aimable guide.
Je l'aimois à Lesbos, et je l'aime en Aulide.
Iphigenie en vain s'offre à me proteger,
Et me tend une main promte à me soulager:
Triste effet des fureurs dont je suis tourmentée!
Je n'accepte la main qu'elle m'a présentée
Que pour m'armer contre elle, et, sans me découvrir,
Traverser son bonheur, que je ne puis souffrir.

Doris.

Et que pourroit contre elle une impuissante haine?
Ne valoit-il pas mieux, renfermée à Mycéne,
Eviter les tourmens que vous venez chercher,
Et combattre des feux contraints de se cacher?

Eriphile.

Je le voulois, Doris. Mais, quelque triste image
Que sa gloire à mes yeux montrast sur ce rivage,
Au sort qui me traînoit il fallut consentir.
Une secrette voix m'ordonna de partir,
Me dit qu'offrant icy ma presence importune,
Peut-estre j'y pourrois porter mon infortune;
Que peut-estre, approchant ces amans trop heureux,
Quelqu'un de mes malheurs se répandroit sur eux.
Voilà ce qui m'ameine, et non l'impatience
D'apprendre à qui je dois une triste naissance.
Ou plûtost leur hymen me servira de loy.
S'il s'acheve, il suffit, tout est fini pour moy.
Je periray, Doris, et, par une mort promte,
Dans la nuit du tombeau j'enfermeray ma honte,

Sans chercher des parens si long-temps ignorez;
Et que ma folle amour a trop deshonorez.
DORIS.
Que je vous plains, Madame! et que la tyrannie...
ERIPHILE.
Tu vois Agamemnon avec Iphigenie.

SCENE II.

AGAMEMNON, IPHIGENIE, ERIPHILE, DORIS.

IPHIGENIE.
Seigneur, où courez-vous? et quels empressemens
Vous dérobent si-tost à nos embrassemens?
A qui doy-je imputer cette fuite soudaine?
Mon respect a fait place aux transports de la reine;
Un moment à mon tour ne vous puis-je arrester,
Et ma joye à vos yeux n'ose-t-elle éclater?
Ne puis-je...
AGAMEMNON.
Hé bien, ma fille, embrassez vostre pere.
Il vous aime toûjours.
IPHIGENIE.
Que cette amour m'est chere!
Quel plaisir de vous voir et de vous contempler
Dans ce nouvel éclat dont je vous voy briller!
Quels honneurs! quel pouvoir! Déja la renommée
Par d'étonnans recits m'en avoit informée;
Mais que, voyant de prés ce spectacle charmant,
Je sens croistre ma joye et mon étonnement!

Dieux! avec quel amour la Grece vous revere!
Quel bonheur de me voir la fille d'un tel pere!
AGAMEMNON.
Vous meritiez, ma fille, un pere plus heureux.
IPHIGENIE.
Quelle felicité peut manquer à vos vœux?
A de plus grands honneurs un roy peut-il pretendre?
J'ay cru n'avoir au Ciel que des graces à rendre.
AGAMEMNON.
Grands dieux! à son malheur dois-je la preparer?
IPHIGENIE.
Vous vous cachez, Seigneur, et semblez soupirer;
Tous vos regards sur moy ne tombent qu'avec peine.
Avons-nous sans vostre ordre abandonné Mycene?
AGAMEMNON.
Ma fille, je vous voy toûjours des mêmes yeux;
Mais les temps sont changez aussi-bien que les lieux.
D'un soin cruel ma joye est icy combattuë.
IPHIGENIE.
Hé! mon pere, oubliez vostre rang à ma veuë.
Je prévoy la rigueur d'un long éloignement.
N'osez-vous sans rougir estre pere un moment?
Vous n'avez devant vous qu'une jeune princesse,
A qui j'avois pour moy vanté vostre tendresse.
Cent fois, luy promettant mes soins, vostre bonté,
J'ay fait gloire à ses yeux de ma felicité :
Que va-t-elle penser de vostre indifference?
Ay-je flatté ses vœux d'une fausse esperance?
N'éclaircirez-vous point ce front chargé d'ennuis?
AGAMEMNON.
Ah! ma fille!

Racine. III.

IPHIGENIE.
Seigneur, poursuivez.
AGAMEMNON.
Je ne puis.
IPHIGENIE.
Perisse le Troyen auteur de nos allarmes!
AGAMEMNON.
Sa perte à ses vainqueurs coûtera bien des larmes.
IPHIGENIE.
Les dieux daignent sur tout prendre soin de vos jours!
AGAMEMNON.
Les dieux depuis un temps me sont cruels et sourds.
IPHIGENIE.
Calchas, dit-on, prepare un pompeux sacrifice?
AGAMEMNON.
Puissay-je auparavant fléchir leur injustice!
IPHIGENIE.
L'offrira-t-on bien-tost?
AGAMEMNON.
Plûtost que je ne veux.
IPHIGENIE.
Me sera-t-il permis de me joindre à vos vœux?
Verra-t-on à l'autel vostre heureuse famille?
AGAMEMNON.
Helas!
IPHIGENIE.
Vous vous taisez?
AGAMEMNON.
Vous y serez, ma fille.
Adieu.

SCENE III.

IPHIGENIE, ERIPHILE, DORIS.

Iphigenie.
De cet accueil que dois-je soupçonner?
D'une secrette horreur je me sens frissonner.
Je crains malgré moy-même un malheur que j'ignore.
Justes dieux, vous sçavez pour qui je vous implore.
Eriphile.
Quoy! parmi tous les soins qui doivent l'accabler,
Quelque froideur suffit pour vous faire trembler?
Helas! à quels soûpirs suis-je donc condamnée,
Moy qui, de mes parens toûjours abandonnée,
Estrangere par tout, n'ay pas, même en naissant,
Peut-estre receu d'eux un regard caressant!
Du moins, si vos respects sont rejettez d'un pere,
Vous en pouvez gemir dans le sein d'une mere ;
Et, de quelque disgrace enfin que vous pleuriez,
Quels pleurs par un amant ne sont point essuyez?
Iphigenie.
Je ne m'en défens point. Mes pleurs, belle Eriphile,
Ne tiendroient pas long-temps contre les soins d'Achille.
Sa gloire, son amour, mon pere, mon devoir,
Luy donnent sur mon ame un trop juste pouvoir.
Mais de luy-même icy que faut-il que je pense?
Cet amant, pour me voir brûlant d'impatience,
Que les Grecs de ces bords ne pouvoient arracher,
Qu'un pere de si loin m'ordonne de chercher,
S'empresse-t-il assez pour joüir d'une veuë
Qu'avec tant de transports je croyois attenduë?

Pour moy, depuis deux jours qu'approchant de ces lieux,
Leur aspect souhaitté se découvre à nos yeux,
Je l'attendois par tout; et, d'un regard timide,
Sans cesse parcourant les chemins de l'Aulide,
Mon cœur pour le chercher voloit loin devant moy,
Et je demande Achille à tout ce que je voy.
Je viens, j'arrive enfin sans qu'il m'ait prevenuë.
Je n'ay percé qu'à peine une foule inconnuë.
Luy seul ne paroist point. Le triste Agamemnon
Semble craindre à mes yeux de prononcer son nom.
Que fait-il? Qui pourra m'expliquer ce mystere?
Trouveray-je l'amant glacé comme le pere?
Et les soins de la guerre auroient-ils en un jour
Esteint dans tous les cœurs la tendresse et l'amour?
Mais non. C'est l'offenser par d'injustes allarmes.
C'est à moy que l'on doit le secours de ses armes.
Il n'estoit point à Sparte entre tous ces amans
Dont le pere d'Helene a reçû les sermens :
Luy seul de tous les Grecs, maistre de sa parole,
S'il part contre Ilion, c'est pour moy qu'il y vole,
Et, satisfait d'un prix qui luy semble si doux,
Il veut même y porter le nom de mon époux.

SCENE IV.

CLYTEMNESTRE, IPHIGENIE, ERIPHILE, DORIS.

CLYTEMNESTRE.

Ma fille, il faut partir sans que rien nous retienne,
Et sauver, en fuyant, vostre gloire et la mienne.

Je ne m'estonne plus qu'interdit et distrait,
Vostre pere ait paru nous revoir à regret :
Aux affronts d'un refus craignant de vous commettre,
Il m'avoit par Arcas envoyé cette lettre.
Arcas s'est veu trompé par nostre égarement,
Et vient de me la rendre en ce même moment.
Sauvons, encore un coup, nostre gloire offensée.
Pour vostre hymen Achille a changé de pensée,
Et, refusant l'honneur qu'on luy veut accorder,
Jusques à son retour il veut le retarder.

ERIPHILE.

Qu'entens-je ?

CLYTEMNESTRE.

    Je vous voy rougir de cet outrage,
Il faut d'un noble orgueil armer vostre courage.
Moy même, de l'ingrat approuvant le dessein,
Je vous l'ay dans Argos presenté de ma main ;
Et mon choix, que flattoit le bruit de sa noblesse,
Vous donnoit avec joye au fils d'une déesse.
Mais, puisque desormais son lâche repentir
Dément le sang des dieux dont on le fait sortir,
Ma fille, c'est à nous de montrer qui nous sommes,
Et de ne voir en luy que le dernier des hommes.
Luy ferons-nous penser, par un plus long séjour,
Que vos vœux de son cœur attendent le retour ?
Rompons avec plaisir un hymen qu'il differe.
J'ay fait de mon dessein avertir vostre pere ;
Je ne l'attens icy que pour m'en separer,
Et pour ce prompt départ je vais tout preparer.

  (A Eriphile.)

Je ne vous presse point, Madame, de nous suivre ;
En de plus cheres mains ma retraite vous livre.

De vos desseins secrets on est trop éclaircy,
Et ce n'est pas Calchas que vous cherchez icy.

SCENE V.

IPHIGENIE, ERIPHILE, DORIS.

IPHIGENIE.

En quel funeste estat ces mots m'ont-ils laissée!
Pour mon hymen Achille a changé de pensée!
Il me faut sans honneur retourner sur mes pas,
Et vous cherchez icy quelqu'autre que Calchas?
ERIPHILE.
Madame, à ce discours je ne puis rien comprendre.
IPHIGENIE.
Vous m'entendez assez, si vous voulez m'entendre.
Le sort injurieux me ravit un époux;
Madame, à mon malheur m'abandonnerez-vous?
Vous ne pouviez sans moy demeurer à Mycene.
Me verra-t-on sans vous partir avec la reine?
ERIPHILE.
Je voulois voir Calchas avant que de partir.
IPHIGENIE.
Que tardez-vous, Madame, à le faire avertir?
ERIPHILE.
D'Argos, dans un moment, vous reprenez la route.
IPHIGENIE.
Un moment quelquefois éclaircit plus d'un doute.
Mais, Madame, je voy que c'est trop vous presser;
Je voy ce que jamais je n'ay voulu penser.
Achille..... Vous bruslez que je ne sois partie.

ACTE II, SCENE V

ÉRIPHILE.

Moy? vous me soupçonnez de cette perfidie?
Moy, j'aimerois, Madame, un vainqueur furieux,
Qui toûjours tout sanglant se presente à mes yeux,
Qui, la flâme à la main et de meurtres avide,
Mit en cendres Lesbos.....

IPHIGENIE.

Ouy, vous l'aimez, perfide!
Et ces mêmes fureurs que vous me dépeignez,
Ces bras que dans le sang vous avez veus baignez,
Ces morts, cette Lesbos, ces cendres, cette flâme,
Sont les traits dont l'amour l'a gravé dans vostre ame;
Et, loin d'en detester le cruel souvenir,
Vous vous plaisez encore à m'en entretenir.
Déja plus d'une fois, dans vos plaintes forcées,
J'ay dû voir et j'ay vû le fond de vos pensées.
Mais toûjours sur mes yeux ma facile bonté
A remis le bandeau que j'avois écarté.
Vous l'aimez! Que faisois-je? Et quelle erreur fatale
M'a fait entre mes bras recevoir ma rivale?
Credule, je l'aimois : mon cœur même aujourd'huy
De son parjure amant luy promettoit l'appuy.
Voilà donc le triomphe où j'estois amenée!
Moy-même à vostre char je me suis enchaînée.
Je vous pardonne, helas! des vœux interessez
Et la perte d'un cœur que vous me ravissez ;
Mais que, sans m'avertir du piege qu'on me dresse,
Vous me laissiez chercher jusqu'au fond de la Grece
L'ingrat qui ne m'attend que pour m'abandonner,
Perfide, cet affront se peut-il pardonner?

ÉRIPHILE.

Vous me donnez des noms qui doivent me surprendre,

Madame : on ne m'a pas instruite à les entendre,
Et les dieux, contre moy dés long-temps indignez,
A mon oreille encor les avoient espargnez.
Mais il faut des amans excuser l'injustice.
Et de quoy vouliez-vous que je vous avertisse?
Avez-vous pû penser qu'au sang d'Agamemnon
Achille preferast une fille sans nom,
Qui de tout son destin ce qu'elle a pû comprendre,
C'est qu'elle sort d'un sang qu'il brusle de répandre?

IPHIGENIE.

Vous triomphez, cruelle, et bravez ma douleur.
Je n'avois pas encor senti tout mon malheur;
Et vous ne comparez vostre exil et ma gloire
Que pour mieux relever vostre injuste victoire.
Toutefois vos transports sont trop precipitez.
Ce même Agamemnon à qui vous insultez,
Il commande à la Grece, il est mon pere, il m'aime,
Il ressent mes douleurs beaucoup plus que moy-même.
Mes larmes par avance avoient sçû le toucher;
J'ay surpris ses soûpirs qu'il me vouloit cacher.
Helas! de son accueil condamnant la tristesse,
J'osois me plaindre à luy de son peu de tendresse.

SCENE VI.

ACHILLE, IPHIGENIE, ERIPHILE, DORIS.

ACHILLE.

Il est donc vray, Madame, et c'est vous que je vois!
Je soupçonnois d'erreur tout le camp à la fois.
Vous en Aulide! vous! Hé! qu'y venez-vous faire?
D'où vient qu'Agamemnon m'assuroit le contraire?

Iphigenie.
Seigneur, rassurez-vous, vos vœux seront contens;
Iphigenie encor n'y sera pas long-temps.

SCENE VII.

ACHILLE, ERIPHILE, DORIS.

Achille.
Elle me fuit! Veillai-je? ou n'est-ce point un songe?
Dans quel trouble nouveau cette fuite me plonge!
   Madame, je ne sçay si, sans vous irriter,
Achille devant vous pourra se presenter;
Mais, si d'un ennemi vous souffrez la priere,
Si luy-mesme souvent a plaint sa prisonniere,
Vous sçavez quel sujet conduit icy leurs pas.
Vous sçavez....

Eriphile.
            Quoy! Seigneur, ne le sçavez-vous pas,
Vous qui, depuis un mois brûlant sur ce rivage,
Avez conclu vous-mesme et hasté leur voyage?

Achille.
De ce mesme rivage absent depuis un mois,
Je le revis hier pour la premiere fois.

Eriphile.
Quoy! lors qu'Agamemnon écrivoit à Mycene,
Vostre amour, vostre main, n'a pas conduit la sienne?
Quoy! vous qui de sa fille adoriez les attraits...

Achille.
Vous m'en voyez encore épris plus que jamais,
Madame; et, si l'effet eust suivi ma pensée,
Moy-mesme dans Argos je l'aurois devancée.

Cependant on me fuit. Quel crime ay-je commis?
Mais je ne voy par tout que des yeux ennemis.
Que dis-je? en ce moment Calchas, Nestor, Ulysse,
De leur vaine éloquence employant l'artifice,
Combattoient mon amour et sembloient m'annoncer
Que, si j'en crois ma gloire, il y faut renoncer.
Quelle entreprise icy pourroit estre formée?
Suis-je, sans le sçavoir, la fable de l'armée?
Entrons : c'est un secret qu'il leur faut arracher.

SCENE VIII

ERIPHILE, DORIS.

ERIPHILE.

Dieux qui voyez ma honte, où me dois-je cacher?
Orgueilleuse rivale, on t'aime, et tu murmures!
Souffriray-je à la fois ta gloire et tes injures?
Ah! plûtost... Mais, Doris, ou j'aime à me flatter,
Ou sur eux quelque orage est tout prest d'éclater.
J'ay des yeux. Leur bonheur n'est pas encor tranquille.
On trompe Iphigenie; on se cache d'Achille;
Agamemnon gemit. Ne desesperons point;
Et, si le sort contre elle à ma haine se joint,
Je sçauray profiter de cette intelligence
Pour ne pas pleurer seule et mourir sans vengeance.

FIN DU SECOND ACTE.

ACTE III

SCENE PREMIERE.

AGAMEMNON, CLYTEMNESTRE.

CLYTEMNESTRE.

Oui, Seigneur, nous partions ; et mon juste courroux
Laissoit bien-tost Achille et le camp loin de nous :
Ma fille dans Argos couroit pleurer sa honte.
Mais luy-mesme, étonné d'une fuite si promte,
Par combien de sermens dont je n'ay pû douter,
Vient-il de me convaincre et de nous arrester ?
Il presse cet hymen, qu'on pretend qu'il differe,
Et vous cherche, brûlant d'amour et de colere.
Prest d'imposer silence à ce bruit imposteur,
Achille en veut connoistre et confondre l'auteur.
Bannissez ces soupçons qui troubloient nostre joye.

AGAMEMNON.

Madame, c'est assez : je consens qu'on le croye.
Je reconnois l'erreur qui nous avoit seduits,
Et ressens vostre joye autant que je le puis.
Vous voulez que Calchas l'unisse à ma famille :
Vous pouvez à l'autel envoyer vostre fille ;

Je l'attens. Mais, avant que de passer plus loin,
J'ay voulu vous parler un moment sans témoin.
Vous voyez en quels lieux vous l'avez amenée :
Tout y ressent la guerre, et non point l'hymenée.
Le tumulte d'un camp, soldats et matelots,
Un autel herissé de dards, de javelots,
Tout ce spectacle enfin, pompe digne d'Achille,
Pour attirer vos yeux n'est point assez tranquille ;
Et les Grecs y verroient l'épouse de leur roy
Dans un estat indigne et de vous et de moy.
M'en croirez-vous ? Laissez, de vos femmes suivie,
A cet hymen sans vous marcher Iphigenie.

CLYTEMNESTRE.

Qui? moy? que, remettant ma fille en d'autres bras,
Ce que j'ay commencé je ne l'acheve pas !
Qu'aprés l'avoir d'Argos amenée en Aulide,
Je refuse à l'autel de luy servir de guide ?
Dois-je donc de Calchas estre moins prés que vous?
Et qui présentera ma fille à son époux ?
Quelle autre ordonnera cette pompe sacrée ?

AGAMEMNON.

Vous n'estes point icy dans le palais d'Atrée :
Vous estes dans un camp.....

CLYTEMNESTRE.

Où tout vous est soûmis;
Où le sort de l'Asie en vos mains est remis ;
Où je voy sous vos loix marcher la Grece entiere ;
Où le fils de Thetis va m'appeller sa mere.
Dans quel palais superbe et plein de ma grandeur
Puis-je jamais paroistre avec plus de splendeur?

AGAMEMNON.

Madame, au nom des dieux auteurs de nostre race,

Daignez à mon amour accorder cette grace.
J'ay mes raisons.
CLYTEMNESTRE.
Seigneur, au nom des mesmes dieux,
D'un spectacle si doux ne privez point mes yeux.
Daignez ne point icy rougir de ma presence.
AGAMEMNON.
J'avois plus esperé de vostre complaisance.
Mais, puis que la raison ne vous peut émouvoir.
Puis qu'enfin ma priere a si peu de pouvoir,
Vous avez entendu ce que je vous demande,
Madame. Je le veux, et je vous le commande.
Obeissez.

SCENE II.

CLYTEMNESTRE, seule.

D'où vient que d'un soin si cruel
L'injuste Agamemnon m'écarte de l'autel?
Fier de son nouveau rang, m'ose-t-il méconnoistre?
Mé croit-il à sa suite indigne de paroistre?
Ou, de l'empire encor timide possesseur,
N'oseroit-il d'Helene icy montrer la sœur?
Et pourquoy me cacher? et par quelle injustice
Faut-il que sur mon front sa honte rejallisse?
Mais n'importe; il le veut, et mon cœur s'y resout.
Ma fille, ton bon-heur me console de tout!
Le Ciel te donne Achille, et ma joye est extrême
De t'entendre nommer... Mais le voicy luy-mesme.

SCENE III.

ACHILLE, CLYTEMNESTRE.

ACHILLE.
Tout succede, Madame, à mon empressement.
Le roi n'a point voulu d'autre éclaircissement.
Il en croit mes transports, et, sans presque m'entendre,
Il vient, en m'embrassant, de m'accepter pour gendre.
Il ne m'a dit qu'un mot. Mais vous a-t-il conté
Quel bon-heur dans le camp vous avez apporté
Les dieux vont s'appaiser : du moins Calchas publie
Qu'avec eux dans une heure il nous reconcilie,
Que Neptune et les vents, prests à nous exaucer,
N'attendent que le sang que sa main va verser.
Déja dans les vaisseaux la voile se déploye;
Déja, sur sa parole, ils se tournent vers Troye.
Pour moy, quoique le Ciel, au gré de mon amour,
Dust encore des vents retarder le retour,
Que je quitte à regret la rive fortunée
Où je vais allumer les flambeaux d'hymenée !
Puis-je ne point cherir l'heureuse occasion
D'aller du sang troyen sceller nostre union,
Et de laisser bientost sous Troye ensevelie
Le deshonneur d'un nom à qui le mien s'allie ?

SCENE IV.

ACHILLE, CLYTEMNESTRE, IPHIGENIE,
ERIPHILE, DORIS, ÆGINE.

Achille.
Princesse, mon bon-heur ne dépend que de vous ;
Vostre pere à l'autel vous destine un époux :
Venez-y recevoir un cœur qui vous adore.
Iphigenie.
Seigneur, il n'est pas temps que nous partions encore.
La reine permettra que j'ose demander
Un gage à vostre amour, qu'il me doit accorder.
Je viens vous presenter une jeune princesse.
Le Ciel a sur son front imprimé sa noblesse.
De larmes tous les jours ses yeux sont arrosez.
Vous sçavez ses malheurs, vous les avez causez.
Moy-mesme (où m'emportoit une aveugle colere ?)
J'ay tantost sans respect affligé sa misere.
Que ne puis-je aussi-bien, par d'utiles secours,
Reparer promptement mes injustes discours !
Je luy preste ma voix, je ne puis davantage ;
Vous seul pouvez, Seigneur, détruire vostre ouvrage.
Elle est vostre captive, et ses fers, que je plains,
Quand vous l'ordonnerez, tomberont de ses mains.
Commencez donc par là cette heureuse journée.
Qu'elle puisse à nous voir n'estre plus condamnée.
Montrez que je vais suivre au pié de nos autels
Un roi qui, non content d'effrayer les mortels,
A des embrazemens ne borne point sa gloire,
Laisse aux pleurs d'une épouse attendrir sa victoire,

Et, par les malheureux quelquefois desarmé,
Sçait imiter en tout les dieux qui l'ont formé.

ERIPHILE.

Ouy, Seigneur, des douleurs soulagez la plus vive.
La guerre dans Lesbos me fit vostre captive;
Mais c'est pousser trop loin ses droits injurieux
Qu'y joindre le tourment que je souffre en ces lieux.

ACHILLE.

Vous, Madame?

ERIPHILE.

Ouy, Seigneur; et, sans conter le reste,
Pouvez-vous m'imposer une loi plus funeste
Que de rendre mes yeux les tristes spectateurs
De la felicité de mes persecuteurs?
J'entens de toutes parts menacer ma patrie;
Je voy marcher contre elle une armée en furie;
Je voy déja l'hymen, pour mieux me déchirer,
Mettre en vos mains le feu qui la doit dévorer.
Souffrez que, loin du camp et loin de vostre veuë,
Toûjours infortunée et toûjours inconnuë,
J'aille cacher un sort si digne de pitié,
Et dont mes pleurs encor vous taisent la moitié.

ACHILLE.

C'est trop, belle Princesse. Il ne faut que nous suivre.
Venez, qu'aux yeux des Grecs Achille vous délivre,
Et que le doux moment de ma felicité
Soit le moment heureux de vostre liberté.

SCENE V.

CLYTEMNESTRE, ACHILLE, IPHIGENIE, ERIPHILE, ARCAS, ÆGINE, DORIS.

ARCAS.
Madame, tout est prest pour la ceremonie.
Le roi prés de l'autel attend Iphigenie;
Je viens la demander. Ou plûtost contre luy,
Seigneur, je viens pour elle implorer vostre appuy.
ACHILLE.
Arcas, que dites-vous?
CLYTEMNESTRE.
Dieux! que vient-il m'apprendre?
ARCAS, à Achille.
Je ne voy plus que vous qui la puisse deffendre.
ACHILLE.
Contre qui?
ARCAS.
Je le nomme et l'accuse à regret.
Autant que je l'ay pû, j'ay gardé son secret.
Mais le fer, le bandeau, la flamme est toute preste:
Dust tout cet appareil retomber sur ma teste,
Il faut parler.
CLYTEMNESTRE.
Je tremble. Expliquez-vous, Arcas.
ACHILLE.
Qui que ce soit, parlez, et ne le craignez pas.
ARCAS.
Vous estes son amant, et vous estes sa mere;
Gardez-vous d'envoyer la princesse à son pere.

CLYTEMNESTRE.
Pourquoy le craindrons-nous?
ACHILLE.
Pourquoy m'en défier?
ARCAS.
Il l'attend à l'autel pour la sacrifier.
ACHILLE.
Luy!
CLYTEMNESTRE.
Sa fille!
IPHIGENIE.
Mon pere!
ERIPHILE.
O Ciel! quelle nouvelle!
ACHILLE.
Quelle aveugle fureur pourroit l'armer contr'elle?
Ce discours sans horreur se peut-il écouter?
ARCAS.
Ah! Seigneur! plust au Ciel que je pusse en douter!
Par la voix de Calchas l'oracle la demande.
De toute autre victime il refuse l'offrande;
Et les dieux, jusques-là protecteurs de Pâris,
Ne nous promettent Troye et les vents qu'à ce prix.
CLYTEMNESTRE.
Les dieux ordonneroient un meurtre abominable?
IPHIGENIE.
Ciel! pour tant de rigueur dequoy suis-je coupable?
CLYTEMNESTRE.
Je ne m'étonne plus de cet ordre cruel
Qui m'avoit interdit l'approche de l'autel.
IPHIGENIE, *à Achille.*
Et voilà donc l'hymen où j'étois destinée!

ACTE III, SCENE V

ARCAS.

Le roy pour vous tromper feignoit cet hymenée,
Tout le camp même encore est trompé comme vous.

CLYTEMNESTRE.

Seigneur, c'est donc à moy d'embrasser vos genoux.

ACHILLE, *la relevant.*

Ah! Madame!

CLYTEMNESTRE.

Oubliez une gloire importune.
Ce triste abaissement convient à ma fortune.
Heureuse si mes pleurs vous peuvent attendrir!
Une mere à vos pieds peut tomber sans rougir.
C'est vostre épouse, helas! qui vous est enlevée.
Dans cet heureux espoir je l'avois élevée.
C'est vous que nous cherchions sur ce funeste bord,
Et vostre nom, Seigneur, la conduit à la mort.
Ira-t-elle, des dieux implorant la justice,
Embrasser leurs autels parez pour son supplice?
Elle n'a que vous seul : vous estes en ces lieux
Son pere, son époux, son asile, ses dieux.
Je lis dans vos regards la douleur qui vous presse.
Auprés de vostre époux, ma fille, je vous laisse.
Seigneur, daignez m'attendre, et ne la point quitter.
A mon perfide époux je cours me presenter.
Il ne soûtiendra point la fureur qui m'anime;
Il faudra que Calchas cherche une autre victime;
Ou, si je ne vous puis dérober à leurs coups,
Ma fille, ils pourront bien m'immoler avant vous.

SCENE VI.

ACHILLE, IPHIGENIE.

ACHILLE.

Madame, je me tais, et demeure immobile.
Est-ce à moy que l'on parle, et connoist-on Achille?
Une mere pour vous croit devoir me prier!
Une reine à mes pieds se vient humilier!
Et, me deshonorant par d'injustes allarmes,
Pour attendrir mon cœur on a recours aux larmes!
Qui doit prendre à vos jours plus d'interest que moy?
Ah! sans doute on s'en peut reposer sur ma foy.
L'outrage me regarde; et, quoy qu'on entreprenne,
Je répons d'une vie où j'attache la mienne.
Mais ma juste douleur va plus loin m'engager :
C'est peu de vous défendre, et je cours vous venger
Et punir à la fois le cruel stratagême
Qui s'ose de mon nom armer contre vous-même.

IPHIGENIE.

Ah! demeurez, Seigneur, et daignez m'écouter.

ACHILLE.

Quoy! Madame! un barbare osera m'insulter?
Il voit que de sa sœur je cours venger l'outrage;
Il sçait que, le premier luy donnant mon suffrage,
Je le fis nommer chef de vingt rois ses rivaux,
Et, pour fruit de mes soins, pour fruit de mes travaux,
Pour tout le prix enfin d'une illustre victoire,
Qui le doit enrichir, venger, combler de gloire,
Content et glorieux du nom de vostre époux,
Je ne luy demandois que l'honneur d'estre à vous.

ACTE III, SCENE VI

Cependant aujourd'huy, sanguinaire, parjure,
C'est peu de violer l'amitié, la nature;
C'est peu que de vouloir, sous un coûteau mortel,
Me montrer vostre cœur fumant sur un autel :
D'un appareil d'hymen couvrant ce sacrifice,
Il veut que ce soit moy qui vous mene au supplice,
Que ma credule main conduise le coûteau,
Qu'au lieu de vostre époux je sois vostre bourreau !
Et quel étoit pour vous ce sanglant hymenée,
Si je fusse arrivé plus tard d'une journée ?
Quoy donc ! à leur fureur livrée en ce moment,
Vous iriez à l'autel me chercher vainement ;
Et d'un fer imprévû vous tomberiez frappée,
En accusant mon nom qui vous auroit trompée ?
Il faut de ce peril, de cette trahison,
Aux yeux de tous les Grecs luy demander raison.
A l'honneur d'un époux vous-même interessée,
Madame, vous devez approuver ma pensée.
Il faut que le cruel qui m'a pû mépriser
Apprenne de quel nom il osoit abuser.

IPHIGENIE.

Helas ! si vous m'aimez, si, pour grace derniere,
Vous daignez d'une amante écouter la priere,
C'est maintenant, Seigneur, qu'il faut me le prouver :
Car enfin ce cruel que vous allez braver,
Cet ennemi barbare, injuste, sanguinaire,
Songez, quoy qu'il ait fait, songez qu'il est mon pere.

ACHILLE.

Luy, vostre pere ? Aprés son horrible dessein,
Je ne le connois plus que pour vostre assassin.

IPHIGENIE.

C'est mon pere, Seigneur, je vous le dis encore,

Mais un pere que j'aime, un pere que j'adore,
Qui me cherit luy-mesme, et dont, jusqu'à ce jour,
Je n'ay jamais reçu que des marques d'amour.
Mon cœur, dans ce respect élevé dés l'enfance,
Ne peut que s'affliger de tout ce qui l'offense;
Et, loin d'oser icy, par un prompt changement,
Approuver la fureur de vostre emportement,
Loin que par mes discours je l'attise moy-même,
Croyez qu'il faut aimer autant que je vous aime
Pour avoir pû souffrir tous les noms odieux
Dont vostre amour le vient d'outrager à mes yeux.
Et pourquoy voulez-vous qu'inhumain et barbare,
Il ne gemisse pas du coup qu'on me prepare?
Quel pere de son sang se plaist à se priver?
Pourquoy me perdroit-il, s'il pouvoit me sauver?
J'ay vû, n'en doutez point, ses larmes se répandre.
Faut-il le condamner avant que de l'entendre?
Helas! de tant d'horreurs son cœur déja troublé
Doit-il de vostre haine estre encore accablé?

ACHILLE.

Quoy, Madame! parmi tant de sujets de crainte,
Ce sont là les frayeurs dont vous estes atteinte!
Un cruel (comment puis-je autrement l'appeller?)
Par la main de Calchas s'en va vous immoler;
Et, lorsqu'à sa fureur j'oppose ma tendresse,
Le soin de son repos est le seul qui vous presse?
On me ferme la bouche? on l'excuse? on le plaint?
C'est pour luy que l'on tremble, et c'est moy que l'on craint?
Triste effet de mes soins! Est-ce donc là, Madame,
Tout le progrés qu'Achille avoit fait dans vostre ame?

IPHIGENIE.

Ah, cruel! cet amour dont vous voulez douter,

Ay-je attendu si tard pour le faire éclater?
Vous voyez de quel œil, et cómme indifferente,
J'ay reçu de ma mort la nouvelle sanglante.
Je n'en ay point pâli. Que n'avez-vous pû voir
A quel excés tantost alloit mon desespoir,
Quand, presqu'en arrivant, un recit peu fidelle
M'a de vostre inconstance annoncé la nouvelle!
Qui sçait mesme, qui sçait si le Ciel, irrité,
A pû souffrir l'excés de ma felicité?
Helas! il me sembloit qu'une flamme si belle
M'élevoit au dessus du sort d'une mortelle.

ACHILLE.
Ah! si je vous suis cher, ma princesse, vivez!

SCENE VII.

CLYTEMNESTRE, IPHIGENIE ACHILLE, ÆGINE.

CLYTEMNESTRE.
Tout est perdu, Seigneur, si vous ne nous sauvez.
Agamemnon m'évite, et, craignant mon visage,
Il me fait de l'autel refuser le passage :
Des gardes, que luy-mesme a pris soin de placer,
Nous ont de toutes parts défendu de passer.
Il me fuit. Ma douleur étonne son audace.

ACHILLE.
Hé bien! c'est donc à moy de prendre vostre place.
Il me verra, Madame, et je vais luy parler.

IPHIGENIE.
Ah! Madame... Ah! Seigneur! où voulez-vous aller?

ACHILLE.

Et que pretend de moy vostre injuste priere?
Vous faudra-t-il toûjours combattre la premiere?

CLYTEMNESTRE.

Quel est vostre dessein, ma fille?

IPHIGENIE.

Au nom des dieux,
Madame, retenez un amant furieux.
De ce triste entretien détournons les approches.
Seigneur, trop d'amertume aigriroit vos reproches.
Je sçay jusqu'où s'emporte un amant irrité;
Et mon pere est jaloux de son autorité.
On ne connoist que trop la fierté des Atrides.
Laissez parler, Seigneur, des bouches plus timides.
Surpris, n'en doutez point, de mon retardement,
Luy-mesme il me viendra chercher dans un moment.
Il entendra gemir une mere oppressée.
Et que ne pourra point m'inspirer la pensée
De prévenir les pleurs que vous verseriez tous,
D'arrester vos transports, et de vivre pour vous?

ACHILLE.

Enfin vous le voulez : il faut donc vous complaire.
Donnez-luy l'une et l'autre un conseil salutaire.
Rappellez sa raison, persuadez-le bien,
Pour vous, pour mon repos, et sur tout pour le sien.
Je perds trop de momens en des discours frivoles :
Il faut des actions, et non pas des paroles.

(A Clytemnestre.)

Madame, à vous servir je vais tout disposer :
Dans vostre appartement allez vous reposer.
Vostre fille vivra, je puis vous le prédire.

Croyez du moins, croyez que, tant que je respire,
Les dieux auront en vain ordonné son trépas :
Cet oracle est plus seur que celuy de Calchas.

FIN DU TROISIÉME ACTE.

ACTE IV

SCENE PREMIERE.

ERIPHILE, DORIS.

Doris.

Ah! que me dites-vous? Quelle étrange manie
Vous peut faire envier le sort d'Iphigenie?
Dans une heure elle expire; et jamais, dites-vous,
Vos yeux de son bonheur ne furent plus jaloux.
Qui le croira, Madame? Et quel cœur si farouche...

Eriphile.

Jamais rien de plus vray n'est sorti de ma bouche;
Jamais de tant de soins mon esprit agité
Ne porta plus d'envie à sa felicité.
Favorables perils! Esperance inutile!
N'as-tu pas vû sa gloire et le trouble d'Achille?
J'en ay vû, j'en ay fuy les signes trop certains.
Ce heros si terrible au reste des humains,
Qui ne connoist de pleurs que ceux qu'il fait répandre,
Qui s'endurcit contr'eux dés l'âge le plus tendre,
Et qui, si l'on nous fait un fidelle discours,
Suça mesme le sang des lions et des ours,
Pour elle de la crainte a fait l'apprentissage;

Elle l'a vû pleurer et changer de visage.
Et tu la plains, Doris! Par combien de malheurs
Ne luy voudrois-je point disputer de tels pleurs?
Quand je devrois comme elle expirer dans une heure...
Mais que dis-je, expirer? Ne crois pas qu'elle meure.
Dans un lâche sommeil crois-tu qu'enseveli,
Achille aura pour elle impunément pâli?
Achille à son malheur sçaura bien mettre obstacle.
Tu verras que les dieux n'ont dicté cet oracle
Que pour croistre à la fois sa gloire et mon tourment,
Et la rendre plus belle aux yeux de son amant.
Hé quoy! ne vois-tu pas tout ce qu'on fait pour elle?
On supprime des dieux la sentence mortelle;
Et, quoique le bûcher soit déja preparé,
Le nom de la victime est encore ignoré.
Tout le camp n'en sçait rien. Doris, à ce silence,
Ne reconnois-tu pas un pere qui balance?
Et que fera-t-il donc? Quel courage endurci
Soûtiendroit les assauts qu'on luy prepare icy:
Une mere en fureur, les larmes d'une fille,
Les cris, le desespoir de toute une famille,
Le sang à ces objets facile à s'ébranler,
Achille menaçant tout prest à l'accabler?
Non, te dis-je, les dieux l'ont en vain condamnée;
Je suis et je seray la seule infortunée.
Ah! si je m'en croyois!

DORIS.

   Quoy! que méditez-vous?

ERIPHILE.

Je ne sçay qui m'arreste et retient mon courroux
Que, par un prompt avis de tout ce qui se passe,
Je ne coure des dieux divulguer la menace,

Et publier par tout les complots criminels
Qu'on fait icy contr'eux et contre leurs autels.
Doris.
Ah! quel dessein, Madame!
Eriphile.
Ah! Doris, quelle joye!
Que d'encens brûleroit dans les temples de Troye,
Si, troublant tous les Grecs et vengeant ma prison,
Je pouvois contre Achille armer Agamemnon;
Si leur haine, de Troye oubliant la querelle,
Tournoit contr'eux le fer qu'ils aiguisent contr'elle,
Et si de tout le camp mes avis dangereux
Faisoient à ma patrie un sacrifice heureux!
Doris.
J'entens du bruit. On vient : Clytemnestre s'avance.
Remettez-vous, Madame, ou fuyez sa presence.
Eriphile.
Rentrons. Et, pour troubler un hymen odieux,
Consultons des fureurs qu'autorisent les dieux.

SCENE II.

CLYTEMNESTRE, ÆGINE.

Clytemnestre.
Ægine, tu le vois, il faut que je la fuye.
Loin que ma fille pleure et tremble pour sa vie,
Elle excuse son pere, et veut que ma douleur
Respecte encor la main qui luy perce le cœur.
O constance! ô respect! Pour prix de sa tendresse,
Le barbare, à l'autel, se plaint de sa paresse.

Je l'attends. Il viendra m'en demander raison,
Et croit pouvoir encor cacher sa trahison.
Il vient. Sans éclater contre son injustice,
Voyons s'il soûtiendra son indigne artifice.

SCENE III.

AGAMEMNON, CLYTEMNESTRE, ÆGINE.

AGAMEMNON.
Que faites-vous, Madame, et d'où vient que ces lieux
N'offrent point avec vous vostre fille à mes yeux?
Mes ordres par Arcas vous l'avoient demandée.
Qu'attend-elle? Est-ce vous qui l'avez retardée?
A mes justes desirs ne vous rendez-vous pas?
Ne peut-elle à l'autel marcher que sur vos pas?
Parlez.
CLYTEMNESTRE.
S'il faut partir, ma fille est toute preste.
Mais vous, n'avez-vous rien, Seigneur, qui vous arreste?
AGAMEMNON.
Moy, Madame?
CLYTEMNESTRE.
Vos soins ont-ils tout preparé?
AGAMEMNON.
Calchas est prest, Madame, et l'autel est paré.
J'ay fait ce que m'ordonne un devoir legitime.
CLYTEMNESTRE.
Vous ne me parlez point, Seigneur, de la victime.
AGAMEMNON.
Que me voulez-vous dire? et de quel soin jaloux...

SCENE IV.

AGAMEMNON, CLYTEMNESTRE, IPHIGENIE, ÆGINE.

Clytemnestre.
Venez, venez, ma fille, on n'attend plus que vous;
Venez remercier un pere qui vous aime,
Et qui veut à l'autel vous conduire luy-même.

Agamemnon.
Que vois-je? Quel discours! Ma fille, vous pleurez,
Et baissez devant moy vos yeux mal asseuréz.
Quel trouble! Mais tout pleure, et la fille et la mere.
Ah! malheureux Arcas, tu m'as trahi.

Iphigenie.
                    Mon pere,
Cessez de vous troubler, vous n'estes point trahi.
Quand vous commanderez, vous serez obeï.
Ma vie est vostre bien. Vous voulez le reprendre;
Vos ordres sans détours pouvoient se faire entendre.
D'un œil aussi content, d'un cœur aussi soûmis,
Que j'acceptois l'époux que vous m'aviez promis,
Je sçauray, s'il le faut, victime obeïssante,
Tendre au fer de Calchas une teste innocente,
Et, respectant le coup par vous-mesme ordonné,
Vous rendre tout le sang que vous m'avez donné.

Si pourtant ce respect, si cette obeïssance
Paroist digne à vos yeux d'une autre recompense,
Si d'une mere en pleurs vous plaignez les ennuis,
J'ose vous dire icy qu'en l'état où je suis,

Peut-estre assez d'honneurs environnoient ma vie
Pour ne pas souhaiter qu'elle me fust ravie,
Ni qu'en me l'arrachant, un severe destin
Si prés de ma naissance en eust marqué la fin.
Fille d'Agamemnon, c'est moy qui, la premiere,
Seigneur, vous appelay de ce doux nom de pere.
C'est moy qui, si long-temps le plaisir de vos yeux,
Vous ay fait de ce nom remercier les dieux,
Et pour qui, tant de fois prodiguant vos caresses,
Vous n'avez point du sang dédaigné les foiblesses.
Helas ! avec plaisir je me faisois conter
Tous les noms des païs que vous allez donter;
Et déja, d'Ilion présageant la conqueste,
D'un triomphe si beau je preparois la feste.
Je ne m'attendois pas que, pour le commencer,
Mon sang fust le premier que vous dussiez verser.
   Non que la peur du coup dont je suis menacée
Me fasse rappeler vostre bonté passée.
Ne craignez rien. Mon cœur, de vostre honneur jaloux,
Ne fera point rougir un pere tel que vous;
Et, si je n'avois eû que ma vie à défendre,
J'aurois sçû renfermer un souvenir si tendre.
Mais à mon triste sort, vous le sçavez, Seigneur,
Une mere, un amant, attachoient leur bonheur.
Un roy digne de vous a crû voir la journée
Qui devoit éclairer nostre illustre hymenée.
Déja, seur de mon cœur à sa flâme promis,
Il s'estimoit heureux : vous me l'aviez permis.
Il sçait vostre dessein, jugez de ses allarmes.
Ma mere est devant vous, et vous voyez ses larmes.
Pardonnez aux efforts que je viens de tenter
Pour prevenir les pleurs que je leur vais coûter.

AGAMEMNON.

Ma fille, il est trop vray. J'ignore pour quel crime
La colere des dieux demande une victime ;
Mais ils vous ont nommée : un oracle cruel
Veut qu'icy vostre sang coule sur un autel.
Pour défendre vos jours de leurs lois meurtrieres,
Mon amour n'avoit pas attendu vos prieres.
Je ne vous diray point combien j'ay resisté :
Croyez-en cet amour, par vous-même attesté.
Cette nuit même encore (on a pû vous le dire)
J'avois revoqué l'ordre où l'on me fit souscrire.
Sur l'interest des Grecs vous l'aviez emporté.
Je vous sacrifiois mon rang, ma seureté.
Arcas alloit du camp vous deffendre l'entrée :
Les dieux n'ont pas voulu qu'il vous ait rencontrée.
Ils ont trompé les soins d'un pere infortuné
Qui protegeoit en vain ce qu'ils ont condamné.
Ne vous assurez point sur ma foible puissance.
Quel frein pourroit d'un peuple arrester la licence,
Quand les dieux, nous livrant à son zele indiscret,
L'affranchissent d'un joug qu'il portoit à regret?
Ma fille, il faut ceder. Vostre heure est arrivée.
Songez bien dans quel rang vous estes élevée.
Je vous donne un conseil qu'à peine je reçoi.
Du coup qui vous attend vous mourrez moins que moi.
Montrez, en expirant, de qui vous estes née ;
Faites rougir ces dieux qui vous ont condamnée.
Allez ; et que les Grecs, qui vont vous immoler,
Reconnoissent mon sang en le voyant couler.

CLYTEMNESTRE.

Vous ne dementez point une race funeste ;
Ouy, vous estes le sang d'Atrée et de Thyeste :

Bourreau de vostre fille, il ne vous reste enfin
Que d'en faire à sa mere un horrible festin.
Barbare! C'est donc là cet heureux sacrifice
Que vos soins preparoient avec tant d'artifice!
Quoy! l'horreur de souscrire à cet ordre inhumain
N'a pas, en le traçant, arresté vostre main?
Pourquoy feindre à nos yeux une fausse tristesse?
Pensez-vous par des pleurs prouver vostre tendresse?
Où sont-ils, ces combats que vous avez rendus?
Quels flots de sang pour elle avez-vous répandus?
Quel débris parle icy de vostre resistance?
Quel champ couvert de morts me condamne au silence?
Voilà par quels témoins il falloit me prouver,
Cruel! que vostre amour a voulu la sauver.
Un oracle fatal ordonne qu'elle expire!
Un oracle dit-il tout ce qu'il semble dire?
Le Ciel, le juste Ciel, par le meurtre honoré,
Du sang de l'innocence est-il donc alteré?
Si du crime d'Helene on punit sa famille,
Faites chercher à Sparte Hermione, sa fille.
Laissez à Menelas racheter d'un tel prix
Sa coupable moitié, dont il est trop épris.
Mais vous, quelles fureurs vous rendent sa victime?
Pourquoy vous imposer la peine de son crime?
Pourquoy moy-même enfin, me déchirant le flanc,
Payer sa folle amour du plus pur de mon sang?
 Que dis-je? Cet objet de tant de jalousie,
Cette Helene, qui trouble et l'Europe et l'Asie,
Vous semble-t-elle un prix digne de vos exploits?
Combien nos fronts pour elle ont-ils rougi de fois!
Avant qu'un nœud fatal l'unist à vostre frere,
Thesée avoit osé l'enlever à son pere.

Vous sçavez, et Calchas mille fois vous l'a dit,
Qu'un hymen clandestin mit ce prince en son lit;
Et qu'il en eut pour gage une jeune princesse,
Que sa mere a cachée au reste de la Grece.
Mais non, l'amour d'un frere et son honneur blessé
Sont les moindres des soins dont vous estes pressé.
Cette soif de regner, que rien ne peut éteindre,
L'orgueil de voir vingt rois vous servir et vous craindre,
Tous les droits de l'empire en vos mains confiez,
Cruel, c'est à ces dieux que vous sacrifiez;
Et, loin de repousser le coup qu'on vous prepare,
Vous voulez vous en faire un merite barbare.
Trop jaloux d'un pouvoir qu'on peut vous envier,
De vostre propre sang vous courez le païer,
Et voulez, par ce prix, épouvanter l'audace
De quiconque vous peut disputer vostre place.
Est-ce donc estre pere? Ah! toute ma raison
Cede à la cruauté de cette trahison.
Un prestre, environné d'une foule cruelle,
Portera sur ma fille une main criminelle,
Déchirera son sein, et, d'un œil curieux,
Dans son cœur palpitant consultera les dieux!
Et moy, qui l'amenay triomphante, adorée,
Je m'en retourneray seule et desesperée!
Je verray les chemins encor tout parfumez
Des fleurs dont sous ses pas on les avoit semez!
Non, je ne l'auray point amenée au supplice,
Ou vous ferez aux Grecs un double sacrifice;
Ni crainte ni respect ne m'en peut détacher :
De mes bras tout sanglans il faudra l'arracher.
Aussi barbare époux qu'impitoyable pere,
Venez, si vous l'osez, la ravir à sa mere.

Et vous, rentrez, ma fille, et du moins à mes lois
Obeïssez encor pour la derniere fois.

SCENE V.

AGAMEMNON, seul.

A de moindres fureurs je n'ay pas dû m'attendre.
Voila, voila les cris que je craignois d'entendre :
Heureux si, dans le trouble où flottent mes esprits,
Je n'avois toutefois à craindre que ses cris!
Helas! en m'imposant une loy si severe,
Grands dieux! me deviez-vous laisser un cœur de pere?

SCENE VI.

ACHILLE, AGAMEMNON.

Achille.

Un bruit assez étrange est venu jusqu'à moy,
Seigneur; je l'ay jugé trop peu digne de foy.
On dit, et sans horreur je ne puis le redire,
Qu'aujourd'huy par vostre ordre Iphigenie expire,
Que vous même, étouffant tout sentiment humain,
Vous l'allez à Calchas livrer de vostre main.
On dit que, sous mon nom à l'autel appellée,
Je ne l'y conduisois que pour estre immolée;
Et que, d'un faux hymen nous abusant tous deux,
Vous vouliez me charger d'un employ si honteux.
Qu'en dites-vous, Seigneur? que faut-il que j'en pense?
Ne ferez-vous pas taire un bruit qui vous offense?

AGAMEMNON.
Seigneur, je ne rens point conte de mes desseins.
Ma fille ignore encor mes ordres souverains ;
Et, quand il sera temps qu'elle en soit informée,
Vous apprendrez son sort, j'en instruiray l'armée.
ACHILLE.
Ah! je sçay trop le sort que vous luy reservez.
AGAMEMNON.
Pourquoy le demander, puis que vous le sçavez?
ACHILLE.
Pourquoy je le demande? O Ciel! le puis-je croire,
Qu'on ose des fureurs avouer la plus noire?
Vous pensez qu'approuvant vos desseins odieux,
Je vous laisse immoler vostre fille à mes yeux?
Que ma foy, mon amour, mon honneur y consente?
AGAMEMNON.
Mais vous, qui me parlez d'une voix menassante,
Oubliez-vous icy qui vous interrogez?
ACHILLE.
Oubliez-vous qui j'aime, et qui vous outragez?
AGAMEMNON.
Et qui vous a chargé du soin de ma famille?
Ne pourray-je, sans vous, disposer de ma fille?
Ne suis-je plus son pere? Estes-vous son époux?
Et ne peut-elle...
ACHILLE.
Non, elle n'est plus à vous.
On ne m'abuse point par des promesses vaines.
Tant qu'un reste de sang coulera dans mes veines,
Vous deviez à mon sort unir tous ses momens.
Je deffendray mes droits fondez sur vos sermens.
Et n'est-ce pas pour moy que vous l'avez mandée?

ACTE IV, SCENE VI

AGAMEMNON.

Plaignez-vous donc aux dieux qui me l'ont demandée;
Accusez et Calchas et le camp tout entier,
Ulysse, Menelas, et vous tout le premier.

ACHILLE.

Moy?

AGAMEMNON.

Vous qui, de l'Asie embrassant la conqueste,
Querellez tous les jours le Ciel qui vous arreste;
Vous qui, vous offensant de mes justes terreurs,
Avez dans tout le camp répandu vos fureurs.
Mon cœur, pour la sauver, vous ouvroit une voye.
Mais vous ne demandez, vous ne cherchez que Troye.
Je vous fermois le champ où vous voulez courir.
Vous le voulez, partez ; sa mort va vous l'ouvrir.

ACHILLE.

Juste Ciel! Puis-je entendre et souffrir ce langage?
Est-ce ainsi qu'au parjure on ajoûte l'outrage?
Moy, je voulois partir aux dépens de ses jours?
Et que m'a fait, à moy, cette Troye où je cours?
Au pié de ses remparts quel interest m'appelle?
Pour qui, sourd à la voix d'une mere immortelle,
Et d'un pere éperdu negligeant les avis,
Vais-je y chercher la mort tant prédite à leur fils?
Jamais vaisseaux partis des rives du Scamandre
Aux champs thessaliens oserent-ils descendre?
Et jamais dans Larisse un lâche ravisseur
Me vint-il enlever ou ma femme ou ma sœur?
Qu'ay-je à me plaindre? Où sont les pertes que j'ay faites?
Je n'y vais que pour vous, barbare que vous estes,
Pour vous, à qui des Grecs moy seul je ne doy rien;

Vous, que j'ay fait nommer et leur chef et le mien;
Vous, que mon bras vengeoit dans Lesbos enflâmée
Avant que vous eussiez assemblé vostre armée.
Et quel fut le dessein qui nous assembla tous?
Ne courons-nous pas rendre Helene à son époux?
Depuis quand pense-t-on qu'inutile à moy-même,
Je me laisse ravir une épouse que j'aime?
Seul, d'un honteux affront vostre frere blessé
A-t-il droit de venger son amour offensé?
Vostre fille me plût, je prétendis luy plaire;
Elle est de mes sermens seule dépositaire :
Content de son hymen, vaisseaux, armes, soldats,
Ma foy luy promit tout, et rien à Menelas.
Qu'il poursuive, s'il veut, son épouse enlevée;
Qu'il cherche une victoire à mon sang reservée :
Je ne connoy Priam, Helene, ni Pâris;
Je voulois vostre fille, et ne pars qu'à ce prix.

AGAMEMNON.

Fuyez donc. Retournez dans vostre Thessalie.
Moy-mesme je vous rens le serment qui vous lie.
Assez d'autres viendront, à mes ordres soûmis,
Se couvrir des lauriers qui vous furent promis,
Et, par d'heureux exploits forçant la Destinée,
Trouveront d'Ilion la fatale journée.
J'entrevoy vos mépris, et juge, à vos discours,
Combien j'acheterois vos superbes secours.
De la Grece déja vous vous rendez l'arbitre;
Ses rois, à vous ouïr, m'ont paré d'un vain titre.
Fier de vostre valeur, tout, si je vous en crois,
Doit marcher, doit fléchir, doit trembler sous vos loix.
Un bienfait reproché tint toûjours lieu d'offense.
Je veux moins de valeur et plus d'obeïssance.

Fuyez. Je ne crains point vostre impuissant courroux,
Et je romps tous les nœuds qui m'attachent à vous.
ACHILLE.
Rendez grace au seul nœud qui retient ma colere.
D'Iphigenie encor je respecte le pere.
Peut-estre, sans ce nom, le chef de tant de rois
M'auroit osé braver pour la derniere fois.
Je ne dis plus qu'un mot, c'est à vous de m'entendre :
J'ay vostre fille ensemble et ma gloire à défendre.
Pour aller jusqu'au cœur que vous voulez percer,
Voilà par quel chemin vos coups doivent passer.

SCENE VII.

AGAMEMNON, seul.

Et voilà ce qui rend sa perte inévitable.
Ma fille toute seule estoit plus redoutable.
Ton insolent amour, qui croit m'épouvanter,
Vient de haster le coup que tu veux arrester.
Ne déliberons plus. Bravons sa violence.
Ma gloire interessée emporte la balance.
Achille menaçant détermine mon cœur:
Ma pitié sembleroit un effet de ma peur.
Holà, gardes, à moy !

SCENE VIII.

AGAMEMNON, EURYBATE, Gardes.

EURYBATE.
Seigneur.
AGAMEMNON.
Que vais-je faire?
Puis-je leur prononcer cet ordre sanguinaire?
Cruel! à quel combat faut-il te preparer?
Quel est cet ennemi que tu leur vas livrer?
Une mere m'attend, une mere intrepide
Qui défendra son sang contre un pere homicide.
Je verray mes soldats, moins barbares que moy,
Respecter dans ses bras la fille de leur roy.
Achille nous menace, Achille nous méprise.
Mais ma fille en est-elle à mes loix moins soûmise?
Ma fille, de l'autel cherchant à s'échapper,
Gemit-elle du coup dont je la veux frapper?
Que dis-je? Que pretend mon sacrilege zéle?
Quels vœux en l'immolant formeray-je sur elle?
Quelques prix glorieux qui me soient proposez,
Quels lauriers me plairont de son sang arrosez?
Je veux fléchir des dieux la puissance suprême :
Ah! quels dieux me seroient plus cruels que moy-même?
Non, je ne puis. Cedons au sang, à l'amitié,
Et ne rougissons plus d'une juste pitié.
Qu'elle vive. Mais quoy! peu jaloux de ma gloire,
Dois-je au superbe Achille accorder la victoire?
Son témeraire orgueil, que je vais redoubler,
Croira que je luy cede et qu'il m'a fait trembler.

De quel frivole soin mon esprit s'embarrasse!
Ne puis-je pas d'Achille humilier l'audace?
Que ma fille à ses yeux soit un sujet d'ennuy :
Il l'aime; elle vivra pour un autre que luy.
Eurybate, appellez la princesse, la reine :
Qu'elles ne craignent point.

SCENE IX.

AGAMEMNON, Gardes.

AGAMEMNON.
     Grands dieux, si vostre haine
Persevere à vouloir l'arracher de mes mains,
Que peuvent devant vous tous les foibles humains?
Loin de la secourir, mon amitié l'opprime,
Je le sçay. Mais, grands dieux, une telle victime
Vaut bien que, confirmant vos rigoureuses loix,
Vous me la demandiez une seconde fois.

SCENE X.

AGAMEMNON, CLYTEMNESTRE, IPHIGENIE, ERIPHILE, EURYBATE, DORIS, Gardes.

AGAMEMNON.
Allez, Madame, allez, prenez soin de sa vie.
Je vous rens vostre fille, et je vous la confie.
Loin de ces lieux cruels precipitez ses pas;

Mes gardes vous suivront, commandez par Arcas.
Je veux bien excuser son heureuse imprudence.
Tout dépend du secret et de la diligence.
Ulysse ni Calchas n'ont point encor parlé ;
Gardez que ce depart ne leur soit revelé.
Cachez bien vostre fille, et que tout le camp croye
Que je la retiens seule et que je vous renvoye.
Fuyez. Puissent les dieux, de mes larmes contens,
A mes tristes regards ne l'offrir de long-temps !
Gardes, suivez la reine.

CLYTEMNESTRE.
Ah ! Seigneur !
IPHIGENIE.
Ah ! mon pere !
AGAMEMNON.
Prévenez de Calchas l'empressement severe.
Fuyez, vous dis-je. Et moy, pour vous favoriser,
Par de feintes raisons je m'en vais l'abuser ;
Je vais faire suspendre une pompe funeste,
Et de ce jour au moins luy demander le reste.

SCENE XI.

ERIPHILE, DORIS.

ERIPHILE.
Sui-moy : ce n'est pas là, Doris, nostre chemin.
DORIS.
Vous ne les suivez pas ?
ERIPHILE.
Ah ! je succombe enfin.

Je reconnois l'effet des tendresses d'Achille.
Je n'emporteray point une rage inutile.
Plus de raisons : il faut ou la perdre, ou perir.
Vien, te dis-je. A Calchas je vais tout découvrir.

FIN DU QUATRIÉME ACTE.

ACTE V

SCENE PREMIERE.
IPHIGENIE, ÆGINE.

IPHIGENIE.

Cesse de m'arrester. Va, retourne à ma mere,
Ægine; il faut des dieux appaiser la colere.
Pour ce sang malheureux qu'on veut leur dérober,
Regarde quel orage est tout prest à tomber.
Considere l'état où la reine est réduite.
Voy comme tout le camp s'oppose à nostre fuite;
Avec quelle insolence ils ont de toutes parts
Fait briller à nos yeux la pointe de leurs dards.
Nos gardes repoussez, la reine évanouïe...
Ah! c'est trop l'exposer, souffre que je la fuye;
Et, sans attendre icy ses secours impuissans,
Laisse-moy profiter du trouble de ses sens.
Mon pere mesme, helas! puisqu'il faut te le dire,
Mon pere en me sauvant ordonne que j'expire.

ÆGINE.

Luy, Madame? Quoy donc? qu'est-ce qui s'est passé?

IPHIGENIE.

Achille, trop ardent, l'a peut-estre offensé.

ACTE V, SCENE

Mais le roy, qui le hait, veut que je le haïsse.
Il ordonne à mon cœur cet affreux sacrifice.
Il m'a fait par Arcas expliquer ses souhaits;
Ægine, il me défend de luy parler jamais.

ÆGINE.

Ah! Madame!

IPHIGENIE.

Ah! sentence! ah! rigueur inouïe!
Dieux plus doux, vous n'avez demandé que ma vie.
Mourons, obeïssons. Mais qu'est-ce que je voy!
Dieux! Achille?

SCENE II.

ACHILLE, IPHIGENIE.

ACHILLE.

Venez, Madame, suivez-moy.
Ne craignez ni les cris ni la foule impuissante
D'un peuple qui se presse autour de cette tente.
Paroissez. Et bien-tost, sans attendre mes coups,
Ces flots tumultueux s'ouvriront devant vous.
Patrocle et quelques chefs qui marchent à ma suite
De mes Thessaliens vous amenent l'élite.
Tout le reste, assemblé prés de mon étendart,
Vous offre de ses rangs l'invincible rempart.
A vos persecuteurs opposons cet azile :
Qu'ils viennent vous chercher sous les tentes d'Achille.
Quoy! Madame! est-ce ainsi que vous me secondez?
Ce n'est que par des pleurs que vous me répondez!
Vous fiez-vous encore à de si foibles armes?
Hastons-nous. Vostre pere a déja vû vos larmes.

IPHIGENIE.
Je le sçay bien, Seigneur. Aussi tout mon espoir
N'est plus qu'au coup mortel que je vais recevoir.
ACHILLE.
Vous, mourir? Ah! cessez de tenir ce langage.
Songez-vous quel serment vous et moy nous engage?
Songez-vous (pour trancher d'inutiles discours)
Que le bonheur d'Achille est fondé sur vos jours?
IPHIGENIE.
Le Ciel n'a point aux jours de cette infortunée
Attaché le bonheur de vostre destinée.
Nostre amour nous trompoit; et les arrests du Sort
Veulent que ce bonheur soit un fruit de ma mort.
Songez, Seigneur, songez à ces moissons de gloire
Qu'à vos vaillantes mains presente la victoire.
Ce champ si glorieux où vous aspirez tous,
Si mon sang ne l'arrose, est sterile pour vous.
Telle est la loi des dieux à mon pere dictée.
En vain, sourd à Calchas, il l'avoit rejettée;
Par la bouche des Grecs, contre moy conjurez,
Leurs ordres eternels se sont trop declarez.
Partez. A vos honneurs j'apporte trop d'obstacles:
Vous-mesme dégagez la foy de vos oracles;
Signalez ce heros à la Grece promis;
Tournez vostre douleur contre ses ennemis.
Déja Priam pâlit; déja Troye en alarmes
Redoute mon bûcher et fremit de vos larmes.
Allez, et, dans ses murs vuides de citoyens,
Faites pleurer ma mort aux veuves des Troyens.
Je meurs dans cet espoir, satisfaite et tranquille.
Si je n'ay pas vécu la compagne d'Achille,
J'espere que du moins un heureux avenir

ACTE V, SCENE II

A vos faits immortels joindra mon souvenir,
Et qu'un jour mon trépas, source de vostre gloire,
Ouvrira le recit d'une si belle histoire.
Adieu, Prince; vivez, digne race des dieux.

ACHILLE.

Non, je ne reçoy point vos funestes adieux.
En vain, par ce discours, vostre cruelle adresse
Veut servir vostre pere et tromper ma tendresse;
En vain vous pretendez, obstinée à mourir,
Interesser ma gloire à vous laisser perir.
Ces moissons de lauriers, ces honneurs, ces conquestes,
Ma main, en vous servant, les trouve toutes prestes.
Et qui de ma faveur se voudroit honorer
Si mon hymen prochain ne peut vous assurer?
Ma gloire, mon amour, vous ordonnent de vivre :
Venez, Madame, il faut les en croire, et me suivre.

IPHIGENIE.

Qui? moy? Que, contre un pere osant me revolter,
Je merite la mort que j'irois éviter?
Où seroit le respect? Et ce devoir suprême.....

ACHILLE.

Vous suivrez un époux avoüé par luy-même.
C'est un titre qu'en vain il pretend me voler;
Ne fait-il des sermens que pour les violer?
Vous-mesme, que retient un devoir si severe,
Quand il vous donne à moy, n'est-il point vostre pere?
Suivez-vous seulement ses ordres absolus
Quand il cesse de l'estre et ne vous connoist plus?
Enfin c'est trop tarder, ma princesse, et ma crainte...

IPHIGENIE.

Quoy! Seigneur! vous iriez jusques à la contrainte?
D'un coupable transport écoutant la chaleur,

Vous pourriez ajoûter ce comble à mon malheur?
Ma gloire vous seroit moins chere que ma vie?
Ah! Seigneur! épargnez la triste Iphigenie.
Asservie à des loix que j'ay dû respecter,
C'est déja trop pour moy que de vous écouter.
Ne portez pas plus loin vostre injuste victoire;
Ou, par mes propres mains immolée à ma gloire,
Je sçauray m'affranchir, dans ces extrémitez,
Du secours dangereux que vous me presentez.

ACHILLE.

Hé bien! n'en parlons plus. Obeïssez, cruelle,
Et cherchez une mort qui vous semble si belle.
Portez à vostre pere un cœur où j'entrevoy
Moins de respect pour luy que de haine pour moy.
Une juste fureur s'empare de mon ame.
Vous allez à l'autel, et moy, j'y cours, Madame.
Si de sang et de morts le Ciel est affamé,
Jamais de plus de sang ses autels n'ont fumé.
A mon aveugle amour tout sera legitime :
Le prestre deviendra la premiere victime;
Le bûcher, par mes mains détruit et renversé,
Dans le sang des bourreaux nagera dispersé;
Et si, dans les horreurs de ce desordre extrême,
Vostre pere, frappé, tombe et perit luy-même,
Alors, de vos respects voyant les tristes fruits,
Reconnoissez les coups que vous aurez conduits.

IPHIGENIE.

Ah! Seigneur! ah! cruel!... Mais il fuit, il m'échappe.
O toy qui veux ma mort, me voila seule, frappe;
Termine, juste Ciel, ma vie et mon effroy,
Et lance icy des traits qui n'accablent que moy!

SCENE III.

CLYTEMNESTRE, IPHIGENIE, ÆGINE, EURYBATE, Gardes.

CLYTEMNESTRE.

Ouy, je la défendray contre toute l'armée.
Lâches, vous trahissez vostre reine opprimée!
EURYBATE.
Non, Madame, il suffit que vous me commandiez:
Vous nous verrez combattre et mourir à vos piez.
Mais de nos foibles mains que pouvez-vous attendre?
Contre tant d'ennemis qui vous pourra défendre?
Ce n'est plus un vain peuple en desordre assemblé;
C'est d'un zele fatal tout le camp aveuglé.
Plus de pitié. Calchas seul regne, seul commande :
La pieté severe exige son offrande.
Le roy de son pouvoir se voit déposseder,
Et luy-mesme au torrent nous contraint de ceder.
Achille, à qui tout cede, Achille à cet orage
Voudroit luy-mesme en vain opposer son courage.
Que fera-t-il, Madame? et qui peut dissiper
Tous les flots d'ennemis prests à l'envelopper?
CLYTEMNESTRE.
Qu'ils viennent donc sur moy prouver leur zele impie,
Et m'arrachent ce peu qui me reste de vie!
La mort seule, la mort pourra rompre les nœuds
Dont mes bras nous vont joindre et lier toutes deux :
Mon corps sera plûtost separé de mon ame
Que je souffre jamais... Ah! ma fille!

Racine. III.

IPHIGENIE

IPHIGENIE.
                    Ah ! Madame !
Sous quel astre cruel avez-vous mis au jour
Le malheureux objet d'une si tendre amour !
Mais que pouvez-vous faire en l'état où nous sommes ?
Vous avez à combattre et les dieux et les hommes.
Contre un peuple en fureur vous exposerez-vous ?
N'allez point, dans un camp rebelle à vostre époux,
Seule à me retenir vainement obstinée,
Par des soldats peut-estre indignement traînée,
Presenter, pour tout fruit d'un déplorable effort,
Un spectacle à mes yeux plus cruel que la mort.
Allez. Laissez aux Grecs achever leur ouvrage,
Et quittez pour jamais un malheureux rivage.
Du bucher qui m'attend, trop voisin de ces lieux,
La fiâme de trop prés viendroit frapper vos yeux.
Sur tout, si vous m'aimez, par cet amour de mere,
Ne reprochez jamais mon trépas à mon pere.

CLYTEMNESTRE.
Luy ! par qui vostre cœur, à Calchas presenté...

IPHIGENIE.
Pour me rendre à vos pleurs que n'a-t-il point tenté ?

CLYTEMNESTRE.
Par quelle trahison le cruel m'a deceuë !

IPHIGENIE.
Il me cedoit aux dieux, dont il m'avoit receuë.
Ma mort n'emporte pas tout le fruit de vos feux.
De l'amour qui vous joint vous avez d'autres nœuds :
Vos yeux me reverront dans Oreste mon frere.
Puisse-t-il estre, helas ! moins funeste à sa mere !
    D'un peuple impatient vous entendez la voix.
Daignez m'ouvrir vos bras pour la derniere fois,

Madame, et, rappellant vostre vertu sublime...
Eurybate, à l'autel conduisez la victime.

SCENE IV.

CLYTEMNESTRE, ÆGINE, Gardes.

CLYTEMNESTRE.
Ah! vous n'irez pas seule, et je ne prétens pas...
Mais on se jette en foule au devant de mes pas.
Perfides, contentez vostre soif sanguinaire.
ÆGINE.
Où courez-vous, Madame, et que voulez-vous faire?
CLYTEMNESTRE.
Helas! je me consume en impuissans efforts,
Et rentre au trouble affreux dont à peine je sors.
Mourray-je tant de fois sans sortir de la vie?
ÆGINE.
Ah! sçavez-vous le crime, et qui vous a trahie,
Madame? Sçavez-vous quel serpent inhumain
Iphigenie avoit retiré dans son sein?
Eriphile, en ces lieux par vous-mesme conduite,
A seule à tous les Grecs revelé vostre fuite.
CLYTEMNESTRE.
O monstre que Megere en ses flancs a porté!
Monstre que dans nos bras les enfers ont jetté!
Quoy! tu ne mourras point! Quoy! pour punir son crime...
Mais où va ma douleur chercher une victime?
Quoy! pour noyer les Grecs et leurs mille vaisseaux,
Mer, tu n'ouvriras pas des abîmes nouveaux?
Quoy! lorsque, les chassant du port qui les recele,

L'Aulide aura vomi leur flotte criminelle,
Les vents, les mesmes vents, si long-temps accusez,
Ne te couvriront pas de ses vaisseaux brisez ?

   Et toy, Soleil, et toy, qui dans cette contrée
Reconnois l'heritier et le vray fils d'Atrée,
Toy qui n'osas du pere éclairer le festin,
Recule : ils t'ont appris ce funeste chemin.

   Mais cependant, ô Ciel ! ô mere infortunée !
De festons odieux ma fille couronnée
Tend la gorge aux cousteaux par son pere apprestez !
Calchas va dans son sang... Barbares ! arrestez :
C'est le pur sang du dieu qui lance le tonnerre.
J'entens gronder la foudre, et sens trembler la terre.
Un dieu vengeur, un dieu fait retentir ces coups.

SCENE V.

CLYTEMNESTRE, ÆGINE, ARCAS, Gardes.

ARCAS.

N'en doutez point, Madame, un dieu combat pour vous.
Achille en ce moment exauce vos prieres.
Il a brisé des Grecs les trop foibles barrieres.
Achille est à l'autel. Calchas est éperdu.
Le fatal sacrifice est encor suspendu.
On se menasse, on court, l'air gemit, le fer brille.
Achille fait ranger autour de vostre fille
Tous ses amis, pour luy prests à se dévouer.
Le triste Agamemnon, qui n'ose l'avouer,
Pour détourner ses yeux des meurtres qu'il presage,

Ou pour cacher ses pleurs, s'est voilé le visage.
Venez, puis qu'il se taist, venez, par vos discours,
De vostre défenseur appuyer le secours.
Luy-mesme de sa main, de sang toute fumante,
Il veut entre vos bras remettre son amante ;
Luy-mesme il m'a chargé de conduire vos pas :
Ne craignez rien.

Clytemnestre.

Moy, craindre ! Ah ! courons, cher Arcas.
Le plus affreux peril n'a rien dont je pâlisse.
J'iray par tout. Mais, Dieux ! ne vois-je pas Ulysse ?
C'est luy. Ma fille est morte ! Arcas, il n'est plus temps !

SCENE DERNIERE

ULYSSE, CLYTEMNESTRE, ARCAS, ÆGINE, Gardes.

Ulysse.

Non, vostre fille vit, et les dieux sont contens.
Rassurez-vous. Le Ciel a voulu vous la rendre.

Clytemnestre.

Elle vit ! et c'est vous qui venez me l'apprendre !

Ulysse.

Ouy, c'est moy, qui long-temps contre elle et contre vous
Ay crû devoir, Madame, affermir vostre époux ;
Moy qui, jaloux tantost de l'honneur de nos armes,
Par d'austeres conseils ay fait couler vos larmes,
Et qui viens, puis qu'enfin le Ciel est appaisé,
Reparer tout l'ennuy que je vous ay causé.

IPHIGENIE

CLYTEMNESTRE.

Ma fille! Ah! prince! O Ciel! je demeure éperduë.
Quel miracle, Seigneur, quel dieu me l'a renduë?

ULYSSE.

Vous m'en voyez moy-mesme, en cet heureux moment,
Saisi d'horreur, de joye et de ravissement.
Jamais jour n'a paru si mortel à la Grece.
Déja de tout le camp la discorde maistresse
Avoit sur tous les yeux mis son bandeau fatal,
Et donné du combat le funeste signal.
De ce spectacle affreux vostre fille allarmée
Voyoit pour elle Achille, et contre elle l'armée.
Mais, quoique seul pour elle, Achille furieux
Epouvantoit l'armée et partageoit les dieux.
Déja de traits en l'air s'élevoit un nuage;
Déja couloit le sang, prémices du carnage.
Entre les deux partis Calchas s'est avancé,
L'œil farouche, l'air sombre et le poil herissé,
Terrible, et plein du dieu qui l'agitoit sans doute:
« Vous, Achille, a-t-il dit, et vous, Grecs, qu'on m'écoute!
Le dieu qui maintenant vous parle par ma voix
M'explique son oracle et m'instruit de son choix.
Un autre sang d'Helene, une autre Iphigenie,
Sur ce bord immolée, y doit laisser sa vie.
Thesée, avec Helene uni secrettement,
Fit succeder l'hymen à son enlevement.
Une fille en sortit, que sa mere a celée.
Du nom d'Iphigenie elle fut appellée.
Je vis moy-mesme alors ce fruit de leurs amours.
D'un sinistre avenir je menassay ses jours.
Sous un nom emprunté sa noire destinée
Et ses propres fureurs icy l'ont amenée.

ACTE V, SCENE DERNIERE

Elle me voit, m'entend, elle est devant vos yeux ;
Et c'est elle, en un mot, que demandent les dieux. »
 Ainsi parle Calchas. Tout le camp immobile
L'écoute avec frayeur, et regarde Eriphile.
Elle estoit à l'autel, et peut-estre en son cœur
Du fatal sacrifice accusoit la lenteur.
Elle-mesme tantost, d'une course subite,
Estoit venuë aux Grecs annoncer vostre fuite.
On admire en secret sa naissance et son sort.
Mais, puis que Troye enfin est le prix de sa mort,
L'armée à haute voix se declare contre elle,
Et prononce à Calchas sa sentence mortelle.
Déja pour la saisir Calchas leve le bras.
« Arreste, a-t-elle dit, et ne m'approche pas.
Le sang de ces heros dont tu me fais descendre
Sans tes profanes mains sçaura bien se répandre. »
Furieuse, elle vole, et sur l'autel prochain
Prend le sacré cousteau, le plonge dans son sein.
A peine son sang coule et fait rougir la terre,
Les dieux font sur l'autel entendre le tonnerre,
Les vents agitent l'air d'heureux fremissemens,
Et la mer leur répond par ses mugissemens.
La rive au loin gemit, blanchissante d'écume.
La flâme du bucher d'elle-mesme s'allume.
Le ciel brille d'éclairs, s'entr'ouvre, et parmi nous
Jette une sainte horreur qui nous rassure tous.
Le soldat, estonné, dit que dans une nuë
Jusque sur le bucher Diane est descenduë,
Et croit que, s'élevant au travers de ses feux,
Elle portoit au ciel nostre encens et nos vœux.
Tout s'empresse, tout part. La seule Iphigenie,
Dans ce commun bonheur, pleure son ennemie.

Des mains d'Agamemnon venez la recevoir ;
Venez : Achille et luy, brûlans de vous revoir,
Madame, et desormais tous deux d'intelligence,
Sont prests à confirmer leur auguste alliance.
CLYTEMNESTRE.
Par quel prix, quel encens, ô Ciel, puis-je jamais
Recompenser Achille, et payer tes bienfaits !

FIN.

PHEDRE
TRAGEDIE

PREFACE.

Voicy encore une tragedie dont le sujet est pris d'Euripide. Quoique j'aye suivi une route un peu differente de celle de cet auteur pour la conduite de l'action, je n'ay pas laissé d'enrichir ma piece de tout ce qui m'a paru plus éclatant dans la sienne. Quand je ne luy devrois que la seule idée du caractere de Phedre, je pourrois dire que je luy dois ce que j'ay peut-estre mis de plus raisonnable sur le theatre. Je ne suis point étonné que ce caractere ait eu un succés si heureux du temps d'Euripide, et qu'il ait encore si bien réüssi dans nostre siecle, puis qu'il a toutes les qualitez qu'Aristote demande dans le heros de la tragedie, et qui sont propres à exciter la compassion et la terreur. En effet, Phedre n'est ni tout-à-fait coupable, ni tout-à-fait innocente. Elle est engagée par sa destinée et par la colere des dieux dans une passion illegitime dont elle a horreur toute la premiere. Elle fait tous ses efforts pour la surmonter. Elle aime mieux se laisser mourir que de la declarer à personne ; et, lorsqu'elle est forcée de la découvrir, elle en parle avec une confusion qui fait bien voir que son crime est plûtost une punition des dieux qu'un mouvement de sa volonté.

J'ay mesme pris soin de la rendre un peu moins odieuse qu'elle n'est dans les tragedies des anciens, où elle se resout d'elle-mesme à accuser Hippolyte. J'ay crû que la calomnie avoit quelque chose de trop bas et de trop noir pour la mettre dans la bouche d'une princesse qui a d'ailleurs des sentimens si nobles et si vertueux. Cette bassesse m'a paru plus convenable à une nourrice, qui pouvoit avoir des inclinations plus serviles, et qui neanmoins n'entreprend cette fausse accusation que pour sauver la vie et l'honneur de sa maistresse. Phedre n'y donne les mains que parce qu'elle est dans une agitation d'esprit qui la met hors d'elle-mesme, et elle vient un moment aprés dans le dessein de justifier l'innocence et de declarer la verité.

Hippolyte est accusé, dans Euripide et dans Seneque, d'avoir en effet violé sa belle-mere, *vim corpus tulit*. Mais il n'est ici accusé que d'en avoir eu le dessein. J'ay voulu épargner à Thesée une confusion qui l'auroit pu rendre moins agreable aux spectateurs.

Pour ce qui est du personnage d'Hippolyte, j'avois remarqué dans les anciens qu'on reprochoit à Euripide de l'avoir representé comme un philosophe exemt de toute imperfection; ce qui faisoit que la mort de ce jeune prince causoit beaucoup plus d'indignation que de pitié. J'ay cru luy devoir donner quelque foiblesse qui le rendroit un peu coupable envers son pere, sans pourtant luy rien oster de cette grandeur d'ame avec laquelle il épargne l'honneur de Phedre et se laisse opprimer sans l'accuser. J'appelle foiblesse la passion qu'il ressent malgré luy pour Aricie, qui est la fille et la sœur des ennemis mortels de son pere.

Cette Aricie n'est point un personnage de mon invention. Virgile dit qu'Hippolyte l'épousa et en eut un fils aprés qu'Esculape l'eut ressuscité. Et j'ay lû encore dans quelques auteurs qu'Hippolyte avoit épousé et emmené en Italie une jeune Athenienne de grande naissance, qui s'appelloit Aricie, et qui avoit donné son nom à une petite ville d'Italie.

Je rapporte ces autoritez, parce que je me suis tres-scrupuleusement attaché à suivre la Fable. J'ay mesme suivi l'histoire de Thesée telle qu'elle est dans Plutarque.

C'est dans cet historien que j'ay trouvé que ce qui avoit donné occasion de croire que Thesée fust descendu dans les enfers pour enlever Proserpine estoit un voyage que ce prince avoit fait en Epire vers la source de l'Acheron, chez un roy dont Pirithoüs vouloit enlever la femme, et qui arresta Thesée prisonnier aprés avoir fait mourir Pirithoüs. Ainsi j'ay tâché de conserver la vrai-semblance de l'Histoire, sans rien perdre des ornemens de la Fable, qui fournit extrêmement à la poësie; et le bruit de la mort de Thesée, fondé sur ce voyage fabuleux, donne lieu à Phedre de faire une declaration d'amour qui devient une des principales causes de son malheur, et qu'elle n'auroit jamais osé faire tant qu'elle auroit crû que son mary estoit vivant.

Au reste, je n'ose encore assurer que cette piece soit en effet la meilleure de mes tragedies. Je laisse et aux lecteurs et au temps à decider de son veritable prix. Ce que je puis assurer, c'est que je n'en ay point fait où la vertu soit plus mise en jour que dans celle-cy. Les moindres fautes y sont severement punies. La seule pensée du crime y est regardée avec autant d'horreur que le crime mesme. Les foiblesses de l'amour y passent pour de vrayes foiblesses. Les passions n'y sont presentées aux yeux que pour montrer tout le desordre dont elles sont cause, et le vice y est peint par tout avec des couleurs qui en font connoître et haïr la difformité. C'est-là proprement le but que tout homme qui travaille pour le public doit se proposer ; et c'est ce que les premiers poëtes tragiques avoient en veuë sur toute chose. Leur theatre estoit une école où la vertu n'estoit pas moins bien enseignée que dans les écoles des philosophes. Aussi Aristote a bien voulu donner des regles du poëme dramatique, et Socrate, le plus sage des philosophes, ne dédaignoit pas de mettre la main aux tragedies d'Euripide. Il seroit à souhaiter que nos ouvrages fussent aussi solides et aussi pleins d'utiles instructions que ceux de ces poëtes. Ce seroit peutestre un moyen de reconcilier la tragedie avec quantité de personnes celebres par leur pieté et par leur doctrine, qui l'ont condamnée dans ces derniers temps, et qui en jugeroient sans doute plus favorablement si les auteurs songeoient autant à instruire leurs spectateurs qu'à les divertir, et s'ils suivoient en cela la veritable intention de la tragedie.

PHEDRE

ACTEURS

THESEE, fils d'Egée, roy d'Athenes.
PHEDRE, femme de Thesée, fille de Minos et de Pasiphaé.
HIPPOLYTE, fils de Thesée et d'Antiope, reine des Amazones.
ARICIE, princesse du sang royal d'Athenes.
ŒNONE, nourrice et confidente de Phedre.
THERAMENE, gouverneur d'Hippolyte.
ISMENE, confidente d'Aricie.
PANOPE, femme de la suite de Phedre.
GARDES.

La scene est à Trézene, ville du Peloponnese.

PHEDRE
TRAGEDIE

ACTE PREMIER

SCENE PREMIERE.
HIPPOLYTE, THERAMENE.

HIPPOLYTE.

Le dessein en est pris : je pars, cher Theramene,
Et quitte le sejour de l'aimable Trézene.
Dans le doute mortel dont je suis agité,
Je commence à rougir de mon oisiveté.
Depuis plus de six mois éloigné de mon pere,
J'ignore le destin d'une teste si chere ;
J'ignore jusqu'aux lieux qui le peuvent cacher.

THERAMENE.

Et dans quels lieux, Seigneur, l'allez-vous donc chercher?

Déja, pour satisfaire à vostre juste crainte,
J'ay couru les deux mers que separe Corinthe ;
J'ay demandé Thesée aux peuples de ces bords
Où l'on voit l'Acheron se perdre chez les morts ;
J'ay visité l'Elide, et, laissant le Ténare,
Passé jusqu'à la mer qui vit tomber Icare.
Sur quel espoir nouveau, dans quels heureux climats,
Croyez-vous découvrir la trace de ses pas ?
Qui sçait mesme, qui sçait si le roy vostre pere
Veut que de son absence on sçache le mystere ?
Et si, lors qu'avec vous nous tremblons pour ses jours,
Tranquille, et nous cachant de nouvelles amours,
Ce heros n'attend point qu'une amante abusée...

HIPPOLYTE.

Cher Theramene, arreste, et respecte Thesée.
De ses jeunes erreurs desormais revenu,
Par un indigne obstacle il n'est point retenu ;
Et, fixant de ses vœux l'inconstance fatale,
Phedre depuis long-temps ne craint plus de rivale.
Enfin, en le cherchant je suivray mon devoir,
Et je fuiray ces lieux que je n'ose plus voir.

THERAMENE.

Hé ! depuis quand, Seigneur, craignez-vous la presence
De ces paisibles lieux, si chers à vostre enfance,
Et dont je vous ay veû préferer le sejour
Au tumulte pompeux d'Athene et de la cour ?
Quel peril, ou plûtost quel chagrin vous en chasse ?

HIPPOLYTE.

Cet heureux temps n'est plus. Tout a changé de face
Depuis que sur ces bords les dieux ont envoyé
La fille de Minos et de Pasiphaé.

ACTE I, SCENE I

THERAMENE.

J'entens. De vos douleurs la cause m'est connuë;
Phedre icy vous chagrine, et blesse vostre veuë.
Dangereuse marâtre, à peine elle vous vit
Que vostre exil d'abord signala son credit.
Mais sa haine, sur vous autrefois attachée,
Ou s'est évanouïe, ou s'est bien relâchée.
Et d'ailleurs, quels perils vous peut faire courir
Une femme mourante, et qui cherche à mourir?
Phedre, atteinte d'un mal qu'elle s'obstine à taire,
Lasse enfin d'elle-même et du jour qui l'éclaire,
Peut-elle contre vous former quelques desseins?

HIPPOLYTE.

Sa vaine inimitié n'est pas ce que je crains.
Hippolyte en partant fuit une autre ennemie.
Je fuis, je l'avoûray, cette jeune Aricie,
Reste d'un sang fatal conjuré contre nous.

THERAMENE.

Quoy! vous-même, Seigneur, la persecutez-vous?
Jamais l'aimable sœur des cruels Pallantides
Trempa-t-elle aux complots de ses freres perfides?
Et devez-vous haïr ses innocens appas?

HIPPOLYTE.

Si je la haïssois, je ne la fuirois pas.

THERAMENE.

Seigneur, m'est-il permis d'expliquer vostre fuite?
Pourriez-vous n'estre plus ce superbe Hippolyte,
Implacable ennemi des amoureuses loix,
Et d'un joug que Thesée a subi tant de fois?
Venus, par vostre orgueil si long-temps méprisée,
Voudroit-elle à la fin justifier Thesée?

Et, vous mettant au rang du reste des mortels,
Vous a-t-elle forcé d'encenser ses autels?
Aimeriez-vous, Seigneur?

HIPPOLYTE.

Ami, qu'oses-tu dire?
Toy qui connois mon cœur depuis que je respire,
Des sentimens d'un cœur si fier, si dédaigneux,
Peux-tu me demander le desaveu honteux?
C'est peu qu'avec son lait une mere amazone
M'ait fait sucer encor cet orgueil qui t'étonne;
Dans un âge plus meur moy-même parvenu,
Je me suis applaudi quand je me suis connu.
Attaché prés de moy par un zele sincere,
Tu me contois alors l'histoire de mon pere.
Tu sçais combien mon ame, attentive à ta voix,
S'échauffoit au recit de ses nobles exploits,
Quand tu me dépeignois ce heros intrépide
Consolant les mortels de l'absence d'Alcide,
Les monstres étouffez ét les brigans punis,
Procruste, Cercyon, et Scirron, et Sinnis,
Et les os dispersez du geant d'Epidaure,
Et la Crete fumant du sang du Minotaure.
Mais, quand tu recitois des faits moins glorieux,
Sa foy par tout offerte et reçuë en cent lieux,
Helene à ses parens dans Sparte dérobée,
Salamine témoin des pleurs de Péribée;
Tant d'autres, dont les noms luy sont même échapez,
Trop credules esprits que sa flâme a trompez;
Ariane aux rochers contant ses injustices;
Phedre enlevée enfin sous de meilleurs auspices;
Tu sçais comme, à regret écoutant ce discours,
Je te pressois souvent d'en abreger le cours.

Heureux si j'avois pû ravir à la memoire
Cette indigne moitié d'une si belle histoire!
Et moy-même, à mon tour, je me verrois lié?
Et les dieux jusques-là m'auroient humilié,
Dans mes lâches soûpirs d'autant plus méprisable
Qu'un long amas d'honneurs rend Thesée excusable,
Qu'aucuns monstres par moy domtez jusqu'aujourd'huy
Ne m'ont acquis le droit de faillir comme luy?
Quand même ma fierté pourroit s'estre adoucie,
Aurois-je pour vainqueur dû choisir Aricie?
Ne souviendroit-il plus à mes sens égarez
De l'obstacle éternel qui nous a separez?
Mon pere la reprouve, et, par des loix severes,
Il défend de donner des neveux à ses freres :
D'une tige coupable il craint un rejetton ;
Il veut avec leur sœur ensevelir leur nom,
Et que, jusqu'au tombeau soûmise à sa tutelle,
Jamais les feux d'hymen ne s'allument pour elle.
Dois-je épouser ses droits contre un pere irrité?
Donneray-je l'exemple à la temerité?
Et dans un fol amour ma jeunesse embarquée...

THERAMENE.

Ah! Seigneur! si vostre heure est une fois marquée,
Le Ciel de nos raisons ne sçait point s'informer.
Thesée ouvre vos yeux en voulant les fermer,
Et sa haine, irritant une flâme rebelle,
Preste à son ennemie une grace nouvelle.
Enfin, d'un chaste amour pourquoy vous effrayer?
S'il a quelque douceur, n'osez-vous l'essayer?
En croirez-vous toûjours un farouche scrupule?
Craint-on de s'égarer sur les traces d'Hercule?
Quels courages Venus n'a-t-elle pas domtez?

Vous-même où seriez-vous, vous qui la combattez,
Si toûjours Antiope, à ses loix opposée,
D'une pudique ardeur n'eust brûlé pour Thesée?
Mais que sert d'affecter un superbe discours?
Avouez-le, tout change; et depuis quelques jours
On vous voit moins souvent, orgueilleux et sauvage,
Tantost faire voler un char sur le rivage,
Tantost, sçavant dans l'art par Neptune inventé,
Rendre docile au frein un coursier indonté.
Les forests de nos cris moins souvent retentissent.
Chargez d'un feu secret, vos yeux s'appesantissent.
Il n'en faut point douter, vous aimez, vous brûlez;
Vous perissez d'un mal que vous dissimulez.
La charmante Aricie a-t-elle sçu vous plaire?

HIPPOLYTE.

Theramene, je pars, et vais chercher mon pere.

THERAMENE.

Ne verrez-vous point Phedre avant que de partir,
Seigneur?

HIPPOLYTE.

C'est mon dessein; tu peus l'en avertir.
Voyons-la, puisqu'ainsi mon devoir me l'ordonne.
Mais quel nouveau malheur trouble sa chere Œnone?

SCENE II.

HIPPOLYTE, ŒNONE, THERAMENE.

ŒNONE.

Helas! Seigneur! quel trouble au mien peut estre égal?
La reine touche presque à son terme fatal.

En vain à l'observer jour et nuit je m'attache ;
Elle meurt dans mes bras d'un mal qu'elle me cache.
Un desordre eternel regne dans son esprit.
Son chagrin inquiet l'arrache de son lit.
Elle veut voir le jour ; et sa douleur profonde
M'ordonne toutefois d'écarter tout le monde...
Elle vient.

HIPPOLYTE.

Il suffit : je la laisse en ces lieux,
Et ne luy montre point un visage odieux.

SCENE III.

PHEDRE, ŒNONE.

PHEDRE.

N'allons point plus avant, demeurons, chere Œnone.
Je ne me soûtiens plus, ma force m'abandonne ;
Mes yeux sont éblouïs du jour que je revoy,
Et mes genoux tremblans se dérobent sous moy.
Helas !

(Elle s'assit.)

ŒNONE.

Dieux tout-puissans, que nos pleurs vous appaisent !

PHEDRE.

Que ces vains ornemens, que ces voiles me pesent !
Quelle importune main, en formant tous ces nœuds,
A pris soin sur mon front d'assembler mes cheveux ?
Tout m'afflige et me nuit, et conspire à me nuire.

ŒNONE.

Comme on voit tous ses vœux l'un l'autre se détruire !

Vous-même, condamnant vos injustes desseins,
Tantost à vous parer vous excitiez nos mains ;
Vous-même, rappellant vostre force premiere,
Vous vouliez vous montrer et revoir la lumiere :
Vous la voyez, Madame, et, preste à vous cacher,
Vous haïssez le jour que vous veniez chercher?

PHEDRE.

Noble et brillant auteur d'une triste famille,
Toy dont ma mère osoit se vanter d'èstre fille,
Qui peut-estre rougis du trouble où tu me vois,
Soleil, je te viens voir pour la derniere fois !

ŒNONE.

Quoy! vous ne perdrez point cette cruelle envie?
Vous verray-je toûjours, renonçant à la vie,
Faire de vostre mort les funestes appresls?

PHEDRE.

Dieux! que ne suis-je assise à l'ombre des forests!
Quand pourray-je, au travers d'une noble poussiere,
Suivre de l'œil un char fuyant dans la carriere!

ŒNONE.

Quoy! Madame!

PHEDRE.

Insensée, où suis-je? et qu'ay-je dit?
Où laissay-je égarer mes vœux et mon esprit?
Je l'ay perdu : les dieux m'en ont ravi l'usage.
Œnone, la rougeur me couvre le visage ;
Je te laisse trop voir mes honteuses douleurs,
Et mes yeux, malgré moy, se remplissent de pleurs.

ŒNONE.

Ah! s'il vous faut rougir, rougissez d'un silence
Qui de vos maux encore aigrit la violence.
Rebelle à tous nos soins, sourde à tous nos discours,

Voulez-vous, sans pitié, laisser finir vos jours?
Quelle fureur les borne au milieu de leur course?
Quel charme ou quel poison en a tari la source?
Les ombres par trois fois ont obscurci les cieux
Depuis que le sommeil n'est entré dans vos yeux,
Et le jour a trois fois chassé la nuit obscure
Depuis que vostre corps languit sans nourriture.
A quel affreux dessein vous laissez-vous tenter?
De quel droit sur vous-mesme osez-vous attenter?
Vous offensez les dieux auteurs de vostre vie;
Vous trahissez l'époux à qui la foy vous lie;
Vous trahissez enfin vos enfans malheureux,
Que vous precipitez sous un joug rigoureux.
Songez qu'un mesme jour leur ravira leur mere,
Et rendra l'esperance au fils de l'étrangere,
A ce fier ennemi de vous, de vostre sang,
Ce fils qu'une Amazone a porté dans son flanc,
Cet Hippolyte...

PHEDRE.
Ah! dieux!
ŒNONE.
Ce reproche vous touche?
PHEDRE.
Malheureuse, quel nom est sorti de ta bouche?
ŒNONE.
Hé bien, vostre colere éclate avec raison,
J'aime à vous voir fremir à ce funeste nom.
Vivez donc. Que l'amour, le devoir, vous excite.
Vivez, ne souffrez pas que le fils d'une Scythe,
Accablant vos enfans d'un empire odieux.
Commande au plus beau sang de la Grece et des dieux.
Mais ne differez point, chaque moment vous tuë.

Reparez promptement vostre force abbatuë,
Tandis que de vos jours, prests à se consumer,
Le flambeau dure encore, et peut se rallumer.
PHEDRE.
J'en ay trop prolongé la coupable durée.
ŒNONE.
Quoy! de quelques remords estes-vous déchirée?
Quel crime a pû produire un trouble si pressant?
Vos mains n'ont point trempé dans le sang innocent.
PHEDRE.
Graces au Ciel, mes mains ne sont point criminelles.
Plust aux dieux que mon cœur fust innocent comme elles!
ŒNONE.
Et quel affreux projet avez-vous enfanté,
Dont vostre cœur encor doive estre épouvanté?
PHEDRE.
Je t'en ay dit assez. Epargne-moy le reste.
Je meurs, pour ne point faire un aveu si funeste.
ŒNONE.
Mourez donc, et gardez un silence inhumain;
Mais pour fermer vos yeux cherchez une autre main.
Quoiqu'il vous reste à peine une foible lumiere,
Mon ame chez les morts descendra la premiere;
Mille chemins ouverts y conduisent toûjours,
Et ma juste douleur choisira les plus courts.
Cruelle! quand ma foy vous a-t-elle déceuë?
Songez-vous qu'en naissant mes bras vous ont receuë?
Mon païs, mes enfans, pour vous j'ay tout quitté.
Reserviez-vous ce prix à ma fidelité?
PHEDRE.
Quel fruit esperes-tu de tant de violence?
Tu fremiras d'horreur si je romps le silence.

ACTE I, SCENE III

ŒNONE.

Et que me direz-vous qui ne cede, grands dieux !
A l'horreur de vous voir expirer à mes yeux ?

PHEDRE.

Quand tu sçauras mon crime, et le sort qui m'accable,
Je n'en mourray pas moins, j'en mourray plus coupable.

ŒNONE.

Madame, au nom des pleurs que pour vous j'ay versez,
Par vos foibles genoux, que je tiens embrassez,
Délivrez mon esprit de ce funeste doute.

PHEDRE.

Tu le veux : leve-toy.

ŒNONE.

Parlez : je vous écoute.

PHEDRE.

Ciel ! que luy vais-je dire ? et par où commencer ?

ŒNONE.

Par de vaines frayeurs cessez de m'offenser.

PHEDRE.

O haine de Venus ! ô fatale colere !
Dans quels égaremens l'amour jetta ma mere !

ŒNONE.

Oublions-les, Madame; et qu'à tout l'avenir
Un silence eternel cache ce souvenir.

PHEDRE.

Ariane, ma sœur, de quel amour blessée
Vous mourustes aux bords où vous fustes laissée !

ŒNONE.

Que faites-vous, Madame ? et quel mortel ennuy
Contre tout vostre sang vous anime aujourd'huy ?

PHEDRE.
Puis que Venus le veut, de ce sang déplorable
Je peris la derniere et la plus miserable.
ŒNONE.
Aimez-vous?
PHEDRE.
De l'amour j'ay toutes les fureurs.
ŒNONE.
Pour qui?
PHEDRE.
Tu vas ouïr le comble des horreurs.
J'aime... A ce nom fatal, je tremble, je frissonne.
J'aime...
ŒNONE.
Qui?
PHEDRE.
Tu connois ce fils de l'Amazone,
Ce prince si long-temps par moy-même opprimé.
ŒNONE.
Hippolyte! Grands dieux!
PHEDRE.
C'est toy qui l'as nommé.
ŒNONE.
Juste Ciel! tout mon sang dans mes veines se glace.
O desespoir! ô crime! ô déplorable race!
Voyage infortuné! Rivage malheureux,
Falloit-il approcher de tes bords dangereux!
PHEDRE.
Mon mal vient de plus loin. A peine au fils d'Egée
Sous les lois de l'hymen je m'estois engagée,
Mon repos, mon bon-heur, sembloit estre affermi,
Athenes me montra mon superbe ennemi.

Je le vis : je rougis, je pâlis, à sa veuë ;
Un trouble s'éleva dans mon ame éperduë ;
Mes yeux ne voyoient plus, je ne pouvois parler ;
Je sentis tout mon corps et transir et brusler.
Je reconnus Venus et ses feux redoutables,
D'un sang qu'elle poursuit tourmens inévitables.
Par des vœux assidus je crus les détourner :
Je luy bâtis un temple, et pris soin de l'orner ;
De victimes moy-mesme à toute heure entourée,
Je cherchois dans leur flanc ma raison égarée :
D'un incurable amour remedes impuissans !
En vain sur les autels ma main brusloit l'encens ;
Quand ma bouche imploroit le nom de la deesse,
J'adorois Hippolyte ; et, le voyant sans cesse,
Mesme au pié des autels que je faisois fumer,
J'offrois tout à ce dieu que je n'osois nommer.
Je l'évitois par tout : ô comble de misere !
Mes yeux le retrouvoient dans les traits de son pere.
Contre moy-mesme enfin j'osay me revolter :
J'excitay mon courage à le persecuter.
Pour bannir l'ennemi dont j'estois idolâtre,
J'affectay les chagrins d'une injuste marastre ;
Je pressay son exil ; et mes cris eternels
L'arracherent du sein et des bras paternels.
Je respirois, Œnone ; et, depuis son absence,
Mes jours moins agitez couloient dans l'innocence :
Soûmise à mon époux et cachant mes ennuis,
De son fatal hymen je cultivois les fruits.
Vaines précautions ! Cruelle destinée !
Par mon époux luy-mesme à Trézene amenée,
J'ay revû l'ennemi que j'avois éloigné.
Ma blessure trop vive aussi-tost a saigné.

Ce n'est plus une ardeur dans mes veines cachée :
C'est Venus toute entiere à sa proye attachée.
J'ay conçû pour mon crime une juste terreur ;
J'ay pris la vie en haine, et ma flâme en horreur ;
Je voulois en mourant prendre soin de ma gloire,
Et dérober au jour une flâme si noire :
Je n'ay pû soûtenir tes larmes, tes combats ;
Je t'ay tout avoué ; je ne m'en repens pas,
Pourveu que, de ma mort respectant les approches,
Tu ne m'affliges plus par d'injustes reproches,
Et que tes vains secours cessent de rappeller
Un reste de chaleur tout prest à s'exhaler.

SCENE IV.

PHEDRE, ŒNONE, PANOPE.

PANOPE.

Je voudrois vous cacher une triste nouvelle,
Madame ; mais il faut que je vous la revele.
La mort vous a ravi vostre invincible époux,
Et ce malheur n'est plus ignoré que de vous.

ŒNONE.

Panope, que dis-tu?

PANOPE.

Que la reine abusée
En vain demande au Ciel le retour de Thesée,
Et que, par des vaisseaux arrivez dans le port,
Hippolyte, son fils, vient d'apprendre sa mort.

PHEDRE.

Ciel !

ACTE I, SCENE IV

PANOPE.
Pour le choix d'un maistre Athenes se partage,
Au prince vostre fils l'un donne son suffrage,
Madame, et de l'Etat l'autre oubliant les loix
Au fils de l'étrangere ose donner sa voix.
On dit mesme qu'au trône une brigue insolente
Veut placer Aricie et le sang de Pallante.
J'ay cru de ce peril vous devoir avertir.
Déja mesme Hippolyte est tout prest à partir,
Et l'on craint, s'il paroist dans ce nouvel orage,
Qu'il n'entraîne aprés luy tout un peuple volage.

ŒNONE.
Panope, c'est assez. La reine, qui t'entend,
Ne negligera point cet avis important.

SCENE V.

PHEDRE, ŒNONE.

ŒNONE.
Madame, je cessois de vous presser de vivre;
Déja mesme au tombeau je songeois à vous suivre;
Pour vous en détourner je n'avois plus de voix;
Mais ce nouveau malheur vous prescrit d'autres loix.
Vostre fortune change et prend une autre face.
Le roy n'est plus, Madame, il faut prendre sa place.
Sa mort vous laisse un fils à qui vous vous devez,
Esclave s'il vous perd, et roy si vous vivez.
Sur qui, dans son malheur, voulez-vous qu'il s'appuye?
Ses larmes n'auront plus de main qui les essuye;
Et ses cris innocens, portez jusques aux dieux,

Iront contre sa mere irriter ses ayeux.
Vivez; vous n'avez plus de reproche à vous faire :
Vostre flâme devient une flâme ordinaire.
Thesée en expirant vient de rompre les nœuds
Qui faisoient tout le crime et l'horreur de vos feux.
Hippolyte pour vous devient moins redoutable,
Et vous pouvez le voir sans vous rendre coupable.
Peut-estre, convaincu de vostre aversion,
Il va donner un chef à la sédition.
Détrompez son erreur, fléchissez son courage.
Roy de ces bords heureux, Trézene est son partage;
Mais il sçait que les loix donnent à vostre fils
Les superbes remparts que Minerve a bastis.
Vous avez l'un et l'autre une juste ennemie :
Unissez-vous tous deux pour combattre Aricie.
    PHEDRE.
Hé bien, à tes conseils je me laisse entraîner.
Vivons, si vers la vie on peut me ramener,
Et si l'amour d'un fils, en ce moment funeste,
De mes foibles esprits peut ranimer le reste.

FIN DU PREMIER ACTE.

ACTE II

SCENE PREMIERE.

ARICIE, ISMENE

ARICIE.

Hippolyte demande à me voir en ce lieu?
Hippolyte me cherche, et veut me dire adieu?
Ismene, dis-tu vray? n'es-tu point abusée?

ISMENE.

C'est le premier effet de la mort de Thesée.
Preparez-vous, Madame, à voir de tous costez
Voler vers vous les cœurs par Thesée écartez.
Aricie, à la fin, de son sort est maistresse,
Et bien-tost à ses pieds verra toute la Grece.

ARICIE.

Ce n'est donc point, Ismene, un bruit mal affermi
Je cesse d'estre esclave, et n'ay plus d'ennemi?

ISMENE.

Non, Madame, les dieux ne vous sont plus contraires,
Et Thesée a rejoint les manes de vos freres.

ARICIE.

Dit-on quelle avanture a terminé ses jours?

ISMENE.
On seme de sa mort d'incroyables discours.
On dit que, ravisseur d'une amante nouvelle,
Les flots ont englouti cet époux infidelle.
On dit mesme, et ce bruit est par tout répandu,
Qu'avec Pirithoüs aux enfers descendu,
Il a vû le Cocyte et les rivages sombres,
Et s'est montré vivant aux infernales ombres.
Mais qu'il n'a pû sortir de ce triste séjour,
Et repasser les bords qu'on passe sans retour.

ARICIE.
Croiray-je qu'un mortel, avant sa derniere heure,
Peut penetrer des morts la profonde demeure ?
Quel charme l'attiroit sur ces bords redoutez ?

ISMENE.
Thesée est mort, Madame, et vous seule en doutez.
Athenes en gemit, Trézene en est instruite,
Et déja pour son roy reconnoist Hippolyte.
Phedre, dans ce palais, tremblante pour son fils,
De ses amis troublez demande les avis.

ARICIE.
Et tu crois que, pour moy plus humain que son pere,
Hippolyte rendra ma chaîne plus legere ;
Qu'il plaindra mes malheurs ?

ISMENE.
        Madame, je le croy.

ARICIE.
L'insensible Hippolyte est-il connu de toy ?
Sur quel frivole espoir penses-tu qu'il me plaigne,
Et respecte en moy seule un sexe qu'il dédaigne ?
Tu vois depuis quel temps il évite nos pas
Et cherche tous les lieux où nous ne sommes pas.

ISMENE.

Je sçay de ses froideurs tout ce que l'on recite ;
Mais j'ay vû prés de vous ce superbe Hippolyte,
Et mesme, en le voyant, le bruit de sa fierté
A redoublé pour luy ma curiosité.
Sa presence à ce bruit n'a point paru répondre.
Dés vos premiers regards je l'ay vû se confondre ;
Ses yeux, qui vainement vouloient vous éviter,
Déja pleins de langueur, ne pouvoient vous quitter.
Le nom d'amant peut-estre offense son courage ;
Mais il en a les yeux, s'il n'en a le langage.

ARICIE.

Que mon cœur, chere Ismene, écoute avidement
Un discours qui peut-estre a peu de fondement !
O toy qui me connois, te sembloit-il croyable
Que le triste jouet d'un sort impitoyable,
Un cœur toûjours nourri d'amertume et de pleurs,
Dût connoistre l'amour et ses folles douleurs ?
Reste du sang d'un roy noble fils de la Terre,
Je suis seule échapée aux fureurs de la guerre.
J'ay perdu, dans la fleur de leur jeune saison,
Six freres... Quel espoir d'une illustre maison !
Le fer moissonna tout, et la terre humectée
Bût à regret le sang des neveux d'Erectée.
Tu sçais, depuis leur mort, quelle severe loy
Défend à tous les Grecs de soûpirer pour moy:
On craint que de la sœur les flâmes temeraires
Ne raniment un jour la cendre de ses freres.
Mais tu sçais bien aussi de quel œil dédaigneux
Je regardois ce soin d'un vainqueur soupçonneux ;
Tu sçais que, de tout temps à l'amour opposée,
Je rendois souvent grace à l'injuste Thesée,

Dont l'heureuse rigueur secondoit mes mépris.
Mes yeux alors, mes yeux n'avoient pas vû son fils.
Non que par les yeux seuls lâchement enchantée,
J'aime en luy sa beauté, sa grace tant vantée,
Presens dont la nature a voulu l'honorer,
Qu'il méprise luy-mesme, et qu'il semble ignorer.
J'aime, je prise en luy de plus nobles richesses,
Les vertus de son pere, et non point les foiblesses.
J'aime, je l'avoûray, cet orgueil genereux,
Qui jamais n'a fléchi sous le joug amoureux.
Phedre en vain s'honoroit des soûpirs de Thesée :
Pour moy, je suis plus fiere, et fuis la gloire aisée
D'arracher un hommage à mille autres offert,
Et d'entrer dans un cœur de toutes parts ouvert.
Mais de faire fléchir un courage inflexible,
De porter la douleur dans une ame insensible,
D'enchaîner un captif de ses fers étonné,
Contre un joug qui luy plaist vainement mutiné :
C'est là ce que je veux, c'est là ce qui m'irrite.
Hercule à desarmer coûtoit moins qu'Hippolyte,
Et, vaincu plus souvent, et plûtost surmonté,
Preparoit moins de gloire aux yeux qui l'ont donté.
Mais, chere Ismene, helas! quelle est mon imprudence!
On ne m'opposera que trop de resistance.
Tu m'entendras peut-estre, humble dans mon ennui,
Gemir du mesme orgueil que j'admire aujourd'huy.
Hippolyte aimeroit! Par quel bonheur extrême
Aurois-je pû fléchir...

ISMENE.
Vous l'entendrez luy-même.
Il vient à vous.

SCENE II.
HIPPOLYTE, ARICIE, ISMENE.

Hippolyte.
            Madame, avant que de partir,
J'ay crû de vostre sort vous devoir avertir.
Mon pere ne vit plus. Ma juste défiance
Présageoit les raisons de sa trop longue absence.
La mort seule, bornant ses travaux éclatans,
Pouvoit à l'univers le cacher si long-temps.
Les dieux livrent enfin à la Parque homicide
L'ami, le compagnon, le successeur d'Alcide.
Je croy que vostre haine, épargnant ses vertus,
Ecoute sans regret ces noms qui luy sont dûs.
Un espoir adoucit ma tristesse mortelle :
Je puis vous affranchir d'une austere tutelle ;
Je revoque des loix dont j'ay plaint la rigueur.
Vous pouvez disposer de vous, de vostre cœur;
Et dans cette Trézene, aujourd'huy mon partage,
De mon ayeul Pitthée autrefois l'heritage,
Qui m'a sans balancer reconnu pour son roy,
Je vous laisse aussi libre, et plus libre que moy.
            Aricie.
Moderez des bontez dont l'excés m'embarrasse.
D'un soin si genereux honorer ma disgrace,
Seigneur, c'est me ranger, plus que vous ne pensez,
Sous ces austeres loix dont vous me dispensez.
            Hippolyte.
Du choix d'un successeur Athenes incertaine
Parle de vous, me nomme, et le fils de la reine.

ARICIE

De moy, Seigneur?

HIPPOLYTE.

Je sçay, sans vouloir me flatter,
Qu'une superbe loy semble me rejetter.
La Grece me reproche une mere étrangere.
Mais, si pour concurrent je n'avois que mon frere,
Madame, j'ay sur luy de veritables droits,
Que je sçaurois sauver du caprice des loix.
Un frein plus legitime arreste mon audace.
Je vous cede ou plûtost je vous rends une place,
Un sceptre que jadis vos ayeux ont reçû
De ce fameux mortel que la Terre a conçû.
L'adoption le mit entre les mains d'Egée.
Athenes, par mon pere accruë et protegée,
Reconnut avec joye un roy si genereux,
Et laissa dans l'oubli vos freres malheureux.
Athenes dans ses murs maintenant vous rappelle :
Assez elle a gemi d'une longue querelle,
Assez dans ses sillons vostre sang englouti
A fait fumer le champ dont il estoit sorti.
Trézene m'obeït. Les campagnes de Crete
Offrent au fils de Phedre une riche retraite.
L'Attique est vostre bien. Je pars, et vais pour vous
Réünir tous les vœux partagez entre nous.

ARICIE.

De tout ce que j'entens étonnée et confuse,
Je crains presque, je crains qu'un songe ne m'abuse.
Veillay-je? Puis-je croire un semblable dessein?
Quel dieu, Seigneur, quel dieu l'a mis dans vôtre sein?
Qu'à bon droit vostre gloire en tous lieux est semée!
Et que la verité passe la renommée!

ACTE II, SCENE II

Vous-mesme en ma faveur vous voulez vous trahir !
N'estoit-ce pas assez de ne me point haïr,
Et d'avoir si long-temps pû défendre vostre ame
De cette inimitié...

HIPPOLYTE.

Moy, vous haïr, Madame ?
Avec quelques couleurs qu'on ait peint ma fierté,
Croit-on que dans ses flancs un monstre m'ait porté ?
Quelles sauvages mœurs, quelle haine endurcie
Pourroit, en vous voyant, n'estre point adoucie ?
Ay-je pû resister au charme decevant...

ARICIE.

Quoy, Seigneur ?

HIPPOLYTE.

Je me suis engagé trop avant.
Je voy que la raison cede à la violence.
Puisque j'ay commencé de rompre le silence,
Madame, il faut poursuivre ; il faut vous informer
D'un secret que mon cœur ne peut plus renfermer.
Vous voyez devant vous un prince déplorable,
D'un temeraire orgueil exemple memorable.
Moy qui, contre l'amour fierement revolté,
Aux fers de ses captifs ay long-temps insulté ;
Qui, des foibles mortels déplorant les naufrages,
Pensois toûjours du bord contempler les orages,
Asservi maintenant sous la commune loy,
Par quel trouble me vois-je emporté loin de moy !
Un moment a vaincu mon audace imprudente :
Cette ame si superbe est enfin dépendante.
Depuis prés de six mois, honteux, desesperé,
Portant par tout le trait dont je suis déchiré,
Contre vous, contre moy vainement je m'éprouve :

Presente, je vous fuis; absente, je vous trouve.
Dans le fond des forests vostre image me suit.
La lumiere du jour, les ombres de la nuit,
Tout retrace à mes yeux les charmes que j'évite,
Tout vous livre à l'envi le rebelle Hippolyte.
Moy-même, pour tout fruit de mes soins superflus,
Maintenant je me cherche, et ne me trouve plus.
Mon arc, mes javelots, mon char, tout m'importune.
Je ne me souviens plus des leçons de Neptune.
Mes seuls gemissemens font retentir les bois,
Et mes coursiers oisifs ont oublié ma voix.

 Peut-estre le recit d'un amour si sauvage
Vous fait en m'écoutant rougir de vostre ouvrage.
D'un cœur qui s'offre à vous quel farouche entretien!
Quel étrange captif pour un si beau lien!
Mais l'offrande à vos yeux en doit estre plus chere.
Songez que je vous parle une langue étrangere,
Et ne rejettez pas des vœux mal exprimez,
Qu'Hippolyte sans vous n'auroit jamais formez.

SCENE III.

HIPPOLYTE, ARICIE, THERAMENE, ISMENE.

THERAMENE.

Seigneur, la reine vient, et je l'ay devancée.
Elle vous cherche.
    HIPPOLYTE.
  Moy?
    THERAMENE.
      J'ignore sa pensée,

Mais on vous est venu demander de sa part.
Phedre veut vous parler avant vostre départ.
HIPPOLYTE.
Phedre ? Que luy diray-je ? Et que peut-elle attendre...
ARICIE.
Seigneur, vous ne pouvez refuser de l'entendre.
Quoique trop convaincu de son inimitié,
Vous devez à ses pleurs quelque ombre de pitié.
HIPPOLYTE.
Cependant vous sortez. Et je pars; et j'ignore
Si je n'offense point les charmes que j'adore !
J'ignore si ce cœur que je laisse en vos mains...
ARICIE.
Partez, Prince, et suivez vos genereux desseins.
Rendez de mon pouvoir Athenes tributaire.
J'accepte tous les dons que vous me voulez faire.
Mais cet empire enfin si grand, si glorieux,
N'est pas de vos presens le plus cher à mes yeux.

SCENE IV.

HIPPOLYTE, THERAMENE.

HIPPOLYTE.

Ami, tout est-il prest ? Mais la reine s'avance.
Va, que pour le départ tout s'arme en diligence.
Fay donner le signal, cours, ordonne, et revien
Me délivrer bien-tost d'un fâcheux entretien.

SCENE V.

PHEDRE, HIPPOLYTE, ŒNONE.

PHEDRE, *à Œnone.*
Le voicy. Vers mon cœur tout mon sang se retire.
J'oublie, en le voyant, ce que je viens luy dire.
ŒNONE.
Souvenez-vous d'un fils qui n'espere qu'en vous.
PHEDRE.
On dit qu'un prompt depart vous éloigne de nous,
Seigneur. A vos douleurs je viens joindre mes larmes.
Je vous viens pour un fils expliquer mes allarmes.
Mon fils n'a plus de pere, et le jour n'est pas loin
Qui de ma mort encor doit le rendre témoin.
Déja mille ennemis attaquent son enfance,
Vous seul pouvez contr'eux embrasser sa défense.
Mais un secret remords agite mes esprits.
Je crains d'avoir fermé vostre oreille à ses cris.
Je tremble que sur luy vostre juste colere
Ne poursuive bien-tost une odieuse mere.
HIPPOLYTE.
Madame, je n'ay point des sentimens si bas.
PHEDRE.
Quand vous me haïriez, je ne m'en plaindrois pas,
Seigneur : vous m'avez veuë attachée à vous nuire ;
Dans le fond de mon cœur vous ne pouviez pas lire.
A vostre inimitié j'ay pris soin de m'offrir.
Aux bords que j'habitois je n'ay pû vous souffrir :
En public, en secret, contre vous declarée,
J'ay voulu par des mers en estre separée ;

J'ay mesme défendu, par une expresse loy,
Qu'on osast prononcer vostre nom devant moy.
Si pourtant à l'offense on mesure la peine,
Si la haine peut seule attirer vostre haine,
Jamais femme ne fut plus digne de pitié,
Et moins digne, Seigneur, de vostre inimitié.

HIPPOLYTE.

Des droits de ses enfans une mere jalouse
Pardonne rarement au fils d'une autre épouse.
Madame, je le sçay; les soupçons importuns
Sont d'un second hymen les fruits les plus communs.
Toute autre auroit pour moi pris les mêmes ombrages,
Et j'en aurois peut-estre essuyé plus d'outrages.

PHEDRE.

Ah! Seigneur! que le Ciel, j'ose icy l'attester,
De cette loy commune a voulu m'excepter!
Qu'un soin bien different me trouble et me devore!

HIPPOLYTE.

Madame, il n'est pas temps de vous troubler encore.
Peut-estre vostre époux voit encore le jour;
Le Ciel peut à nos pleurs accorder son retour.
Neptune le protege, et ce dieu tutelaire
Ne sera pas en vain imploré par mon pere.

PHEDRE.

On ne voit point deux fois le rivage des morts,
Seigneur. Puis que Thesée a veû les sombres bords,
En vain vous esperez qu'un dieu vous le renvoye,
Et l'avare Acheron ne lâche point sa proye.
Que dis-je? Il n'est point mort, puis qu'il respire en vous.
Toûjours devant mes yeux je croy voir mon époux.
Je le voy, je luy parle, et mon cœur... Je m'égare,
Seigneur; ma folle ardeur malgré moy se déclare.

HIPPOLYTE.

Je voy de vostre amour l'effet prodigieux.
Tout mort qu'il est, Thésée est present à vos yeux ;
Toûjours de son amour vostre ame est embrasée.

PHEDRE.

Ouy, Prince, je languis, je brûle pour Thesée.
Je l'aime, non point tel que l'ont veû les enfers
Volage adorateur de mille objets divers,
Qui va du dieu des morts deshonorer la couche ;
Mais fidelle, mais fier, et mesme un peu farouche,
Charmant, jeune, traînant tous les cœurs aprés soy,
Tel qu'on dépeint nos dieux, ou tel que je vous voy.
Il avoit vostre port, vos yeux, vostre langage ;
Cette noble pudeur coloroit son visage,
Lors que de nostre Crete il traversa les flots,
Digne sujet des vœux des filles de Minos.
Que faisiez-vous alors ? Pourquoy sans Hippolyte
Des heros de la Grece assembla-t-il l'élite ?
Pourquoy, trop jeune encor, ne pustes-vous alors
Entrer dans le vaisseau qui le mit sur nos bords ?
Par vous auroit peri le monstre de la Crete,
Malgré tous les détours de sa vaste retraite.
Pour en développer l'embarras incertain,
Ma sœur du fil fatal eust armé vostre main.
Mais non : dans ce dessein je l'aurois devancée ;
L'amour m'en eust d'abord inspiré la pensée.
C'est moy, Prince, c'est moy dont l'utile secours
Vous eust du labyrinthe enseigné les détours.
Que de soins m'eust cousté cette teste charmante !
Un fil n'eust point assez rassuré vostre amante :
Compagne du peril qu'il vous falloit chercher,
Moy-mesme devant vous j'aurois voulu marcher ;

Et Phedre, au labyrinthe avec vous descenduë,
Se seroit avec vous retrouvée ou perduë.
Hippolyte.
Dieux! qu'est-ce que j'entens? Madame, oubliez-vo
Que Thesée est mon pere, et qu'il est vostre époux?
Phedre.
Et sur quoy jugez-vous que j'en perds la memoire,
Prince? Aurois-je perdu tout le soin de ma gloire?
Hippolyte.
Madame, pardonnez : j'avouë, en rougissant,
Que j'accusois à tort un discours innocent.
Ma honte ne peut plus soûtenir vostre veuë,
Et je vais...
Phedre.
Ah! cruel, tu m'as trop entenduë!
Je t'en ay dit assez pour te tirer d'erreur.
Hé bien, connoy donc Phedre et toute sa fureur.
J'aime. Ne pense pas qu'au moment que je t'aime,
Innocente à mes yeux, je m'approuve moy-même,
Ny que du fol amour qui trouble ma raison
Ma lâche complaisance ait nourri le poison.
Objet infortuné des vengeances celestes,
Je m'abhorre encor plus que tu ne me detestes.
Les dieux m'en sont témoins, ces dieux qui dans mon flanc
Ont allumé le feu fatal à tout mon sang;
Ces dieux qui se sont fait une gloire cruelle
De séduire le cœur d'une foible mortelle.
Toy-mesme en ton esprit rappelle le passé:
C'est peu de t'avoir fui, cruel, je t'ay chassé;
J'ay voulu te paroistre odieuse, inhumaine;
Pour mieux te resister, j'ay recherché ta haine.
De quoy m'ont profité mes inutiles soins?

Tu me haïssois plus, je ne t'aimois pas moins.
Tes malheurs te prestoient encor de nouveaux charmes.
J'ay langui, j'ay seché, dans les feux, dans les larmes.
Il suffit de tes yeux pour t'en persuader,
Si tes yeux un moment pouvoient me regarder.
Que dis-je? Cet aveu que je te viens de faire,
Cet aveu si honteux, le crois-tu volontaire?
Tremblante pour un fils que je n'osois trahir,
Je te venois prier de ne le point haïr.
Foibles projets d'un cœur trop plein de ce qu'il aime!
Helas! je ne t'ay pû parler que de toy-même!
Vange-toy, puni-moy d'un odieux amour.
Digne fils du heros qui t'a donné le jour,
Délivre l'univers d'un monstre qui t'irrite.
La veuve de Thesée ose aimer Hippolyte!
Croy-moy, ce monstre affreux ne doit point t'échaper.
Voilà mon cœur. C'est là que ta main doit fraper.
Impatient déja d'expier son offense,
Au devant de ton bras je le sens qui s'avance.
Frappe; ou, si tu le crois indigne de tes coups,
Si ta haine m'envie un supplice si doux,
Ou si d'un sang trop vil ta main seroit trempée,
Au défaut de ton bras preste moy ton épée.
Donne.

ŒNONE.

Que faites-vous, Madame? Justes dieux!
Mais on vient. Evitez des témoins odieux.
Venez, rentrez, fuyez une honte certaine.

SCENE VI.

HIPPOLYTE, THERAMENE.

THERAMENE.
Est-ce Phedre qui fuit, ou plûtost qu'on entraîne ?
Pourquoy, Seigneur, pourquoy ces marques de douleur ?
Je vous voy sans épée, interdit, sans couleur !
HIPPOLYTE.
Theramene, fuyons. Ma surprise est extrême.
Je ne puis sans horreur me regarder moy-même.
Phedre... Mais non, grands dieux ! Qu'en un profond oubli
Cet horrible secret demeure enseveli !
THERAMENE.
Si vous voulez partir, la voile est preparée.
Mais Athenes, Seigneur, s'est déja declarée ;
Ses chefs ont pris les voix de toutes ses tribus :
Vostre frere l'emporte, et Phedre a le dessus.
HIPPOLYTE.
Phedre ?
THERAMENE.
Un heraut, chargé des volontez d'Athenes,
De l'Estat en ses mains vient remettre les rênes.
Son fils est roy, Seigneur.
HIPPOLYTE.
Dieux qui la connoissez,
Est-ce donc sa vertu que vous recompensez ?
THERAMENE.
Cependant un bruit sourd veut que le roy respire.
On pretend que Thesée a paru dans l'Epire.
Mais moy qui l'y cherchay, Seigneur, je sçay trop bien...

HIPPOLYTE.

N'importe; écoutons tout, et ne negligeons rien.
Examinons ce bruit, remontons à sa source.
S'il ne merite pas d'interrompre ma course,
Partons, et, quelque prix qu'il en puisse coûter,
Mettons le sceptre aux mains dignes de le porter.

FIN DU SECOND ACTE.

ACTE III

SCENE PREMIERE
PHEDRE, ŒNONE.

PHEDRE.

Ah! que l'on porte ailleurs les honneurs qu'on m'envoye!
Importune, peux-tu souhaiter qu'on me voye?
De quoy viens-tu flatter mon esprit desolé?
Cache-moy bien plûtost, je n'ay que trop parlé.
Mes fureurs au dehors ont osé se répandre;
J'ay dit ce que jamais on ne devoit entendre.
Ciel! comme il m'écoutoit! par combien de détours
L'insensible a long-temps éludé mes discours!
Comme il ne respiroit qu'une retraite pronte!
Et combien sa rougeur a redoublé ma honte!
Pourquoy détournois-tu mon funeste dessein?
Helas! quand son épée alloit chercher mon sein,
A-t-il pâli pour moy? me l'a-t-il arrachée?
Il suffit que ma main l'ait une fois touchée,
Je l'ay renduë horrible à ses yeux inhumains,
Et ce fer malheureux profaneroit ses mains.

ŒNONE.

Ainsi, dans vos malheurs, ne songeant qu'à vous plaindre,

Vous nourrissez un feu qu'il vous faudroit éteindre.
Ne vaudroit-il pas mieux, digne sang de Minos,
Dans de plus nobles soins chercher vostre repos,
Contre un ingrat qui plaist recourir à la fuite,
Regner, et de l'Estat embrasser la conduite?

PHEDRE.

Moy, regner! moy, ranger un Estat sous ma loy,
Quand ma foible raison ne regne plus sur moy,
Lors que j'ay de mes sens abandonné l'empire,
Quand sous un joug honteux à peine je respire,
Quand je me meurs!

ŒNONE.

Fuyez.

PHEDRE.

Je ne le puis quitter.

ŒNONE.

Vous l'osastes bannir, vous n'osez l'éviter!

PHEDRE.

Il n'est plus temps : il sçait mes ardeurs insensées:
De l'austere pudeur les bornes sont passées :
J'ay declaré ma honte aux yeux de mon vainqueur,
Et l'espoir malgré moy s'est glissé dans mon cœur.
Toy-mesme, rappellant ma force défaillante
Et mon ame déja sur mes lévres errante,
Par tes conseils flateurs tu m'as sceu ranimer ;
Tu m'as fait entrevoir que je pouvois l'aimer.

ŒNONE.

Helas! de vos malheurs innocente ou coupable,
De quoy, pour vous sauver, n'estois-je point capable?
Mais, si jamais l'offense irrita vos esprits,
Pouvez-vous d'un superbe oublier les mépris?
Avec quels yeux cruels sa rigueur obstinée

Vous laissoit à ses piés peu s'en faut prosternée !
Que son farouche orgueil le rendoit odieux !
Que Phedre en ce moment n'avoit-elle mes yeux !
PHEDRE.
Œnone, il peut quitter cet orgueil qui te blesse.
Nourri dans les forests, il en a la rudesse.
Hippolyte, endurci par de sauvages lois,
Entend parler d'amour pour la premiere fois.
Peut-estre sa surprise a causé son silence,
Et nos plaintes peut-estre ont trop de violence.
ŒNONE.
Songez qu'une Barbare en son sein l'a formé.
PHEDRE.
Quoique Scythe et Barbare, elle a pourtant aimé.
ŒNONE.
Il a pour tout le sexe une haine fatale.
PHEDRE.
Je ne me verray point preferer de rivale.
Enfin, tous tes conseils ne sont plus de saison;
Sers ma fureur, Œnone, et non point ma raison.
Il oppose à l'amour un cœur inaccessible :
Cherchons, pour l'attaquer, quelque endroit plus sensible.
Les charmes d'un empire ont paru le toucher.
Athenes l'attiroit, il n'a pû s'en cacher :
Déja de ses vaisseaux la pointe estoit tournée,
Et la voile flottoit aux vents abandonnée.
Va trouver de ma part ce jeune ambitieux,
Œnone; fay briller la couronne à ses yeux.
Qu'il mette sur son front le sacré diadême :
Je ne veux que l'honneur de l'attacher moy-même.
Cedons-luy ce pouvoir que je ne puis garder.
Il instruira mon fils dans l'art de commander;

Peut-estre il voudra bien luy tenir lieu de pere :
Je mets sous son pouvoir et le fils et la mere.
Pour le fléchir enfin tente tous les moyens :
Tes discours trouveront plus d'accés que les miens.
Presse, pleure, gemi, plain-luy Phedre mourante;
Ne rougi point de prendre une voix suppliante :
Je t'avoûray de tout; je n'espere qu'en toy.
Va : j'attens ton retour pour disposer de moy.

SCENE II.

PHEDRE, *seule.*

O toy qui vois la honte où je suis descenduë,
Implacable Venus, suis-je assez confonduë ?
Tu ne sçaurois plus loin pousser ta cruauté.
Ton triomphe est parfait; tous tes traits ont porté.
Cruelle ! si tu veux une gloire nouvelle,
Attaque un ennemi qui te soit plus rebelle.
Hippolyte te fuit, et, bravant ton courroux,
Jamais à tes autels n'a fléchi les genoux ;
Ton nom semble offenser ses superbes oreilles.
Déesse, vange-toy : nos causes sont pareilles.
Qu'il aime... Mais déja tu reviens sur tes pas,
Œnone ? On me deteste, on ne t'écoute pas ?

SCENE III.

PHEDRE, ŒNONE.

ŒNONE.
Il faut d'un vain amour étouffer la pensée,
Madame. Rappellez vostre vertu passée :
Le roy, qu'on a cru mort, va paroistre à vos yeux ;
Thesée est arrivé, Thesée est en ces lieux.
Le peuple, pour le voir, court et se precipite.
Je sortois par vostre ordre, et cherchois Hippolyte,
Lors que jusques au ciel mille cris élancez...

PHEDRE.
Mon époux est vivant, Œnone, c'est assez.
J'ay fait l'indigne aveu d'un amour qui l'outrage ;
Il vit : je ne veux pas en sçavoir davantage.

ŒNONE.
Quoy ?

PHEDRE.
Je te l'ay prédit, mais tu n'as pas voulu :
Sur mes justes remors tes pleurs ont prévalu.
Je mourois ce matin digne d'estre pleurée ;
J'ay suivi tes conseils : je meurs deshonorée.

ŒNONE.
Vous mourez ?

PHEDRE.
Juste Ciel ! qu'ay-je fait aujourd'huy !
Mon époux va paroistre, et son fils avec luy.
Je verray le témoin de ma flâme adultere
Observer de quel front j'ose aborder son pere,
Le cœur gros de soupirs qu'il n'a point écoutez,

L'œil humide de pleurs par l'ingrat rebuttez.
Penses-tu que, sensible à l'honneur de Thesée,
Il luy cache l'ardeur dont je suis embrasée?
Laissera-t-il trahir et son pere et son roy?
Pourra-t-il contenir l'horreur qu'il a pour moy?
Il se tairoit en vain : je sçay mes perfidies,
Œnone, et ne suis point de ces femmes hardies
Qui, goustant dans le crime une tranquille paix,
Ont sçû se faire un front qui ne rougit jamais.
Je connoy mes fureurs, je les rappelle toutes.
Il me semble déja que ces murs, que ces voutes,
Vont prendre la parole, et, prests à m'accuser,
Attendent mon époux pour le desabuser.
Mourons. De tant d'horreurs qu'un trépas me délivre.
Est-ce un malheur si grand que de cesser de vivre?
La mort aux malheureux ne cause point d'effroy.
Je ne crains que le nom que je laisse aprés moy.
Pour mes tristes enfans quel affreux heritage !
Le sang de Jupiter doit enfler leur courage ;
Mais, quelque juste orgueil qu'inspire un sang si beau,
Le crime d'une mere est un pesant fardeau.
Je tremble qu'un discours, helas ! trop veritable,
Un jour ne leur reproche une mere coupable.
Je tremble qu'opprimez de ce poids odieux,
L'un ni l'autre jamais n'ose lever les yeux.

ŒNONE.

Il n'en faut point douter, je les plains l'un et l'autre;
Jamais crainte ne fust plus juste que la vostre.
Mais à de tels affronts pourquoy les exposer?
Pourquoy contre vous-même allez-vous déposer?
C'en est fait : on dira que Phedre, trop coupable,
De son époux trahi fuit l'aspect redoutable.

Hippolyte est heureux qu'aux dépens de vos jours
Vous-même en expirant appuyez ses discours.
A vostre accusateur que pourray-je répondre?
Je seray devant luy trop facile à confondre.
De son triomphe affreux je le verray jouïr,
Et conter vostre honte à qui voudra l'ouïr.
Ah! que plûtost du ciel la flâme me devore!
Mais, ne me trompez point, vous est-il cher encore?
De quel œil voyez-vous ce prince audacieux?

PHEDRE.

Je le voy comme un monstre effroyable à mes yeux.

ŒNONE.

Pourquoy donc luy ceder une victoire entiere?
Vous le craignez : osez l'accuser la premiere
Du crime dont il peut vous charger aujourd'huy.
Qui vous dementira? Tout parle contre luy :
Son épée en vos mains heureusement laissée,
Vostre trouble present, vostre douleur passée,
Son pere par vos cris dés long-temps prévenu,
Et déja son exil par vous-même obtenu.

PHEDRE.

Moy, que j'ose opprimer et noircir l'innocence!

ŒNONE.

Mon zele n'a besoin que de vostre silence.
Tremblante comme vous, j'en sens quelque remors.
Vous me verriez plus pronte affronter mille morts.
Mais, puisque je vous perds sans ce triste remede,
Vostre vie est pour moy d'un prix à qui tout cede :
Je parleray. Thesée, aigri par mes avis,
Bornera sa vengeance à l'exil de son fils :
Un pere en punissant, Madame, est toûjours pere,
Un supplice leger suffit à sa colere.

Mais, le sang innocent dust-il être versé,
Que ne demande point vostre honneur menacé?
C'est un tresor trop cher pour oser le commettre.
Quelque loi qu'il vous dicte, il faut vous y soûmettre,
Madame, et, pour sauver nostre honneur combattu,
Il faut immoler tout, et même la vertu.
On vient, je voy Thesée.

PHEDRE.

Ah! je vois Hippolyte;
Dans ses yeux insolens je voy ma perte écrite.
Fay ce que tu voudras, je m'abandonne à toy.
Dans le trouble où je suis, je ne puis rien pour moy.

SCENE IV.

THESÉE, HIPPOLYTE, PHEDRE, ŒNONE, THERAMENE.

THESÉE.

La fortune à mes vœux cesse d'estre opposée,
Madame, et dans vos bras met...

PHEDRE.

Arrestez, Thesée,
Et ne profanez point des transports si charmans.
Je ne merite plus ces doux empressemens;
Vous estes offensé. La fortune jalouse
N'a pas en vostre absence épargné vostre épouse.
Indigne de vous plaire et de vous approcher,
Je ne dois desormais songer qu'à me cacher.

SCENE V.
THESÉE, HIPPOLYTE, THERAMENE.

Thesée.
Quel est l'étrange accueil qu'on fait à vostre pere
Mon fils ?
Hippolyte.
   Phedre peut seule expliquer ce mystere.
Mais, si mes vœux ardens vous peuvent émouvoir,
Permettez-moy, Seigneur, de ne la plus revoir ;
Souffrez que pour jamais le tremblant Hippolyte
Disparoisse des lieux que vostre épouse habite.
Thesée.
Vous, mon fils, me quitter ?
Hippolyte.
     Je ne la cherchois pas ;
C'est vous qui sur ces bords conduisistes ses pas.
Vous daignâtes, Seigneur, aux rives de Trézene
Confier en partant Aricie et la reine ;
Je fus même chargé du soin de les garder.
Mais quels soins desormais peuvent me retarder ?
Assez dans les forests mon oisive jeunesse
Sur de vils ennemis a montré son adresse :
Ne pourray-je, en fuyant un indigne repos,
D'un sang plus glorieux teindre mes javelots ?
Vous n'aviez pas encor atteint l'âge où je touche,
Déja plus d'un tyran, plus d'un monstre farouche
Avoit de vostre bras senti la pesanteur ;
Déja, de l'insolence heureux persecuteur,
Vous aviez des deux mers assuré les rivages ;

Le libre voyageur ne craignoit plus d'outrages;
Hercule, respirant sur le bruit de vos coups,
Déja de son travail se reposoit sur vous.
Et moy, fils inconnu d'un si glorieux pere,
Je suis même encor loin des traces de ma mere.
Souffrez que mon courage ose enfin s'occuper;
Souffrez, si quelque monstre a pû vous échaper,
Que j'apporte à vos pieds sa dépouille honorable,
Ou que d'un beau trépas la memoire durable,
Eternisant des jours si noblement finis,
Prouve à tout l'avenir que j'étois vostre fils.

THESÉE.

Que vois-je? Quelle horreur dans ces lieux répanduë
Fait fuir devant mes yeux ma famille éperduë?
Si je reviens si craint et si peu desiré,
O Ciel! de ma prison pourquoy m'as-tu tiré?
Je n'avois qu'un ami: son imprudente flâme
Du tyran de l'Epire alloit ravir la femme;
Je servois à regret ses desseins amoureux;
Mais le sort irrité nous aveugloit tous deux.
Le tyran m'a surpris sans defense et sans armes.
J'ay veû Pirithoüs, triste objet de mes larmes,
Livré par ce barbare à des monstres cruels
Qu'il nourrissoit du sang des malheureux mortels.
Moy-même il m'enferma dans des cavernes sombres,
Lieux profonds et voisins de l'empire des ombres.
Les dieux, aprés six mois, enfin m'ont regardé:
J'ay sçû tromper les yeux de qui j'étois gardé.
D'un perfide ennemi j'ay purgé la nature;
A ses monstres luy-même a servi de pâture.
Et, lorsqu'avec transport je pense m'approcher
De tout ce que les dieux m'ont laissé de plus cher;

Que dis-je? quand mon ame, à soy-même renduë,
Vient se rassasier d'une si chere veuë,
Je n'ay pour tout accueil que des fremissemens;
Tout fuit, tout se refuse à mes embrassemens;
Et moy-même, éprouvant la terreur que j'inspire,
Je voudrois estre encor dans les prisons d'Epire.
Parlez. Phedre se plaint que je suis outragé :
Qui m'a trahi? Pourquoy ne suis-je pas vengé?
La Grece, à qui mon bras fut tant de fois utile,
A-t-elle au criminel accordé quelque azile?
Vous ne répondez point! Mon fils, mon propre fils,
Est-il d'intelligence avec mes ennemis?
Entrons : c'est trop garder un doute qui m'accable.
Connoissons à la fois le crime et le coupable :
Que Phedre explique enfin le trouble où je la voy.

SCENE VI.

HIPPOLYTE, THERAMENE.

HIPPOLYTE.

Où tendoit ce discours qui m'a glacé d'effroy?
Phedre, toûjours en proye à sa fureur extrême,
Veut-elle s'accuser et se perdre elle-même?
Dieux! que dira le roy? Quel funeste poison
L'amour a répandu sur toute sa maison!
Moy-même, plein d'un feu que sa haine reprouve,
Quel il m'a veû jadis, et quel il me retrouve!
De noirs pressentimens viennent m'épouvanter.
Mais l'innocence enfin n'a rien à redouter.
Allons : cherchons ailleurs par quelle heureuse adresse

Je pourray de mon pere émouvoir la tendresse,
Et luy dire un amour qu'il peut vouloir troubler,
Mais que tout son pouvoir ne sçauroit ébranler.

FIN DU TROISIÉME ACTE.

ACTE IV

SCENE PREMIERE.

THESÉE, ŒNONE.

THESÉE.

Ah! qu'est-ce que j'entends? Un traistre, un temeraire
Preparoit cet outrage à l'honneur de son pere?
Avec quelle rigueur, Destin, tu me poursuis!
Je ne sçais où je vais, je ne sçais où je suis.
O tendresse! ô bonté trop mal recompensée!
Projet audacieux! detestable pensée!
Pour parvenir au but de ses noires amours,
L'insolent de la force empruntoit le secours!
J'ay reconnu le fer instrument de sa rage,
Ce fer dont je l'armay pour un plus noble usage.
Tous les liens du sang n'ont pû le retenir!
Et Phedre differoit à le faire punir!
Le silence de Phedre épargnoit le coupable!

ŒNONE.

Phedre épargnoit plûtost un pere déplorable.
Honteuse du dessein d'un amant furieux
Et du feu criminel qu'il a pris dans ses yeux,
Phedre mouroit, Seigneur, et sa main meurtriere

Eteignoit de ses yeux l'innocente lumiere.
J'ay veû lever le bras, j'ay couru la sauver;
Moy seule à vostre amour j'ay sçû la conserver,
Et, plaignant à la fois son trouble et vos allarmes,
J'ay servi malgré moy d'interprete à ses larmes.

THESÉE.

Le perfide! il n'a pû s'empêcher de pâlir :
De crainte en m'abordant je l'ay veû tressaillir.
Je me suis étonné de son peu d'allegresse;
Ses froids embrassemens ont glacé ma tendresse.
Mais ce coupable amour dont il est devoré
Dans Athenes déja s'étoit-il declaré?

ŒNONE.

Seigneur, souvenez-vous des plaintes de la reine :
Un amour criminel causa toute sa haine.

THESÉE.

Et ce feu dans Trézene a donc recommencé?

ŒNONE.

Je vous ay dit, Seigneur, tout ce qui s'est passé.
C'est trop laisser la reine à sa douleur mortelle,
Souffrez que je vous quitte et me range auprés d'elle.

SCENE II.

THESÉE, HIPPOLYTE.

THESÉE.

Ah! le voicy. Grands dieux! à ce noble maintien,
Quel œil ne seroit pas trompé comme le mien?
Faut-il que sur le front d'un profane adultere
Brille de la vertu le sacré caractere?

Et ne devroit-on pas à des signes certains
Reconnoistre le cœur des perfides humains?
HIPPOLYTE.
Puis-je vous demander quel funeste nuage,
Seigneur, a pû troubler vostre auguste visage?
N'osez-vous confier ce secret à ma foy?
THESÉE.
Perfide! oses-tu bien te montrer devant moy?
Monstre qu'a trop long-temps épargné le tonnerre,
Reste impur des brigands dont j'ay purgé la terre,
Aprés que le transport d'un amour plein d'horreur
Jusqu'au lit de ton pere a porté sa fureur,
Tu m'oses presenter une teste ennemie!
Tu parois dans des lieux pleins de ton infamie,
Et ne vas pas chercher, sous un ciel inconnu,
Des païs où mon nom ne soit point parvenu!
Fuy, traistre. Ne viens point braver icy ma haine,
Et tenter un courroux que je retiens à peine :
C'est bien assez pour moy de l'opprobre eternel
D'avoir pû mettre au jour un fils si criminel,
Sans que ta mort encor, honteuse à ma memoire,
De mes nobles travaux vienne souiller la gloire.
Fuis; et, si tu ne veux qu'un châtiment soudain
T'ajoûte aux scelerats qu'a punis cette main,
Pren garde que jamais l'astre qui nous éclaire
Ne te voye en ces lieux mettre un pié temeraire.
Fuy, dis-je, et, sans retour précipitant tes pas,
De ton horrible aspect purge tous mes Etats.

Et toy, Neptune, et toy, si jadis mon courage
D'infames assassins nettoya ton rivage,
Souvien-toy que, pour prix de mes efforts heureux,
Tu promis d'exaucer le premier de mes vœux.

Dans les longues rigueurs d'une prison cruelle
Je n'ay point imploré ta puissance immortelle ;
Avare du secours que j'attens de tes soins,
Mes vœux t'ont reservé pour de plus grands besoins.
Je t'implore aujourd'huy. Venge un malheureux pere ;
J'abandonne ce traistre à toute ta colere ;
Etouffe dans son sang ses desirs effrontez :
Thesée à tes fureurs connoistra tes bontez.
Hippolyte.
D'un amour criminel Phedre accuse Hippolyte !
Un tel excés d'horreur rend mon ame interdite ;
Tant de coups imprévûs m'accablent à la fois
Qu'ils m'ôtent la parole et m'étouffent la voix.
Thesée.
Traistre, tu pretendois qu'en un lâche silence
Phedre enseveliroit ta brutale insolence :
Il falloit, en fuyant, ne pas abandonner
Le fer qui dans ses mains aide à te condamner ;
Ou plûtost il falloit, comblant ta perfidie,
Luy ravir tout d'un coup la parole et la vie.
Hippolyte.
D'un mensonge si noir justement irrité,
Je devrois faire icy parler la verité,
Seigneur ; mais je supprime un secret qui vous touche.
Approuvez le respect qui me ferme la bouche,
Et, sans vouloir vous-même augmenter vos ennuis,
Examinez ma vie, et songez qui je suis.
Quelques crimes toûjours precedent les grands crimes.
Quiconque a pû franchir les bornes legitimes
Peut violer enfin les droits les plus sacrez :
Ainsi que la vertu, le crime a ses degrez,
Et jamais on n'a veu la timide innocence

Passer subitement à l'extrême licence.
Un jour seul ne fait point d'un mortel vertueux
Un perfide assassin, un lâche incestueux.
Elevé dans le sein d'une chaste heroïne,
Je n'ay point de son sang démenti l'origine.
Pitthée, estimé sage entre tous les humains,
Daigna m'instruire encore au sortir de ses mains.
Je ne veux point me peindre avec trop d'avantage ;
Mais, si quelque vertu m'est tombée en partage,
Seigneur, je croy sur tout avoir fait éclater
La haine des forfaits qu'on ose m'imputer.
C'est par-là qu'Hippolyte est connu dans la Grece.
J'ay poussé la vertu jusques à la rudesse :
On sçait de mes chagrins l'inflexible rigueur.
Le jour n'est pas plus pur que le fond de mon cœur.
Et l'on veut qu'Hippolyte, épris d'un feu profane...

Thesée.

Ouy, c'est ce même orgueil, lâche ! qui te condamne.
Je voy de tes froideurs le principe odieux :
Phedre seule charmoit tes impudiques yeux,
Et pour tout autre objet ton ame indifférente
Dédaignoit de brûler d'une flâme innocente.

Hippolyte.

Non, mon pere, ce cœur (c'est trop vous le celer)
N'a point d'un chaste amour dédaigné de brûler.
Je confesse à vos pieds ma veritable offense :
J'aime ; j'aime, il est vray, malgré vostre défense.
Aricie à ses loix tient mes vœux asservis,
La fille de Pallante a vaincu vostre fils.
Je l'adore ; et mon ame, à vos ordres rebelle,
Ne peut ni soûpirer ni brûler que pour elle.

Racine. III.

Thesée.

Tu l'aimes? Ciel! Mais non, l'artifice est grossier :
Tu te feins criminel pour te justifier.

Hippolyte.

Seigneur depuis six mois je l'évite, et je l'aime;
Je venois, en tremblant, vous le dire à vous-même.
Hé quoy! de vostre erreur rien ne vous peut tirer!
Par quel affreux serment faut-il vous rassurer?
Que la terre, le ciel, que toute la nature...

Thesée.

Toûjours les scelerats ont recours au parjure.
Cesse, cesse, et m'épargne un importun discours,
Si ta fausse vertu n'a point d'autre secours.

Hippolyte.

Elle vous paroist fausse et pleine d'artifice :
Phedre au fond de son cœur me rend plus de justice.

Thesée.

Ah! que ton impudence excite mon courroux!

Hippolyte.

Quel temps à mon exil, quel lieu prescrivez-vous?

Thesée.

Fusses-tu par delà les Colonnes d'Alcide,
Je me croirois encor trop voisin d'un perfide.

Hippolyte.

Chargé du crime affreux dont vous me soupçonnez,
Quels amis me plaindront, quand vous m'abandonnez?

Thesée.

Va chercher des amis dont l'estime funeste
Honore l'adultere, applaudisse à l'inceste;
Des traistres, des ingrats, sans honneur et sans loi,
Dignes de proteger un méchant tel que toy.

Hippolyte.

Vous me parlez toûjours d'inceste et d'adultere :
Je me tais. Cependant Phedre sort d'une mere,
Phedre est d'un sang, Seigneur, vous le sçavez trop bien,
De toutes ces horreurs plus rempli que le mien.

Thesée.

Quoy ! ta rage à mes yeux perd toute retenuë ?
Pour la derniere fois, ôte-toy de ma veuë,
Sors, traistre : n'atten pas qu'un pere furieux
Te fasse avec opprobre arracher de ces lieux.

SCENE III.

THESÉE, seul.

Miserable, tu cours à ta perte infaillible !
Neptune, par le fleuve aux dieux mêmes terrible,
M'a donné sa parole, et va l'executer.
Un dieu vengeur te suit, tu ne peux l'éviter.
Je t'aimois, et je sens que, malgré ton offense,
Mes entrailles pour toy se troublent par avance.
Mais à te condamner tu m'as trop engagé :
Jamais pere, en effet, fut-il plus outragé ?
Justes dieux, qui voyez la douleur qui m'accable,
Ay-je pû mettre au jour un enfant si coupable ?

SCENE IV.

PHEDRE, THESÉE.

PHEDRE.

Seigneur, je viens à vous pleine d'un juste effroy.
Vostre voix redoutable a passé jusqu'à moy :
Je crains qu'un prompt effet n'ait suivi la menace.
S'il en est temps encor, épargnez vostre race,
Respectez vostre sang, j'ose vous en prier ;
Sauvez-moy de l'horreur de l'entendre crier ;
Ne me preparez point la douleur éternelle
De l'avoir fait répandre à la main paternelle.

THESÉE.

Non, Madame, en mon sang ma main n'a point trempé ;
Mais l'ingrat toutefois ne m'est point échapé :
Une immortelle main de sa perte est chargée ;
Neptune me la doit, et vous serez vengée.

PHEDRE.

Neptune vous la doit ! Quoy ! vos vœux irritez...

THESÉE.

Quoy ! craignez-vous déja qu'ils ne soient écoutez ?
Joignez-vous bien plûtost à mes vœux legitimes :
Dans toute leur noirceur retracez-moy ses crimes ;
Echauffez mes transports trop lents, trop retenus.
Tous ses crimes encor ne vous sont pas connus :
Sa fureur contre vous se répand en injures.
Vostre bouche, dit-il, est pleine d'impostures.
Il soutient qu'Aricie a son cœur, a sa foy,
Qu'il l'aime.

PHEDRE.
Quoy, Seigneur!
THESÉE.
Il l'a dit devant moy ;
Mais je sçay rejetter un frivole artifice.
Esperons de Neptune une prompte justice :
Je vay moy-même encore, au pié de ses autels,
Le presser d'accomplir ses sermens immortels.

SCENE V.

PHEDRE, seule.

Il sort. Quelle nouvelle a frappé mon oreille ?
Quel feu mal étouffé dans mon cœur se réveille ?
Quel coup de foudre, ô Ciel ! et quel funeste avis !
Je volois tout entiere au secours de son fils,
Et, m'arrachant des bras d'Œnone épouvantée,
Je cedois au remords dont j'étois tourmentée.
Qui sçait même où m'alloit porter ce repentir ?
Peut-estre à m'accuser j'aurois pû consentir.
Peut-estre, si la voix ne m'eust esté coupée,
L'affreuse verité me seroit échapée.
Hippolyte est sensible, et ne sent rien pour moy !
Aricie a son cœur, Aricie a sa foy !
Ah ! dieux ! Lorsqu'à mes vœux l'ingrat inexorable
S'armoit d'un œil si fier, d'un front si redoutable,
Je pensois qu'à l'amour son cœur toûjours fermé
Fust contre tout mon sexe également armé :
Une autre cependant a flechi son audace ;
Devant ses yeux cruels une autre a trouvé grace.

Peut-estre a-t-il un cœur facile à s'attendrir :
Je suis le seul objet qu'il ne sçauroit souffrir.
Et je me chargerois du soin de le défendre !

SCENE VI.

PHEDRE, ŒNONE.

PHEDRE.
Chere Œnone, sçais-tu ce que je viens d'apprendre ?
ŒNONE.
Non ; mais je viens tremblante, à ne vous point mentir :
J'ay pâli du dessein qui vous a fait sortir ;
J'ay craint une fureur à vous-même fatale.
PHEDRE.
Œnone, qui l'eust crû ? j'avois une rivale !
ŒNONE.
Comment ?
PHEDRE.
Hippolyte aime, et je n'en puis douter.
Ce farouche ennemi qu'on ne pouvoit domter,
Qu'offensoit le respect, qu'importunoit la plainte,
Ce tigre, que jamais je n'aborday sans crainte,
Soûmis, apprivoisé, reconnoist un vainqueur :
Aricie a trouvé le chemin de son cœur.
ŒNONE.
Aricie ?
PHEDRE.
Ah ! douleur non encore éprouvée !
A quel nouveau tourment je me suis reservée !
Tout ce que j'ay souffert, mes craintes, mes transports,
La fureur de mes feux, l'horreur de mes remors,

Et d'un refus cruel l'insupportable injure,
N'étoit qu'un foible essay du tourment que j'endure.
Ils s'aiment! Par quel charme ont-ils trompé mes yeux?
Comment se sont-ils veus? depuis quand? dans quels lieux
Tu le sçavois : pourquoy me laissois-tu seduire?
De leur furtive ardeur ne pouvois-tu m'instruire?
Les a-t-on veû souvent se parler, se chercher?
Dans le fond des forests alloient-ils se cacher?
Helas! ils se voyoient avec pleine licence :
Le Ciel de leurs soûpirs approuvoit l'innocence;
Ils suivoient sans remords leur penchant amoureux;
Tous les jours se levoient clairs et sereins pour eux!
Et moy, triste rebut de la nature entiere,
Je me cachois au jour, je fuyois la lumiere;
La Mort est le seul dieu que j'osois implorer.
J'attendois le moment où j'allois expirer.
Me nourrissant de fiel, de larmes abreuvée,
Encor dans mon malheur de trop prés observée,
Je n'osois dans mes pleurs me noyer à loisir,
Je goûtois en tremblant ce funeste plaisir,
Et, sous un front serein déguisant mes allarmes,
Il falloit bien souvent me priver de mes larmes.

ŒNONE.

Quel fruit recevront-ils de leurs vaines amours?
Ils ne se verront plus.

PHEDRE.

Ils s'aimeront toûjours!
Au moment que je parle, ah! mortelle pensée!
Ils bravent la fureur d'une amante insensée!
Malgré ce même exil qui va les écarter,
Ils font mille sermens de ne se point quitter.
Non, je ne puis soüffrir un bonheur qui m'outrage.

Œnone, pren pitié de ma jalouse rage.
Il faut perdre Aricie. Il faut de mon époux
Contre un sang odieux réveiller le courroux.
Qu'il ne se borne pas à des peines legeres :
Le crime de la sœur passe celuy des freres.
Dans mes jaloux transports je le veux implorer.
   Que fais-je ? Où ma raison se va-t-elle égarer ?
Moy, jalouse ! et Thesée est celuy que j'implore !
Mon époux est vivant, et moy je brûle encore !
Pour qui ? Quel est le cœur où pretendent mes vœux ?
Chaque mot sur mon front fait dresser mes cheveux.
Mes crimes desormais ont comblé la mesure :
Je respire à la fois l'inceste et l'imposture ;
Mes homicides mains, promtes à me venger,
Dans le sang innocent brûlent de se plonger.
Miserable ! Et je vis ! et je soûtiens la veuë
De ce sacré Soleil dont je suis descenduë !
J'ay pour ayeul le pere et le maistre des dieux ;
Le ciel, tout l'univers est plein de mes ayeux :
Où me cacher ? Fuyons dans la nuit infernale.
Mais que dis-je ? Mon pere y tient l'urne fatale ;
Le Sort, dit-on, l'a mise en ses severes mains.
Minos juge aux enfers tous les pâles humains.
Ah ! combien fremira son ombre épouvantée,
Lors qu'il verra sa fille, à ses yeux presentée
Contrainte d'avoüer tant de forfaits divers,
Et des crimes peut-estre inconnus aux enfers !
Que diras-tu, mon pere, à ce spectacle horrible
Je croy voir de ta main tomber l'urne terrible ;
Je croy te voir, cherchant un supplice nouveau,
Toy-même de ton sang devenir le bourreau.
Pardonne. Un dieu cruel a perdu ta famille ;

ACTE IV, SCENE VI

Reconnoy sa vengeance aux fureurs de ta fille.
Helas! du crime affreux dont la honte me suit
Jamais mon triste cœur n'a recueilli le fruit :
Jusqu'au dernier soûpir de malheurs poursuivie,
Je rends dans les tourmens une penible vie.

ŒNONE.

Hé! repoussez, Madame, une injuste terreur!
Regardez d'un autre œil une excusable erreur.
Vous aimez. On ne peut vaincre sa destinée :
Par un charme fatal vous fûtes entraînée.
Est-ce donc un prodige inouï parmi nous?
L'amour n'a-t-il encor triomphé que de vous?
La foiblesse aux humains n'est que trop naturelle
Mortelle, subissez le sort d'une mortelle.
Vous vous plaignez d'un joug imposé dés long-temps :
Les dieux même, les dieux de l'Olympe habitans,
Qui d'un bruit si terrible épouvantent les crimes,
Ont brûlé quelquefois de feux illegitimes.

PHEDRE.

Qu'entens-je? Quels conseils ose-t-on me donner?
Ainsi donc jusqu'au bout tu veux m'empoisonner,
Malheureuse! Voila comme tu m'as perduë.
Au jour, que je fuyois, c'est toy qui m'as renduë.
Tes prieres m'ont fait oublier mon devoir ;
J'évitois Hippolyte, et tu me l'as fait voir.
De quoy te chargeois-tu? Pourquoy ta bouche impie
A-t-elle, en l'accusant, osé noircir sa vie?
Il en mourra peut-estre, et d'un pere insensé
Le sacrilege vœu peut-estre est exaucé.
Je ne t'écoute plus. Va-t-en, monstre execrable ;
Va, laisse-moy le soin de mon sort déplorable.
Puisse le juste Ciel dignement te payer!

Et puisse ton supplice à jamais effrayer
Tous ceux qui, comme toy, par de lâches adresses,
Des princes malheureux nourrissent les foiblesses,
Les poussent au penchant où leur cœur est enclin,
Et leur osent du crime aplanir le chemin !
Détestables flatteurs, present le plus funeste
Que puisse faire aux rois la colere celeste !

ŒNONE, *seule.*

Ah ! dieux ! pour la servir, j'ay tout fait, tout quitté ;
Et j'en reçoy ce prix ! Je l'ay bien merité.

FIN DU QUATRIÉME ACTE.

ACTE V

SCENE PREMIERE.

HIPPOLYTE, ARICIE.

ARICIE.

Quoy ! vous pouvez vous taire en ce peril extrême ?
Vous laissez dans l'erreur un pere qui vous aime ?,
Cruel, si, de mes pleurs méprisant le pouvoir,
Vous consentez sans peine à ne me plus revoir,
Partez, separez-vous de la triste Aricie ;
Mais du moins en partant assurez vostre vie,
Défendez vostre honneur d'un reproche honteux,
Et forcez vostre pere à revoquer ses vœux :
Il en est temps encor. Pourquoy, par quel caprice
Laissez-vous le champ libre à vostre accusatrice ?
Eclaircissez Thesée.

HIPPOLYTE.

Hé ! que n'ay-je point dit ?
Ay-je dû mettre au jour l'opprobre de son lit ?
Devois-je, en luy faisant un recit trop sincere,
D'une indigne rougeur couvrir le front d'un pere ?
Vous seule avez percé ce mystere odieux.

Mon cœur pour s'épancher n'a que vous et les dieux.
Je n'ay pû vous cacher, jugez si je vous aime,
Tout ce que je voulois me cacher à moy-même.
Mais songez sous quel sceau je vous l'ay revelé.
Oubliez, s'il se peut, que je vous ay parlé,
Madame; et que jamais une bouche si pure
Ne s'ouvre pour conter cette horrible avanture.
Sur l'équité des dieux osons nous confier:
Ils ont trop d'interest à me justifier;
Et Phedre, tost ou tard de son crime punie,
N'en sçauroit éviter la juste ignominie.
C'est l'unique respect que j'exige de vous.
Je permets tout le reste à mon libre courroux:
Sortez de l'esclavage où vous estes reduite,
Osez me suivre, osez accompagner ma fuite;
Arrachez-vous d'un lieu funeste et profané,
Où la vertu respire un air empoisonné;
Profitez, pour cacher vostre promte retraite,
De la confusion que ma disgrace y jette.
Je vous puis de la fuite assurer les moyens:
Vous n'avez jusqu'icy de gardes que les miens;
De puissans defenseurs prendront nostre querelle;
Argos nous tend les bras, et Sparte nous appelle.
A nos amis communs portons nos justes cris;
Ne souffrons pas que Phedre, assemblant nos débris,
Du trône paternel nous chasse l'un et l'autre,
Et promette à son fils ma dépouille et la vostre.
L'occasion est belle, il la faut embrasser.
Quelle peur vous retient? Vous semblez balancer?
Vostre seul interest m'inspire cette audace.
Quand je suis tout de feu, d'où vous vient cette glace?
Sur les pas d'un banni craignez-vous de marcher?

ARICIE.

Helas! qu'un tel exil, Seigneur, me seroit cher!
Dans quels ravissemens, à vostre sort liée,
Du reste des mortels je vivrois oubliée!
Mais, n'estant point unis par un lien si doux,
Me puis-je avec honneur dérober avec vous?
Je sçay que, sans blesser l'honneur le plus severe,
Je me puis affranchir des mains de vostre pere :
Ce n'est point m'arracher du sein de mes parens,
Et la fuite est permise à qui fuit ses tyrans.
Mais vous m'aimez, Seigneur; et ma gloire allarmée...

HIPPOLYTE.

Non, non, j'ay trop de soin de vostre renommée.
Un plus noble dessein m'ameine devant vous :
Fuyez vos ennemis, et suivez vostre épous.
Libres dans nos malheurs, puisque le Ciel l'ordonne,
Le don de nostre foy ne dépend de personne.
L'hymen n'est point toûjours entouré de flambeaux.
 Aux portes de Trézene, et parmi ces tombeaux
Des princes de ma race antiques sepultures,
Est un temple sacré, formidable aux parjures.
C'est là que les mortels n'osent jurer en vain :
Le perfide y reçoit un châtiment soudain ;
Et, craignant d'y trouver la mort inévitable,
Le mensonge n'a point de frein plus redoutable.
Là, si vous m'en croyez, d'un amour eternel
Nous irons confirmer le serment solennel.
Nous prendrons à témoin le dieu qu'on y revere.
Nous le prîrons tous deux de nous servir de pere.
Des dieux les plus sacrez j'attesteray le nom,
Et la chaste Diane, et l'auguste Junon,

Et tous les dieux enfin, témoins de mes tendresses,
Garantiront la foy de mes saintes promesses.
ARICIE.
Le roy vient. Fuyez, Prince, et partez promptement.
Pour cacher mon départ je demeure un moment.
Allez, et laissez-moy quelque fidelle guide
Qui conduise vers vous ma démarche timide.

SCENE II.

THESÉE, ARICIE, ISMENE.

THESÉE.
Dieux, éclairez mon trouble, et daignez à mes yeux
Montrer la verité que je cherche en ces lieux !
ARICIE.
Songe à tout, chere Ismene, et sois preste à la fuite.

SCENE III.

THESÉE, ARICIE.

THESÉE.
Vous changez de couleur, et semblez interdite,
Madame ! Que faisoit Hippolyte en ce lieu ?
ARICIE.
Seigneur, il me disoit un eternel adieu.
THESÉE.
Vos yeux ont sçû domter ce rebelle courage,
Et ses premiers soûpirs sont vostre heureux ouvrage.

ARICIE.

Seigneur, je ne vous puis nier la verité :
De vostre injuste haine il n'a pas herité ;
Il ne me traittoit point comme une criminelle.

THESÉE.

J'entens : il vous juroit une amour eternelle.
Ne vous assurez point sur ce cœur inconstant,
Car à d'autres que vous il en juroit autant.

ARICIE.

Luy, Seigneur?

THESÉE.

Vous deviez le rendre moins volage.
Comment souffriez-vous cet horrible partage?

ARICIE.

Et comment souffrez-vous que d'horribles discours
D'une si belle vie osent noircir le cours?
Avez-vous de son cœur si peu de connoissance?
Discernez-vous si mal le crime et l'innocence?
Faut-il qu'à vos yeux seuls un nuage odieux
Dérobe sa vertu, qui brille à tous les yeux?
Ah! c'est trop le livrer à des langues perfides.
Cessez. Repentez-vous de vos vœux homicides ;
Craignez, Seigneur, craignez que le Ciel rigoureux
Ne vous haïsse assez pour exaucer vos vœux :
Souvent dans sa colere il reçoit nos victimes ;
Ses presens sont souvent la peine de nos crimes.

THESÉE.

Non, vous voulez en vain couvrir son attentat.
Vostre amour vous aveugle en faveur de l'ingrat.
Mais j'en croy des témoins certains, irreprochables :
J'ay vû, j'ay vû couler des larmes veritables.

ARICIE.

Prenez garde, Seigneur. Vos invincibles mains
Ont de monstres sans nombre affranchi les humains;
Mais tout n'est pas détruit, et vous en laissez vivre
Un... Vostre fils, Seigneur, me défend de poursuivre.
Instruite du respect qu'il veut vous conserver,
Je l'affligerois trop si j'osois achever.
J'imite sa pudeur, et fuis vostre presence
Pour n'estre pas forcée à rompre le silence.

SCENE IV.

THESÉE, *seul*.

Quelle est donc sa pensée, et que cache un discours
Commencé tant de fois, interrompu toûjours?
Veulent-ils m'éblouïr par une feinte vaine?
Sont-ils d'accord tous deux pour me mettre à la gesne?
Mais moy-même, malgré ma severe rigueur,
Quelle plaintive voix crie au fond de mon cœur?
Une pitié secrete et m'afflige et m'étonne.
Une seconde fois interrogeons Œnone:
Je veux de tout le crime estre mieux éclairci.
Gardes, qu'Œnone sorte et vienne seule ici.

SCENE V.

THESÉE, PANOPE.

PANOPE.

J'ignore le projet que la reine médite,
Seigneur, mais je crains tout du transport qui l'agite.

ACTE V, SCENE V

Un mortel desespoir sur son visage est peint ;
La pâleur de la mort est déja sur son teint.
Déja, de sa presence avec honte chassée,
Dans la profonde mer Œnone s'est lancée.
On ne sçait point d'où part ce dessein furieux ;
Et les flots pour jamais l'ont ravie à nos yeux.

THESÉE.

Qu'entens-je ?

PANOPE.

Son trépas n'a point calmé la reine ;
Le trouble semble croistre en son ame incertaine.
Quelquefois, pour flatter ses secretes douleurs,
Elle prend ses enfans et les baigne de pleurs,
Et soudain, renonçant à l'amour maternelle,
Sa main avec horreur les repousse loin d'elle.
Elle porte au hazard ses pas irresolus ;
Son œil tout égaré ne nous reconnoist plus.
Elle a trois fois écrit, et, changeant de pensée,
Trois fois elle a rompu sa lettre commencée.
Daignez la voir, Seigneur, daignez la secourir.

THESÉE.

O Ciel ! Œnone est morte, et Phedre veut mourir ?
Qu'on rappelle mon fils, qu'il vienne se deffendre ;
Qu'il vienne me parler, je suis prest de l'entendre.
Ne precipite point tes funestes bien-faits,
Neptune : j'aime mieux n'estre exaucé jamais.
J'ay peut-estre trop crû des témoins peu fidelles,
Et j'ay trop tost vers toy levé mes mains cruelles.
Ah ! de quel desespoir mes vœux seroient suivis !

SCENE VI.

THESÉE, THERAMENE.

Thesée.

Theramene, est-ce toy? Qu'as-tu fait de mon fils?
Je te l'ay confié dés l'âge le plus tendre.
Mais d'où naissent les pleurs que je te voy répandre?
Que fait mon fils?

Theramene.

O soins tardifs et superflus!
Inutile tendresse! Hippolyte n'est plus.

Thesée.

Dieux!

Theramene.

J'ay vû des mortels perir le plus aimable,
Et j'ose dire encor, Seigneur, le moins coupable.

Thesée.

Mon fils n'est plus? Hé quoy! quand je luy tends les bras,
Les dieux impatiens ont hasté son trépas?
Quel coup me l'a ravi? quelle foudre soudaine?

Theramene.

A peine nous sortions des portes de Trézene.
Il estoit sur son char; ses gardes affligez
Imitoient son silence, autour de luy rangez.
Il suivoit tout pensif le chemin de Mycenes;
Sa main sur ses chevaux laissoit flotter les resnes.
Ses superbes coursiers, qu'on voyoit autrefois
Pleins d'une ardeur si noble obeïr à sa voix,
L'œil morne maintenant et la teste baissée,
Sembloient se conformer à sa triste pensée.

Un effroyable cri, sorti du fond des flots,
Des airs en ce moment a troublé le repos ;
Et du sein de la terre une voix formidable
Répond en gemissant à ce cri redoutable.
Jusqu'au fond de nos cœurs nostre sang s'est glacé ;
Des coursiers attentifs le crin s'est herissé.
Cependant, sur le dos de la plaine liquide,
S'éleve à gros bouillons une montagne humide ;
L'onde approche, se brise, et vomit à nos yeux,
Parmi des flots d'écume, un monstre furieux.
Son front large est armé de cornes menassantes ;
Tout son corps est couvert d'écailles jaunissantes ;
Indontable taureau, dragon impetueux,
Sa croupe se recourbe en replis tortueux ;
Ses longs mugissemens font trembler le rivage.
Le ciel avec horreur voit ce monstre sauvage,
La terre s'en émeut, l'air en est infecté ;
Le flot qui l'apporta recule épouvanté.
Tout fuit, et, sans s'armer d'un courage inutile,
Dans le temple voisin chacun cherche un azile.
Hippolyte luy seul, digne fils d'un heros,
Arreste ses coursiers, saisit ses javelots,
Pousse au monstre, et, d'un dard lancé d'une main seûre,
Il luy fait dans le flanc une large blessure.
De rage et de douleur le monstre bondissant
Vient aux pieds des chevaux tomber en mugissant,
Se roule, et leur presente une gueule enflâmée
Qui les couvre de feu, de sang et de fumée.
La frayeur les emporte, et, sourds à cette fois,
Ils ne connoissent plus ni le frein ni la voix.
En efforts impuissans leur maistre se consume.
Ils rougissent le mords d'une sanglante écume.

On dit qu'on a vû mesme, en ce desordre affreux,
Un dieu qui d'aiguillons pressoit leur flanc poudreux.
A travers des rochers la peur les precipite;
L'essieu crie et se rompt ; l'intrepide Hippolyte
Voit voler en éclats tout son char fracassé ;
Dans les resnes luy-mesme il tombe embarrassé.
Excusez ma douleur : cette image cruelle
Sera pour moy de pleurs une source eternelle.
J'ay vû, Seigneur, j'ay vû vostre malheureux fils
Traîné par les chevaux que sa main a nourris.
Il veut les rappeller, et sa voix les effraye ;
Ils courent. Tout son corps n'est bien-tost qu'une playe.
De nos cris douloureux la plaine retentit.
Leur fougue impetueuse enfin se rallentit :
Ils s'arrestent non loin de ces tombeaux antiques
Où des rois ses ayeux sont les froides reliques.
J'y cours en soûpirant, et sa garde me suit :
De son genereux sang la trace nous conduit ;
Les rochers en sont teints ; les ronces dégoutantes
Portent de ses cheveux les dépouilles sanglantes.
J'arrive, je l'appelle ; et, me tendant la main,
Il ouvre un œil mourant, qu'il referme soudain.
« Le Ciel, dit-il, m'arrache une innocente vie.
Prens soin aprés ma mort de la triste Aricie.
Cher ami, si mon pere, un jour desabusé,
Plaint le malheur d'un fils faussement accusé,
Pour appaiser mon sang et mon ombre plaintive,
Di-luy qu'avec douceur il traite sa captive ;
Qu'il luy rende... » A ce mot, ce heros expiré
N'a laissé dans mes bras qu'un corps defiguré,
Triste objet où des dieux triomphe la colere,
Et que méconnoistroit l'œil mesme de son pere.

THESÉE.
O mon fils! cher espoir que je me suis ravi!
Inexorables dieux qui m'avez trop servi!
A quels mortels regrets ma vie est reservée!
THERAMENE.
La timide Aricie est alors arrivée :
Elle venoit, Seigneur, fuyant vostre courroux,
A la face des dieux l'accepter pour époux.
Elle approche. Elle voit l'herbe rouge et fumante;
Elle voit (quel objet pour les yeux d'une amante!)
Hippolyte étendu, sans forme et sans couleur.
Elle veut quelque temps douter de son malheur,
Et, ne connoissant plus ce heros qu'elle adore,
Elle voit Hippolyte, et le demande encore.
Mais, trop seûre à la fin qu'il est devant ses yeux,
Par un triste regard elle accuse les dieux,
Et, froide, gemissante, et presque inanimée,
Aux piés de son amant elle tombe pâmée.
Ismene est auprés d'elle; Ismene toute en pleurs
La rappelle à la vie, ou plûtost aux douleurs.
Et moy, je suis venu, detestant la lumiere,
Vous dire d'un heros la volonté derniere,
Et m'acquitter, Seigneur, du malheureux employ
Dont son cœur expirant s'est reposé sur moy.
Mais j'apperçoy venir sa mortelle ennemie.

SCENE DERNIERE.

THESÉE, PHEDRE, THERAMENE, PANOPE, Gardes.

Thesée.

He bien ! vous triomphez, et mon fils est sans vie.
Ah ! que j'ay lieu de craindre ! et qu'un cruel soupçon,
L'excusant dans mon cœur, m'allarme avec raison !
Mais, Madame, il est mort, prenez vostre victime
Jouïssez de sa perte, injuste ou legitime :
Je consens que mes yeux soient toûjours abusez ;
Je le croy criminel, puis que vous l'accusez.
Son trépas à mes pleurs offre assez de matieres
Sans que j'aille chercher d'odieuses lumieres,
Qui, ne pouvant le rendre à ma juste douleur,
Peut-estre ne feroient qu'accroistre mon malheur.
Laissez-moy, loin de vous, et loin de ce rivage,
De mon fils déchiré fuir la sanglante image.
Confus, persecuté d'un mortel souvenir,
De l'univers entier je voudrois me bannir.
Tout semble s'élever contre mon injustice ;
L'éclat de mon nom même augmente mon supplice :
Moins connu des mortels, je me cacherois mieux.
Je hais jusques au soin dont m'honnorent les dieux ;
Et je m'en vais pleurer leurs faveurs meurtrieres,
Sans plus les fatiguer d'inutiles prieres.
Quoi qu'ils fissent pour moy, leur funeste bonté
Ne me sçauroit payer de ce qu'ils m'ont osté.

Phedre.

Non, Thesée, il faut rompre un injuste silence ;

Il faut à vostre fils rendre son innocence :
Il n'estoit point coupable.
THESÉE.
Ah ! pere infortuné !
Et c'est sur vostre foy que je l'ay condamné !
Cruelle ! pensez-vous estre assez excusée...
PHEDRE.
Les momens me sont chers, écoutez-moy, Thesée :
C'est moy qui sur ce fils chaste et respectueux
Osay jetter un œil profane, incestueux.
Le Ciel mit dans mon sein une flâme funeste ;
La detestable Œnone a conduit tout le reste.
Elle a craint qu'Hippolyte, instruit de ma fureur,
Ne découvrît un feu qui luy faisoit horreur.
La perfide, abusant de ma foiblesse extrême,
S'est hastée à vos yeux de l'accuser luy-même.
Elle s'en est punie, et, fuyant mon courroux,
A cherché dans les flots un supplice trop doux.
Le fer auroit déja tranché ma destinée ;
Mais je laissois gemir la vertu soupçonnée :
J'ay voulu, devant vous exposant mes remords,
Par un chemin plus lent descendre chez les morts.
J'ay pris, j'ay fait couler dans mes brûlantes veines
Un poison que Medée apporta dans Athenes.
Déja jusqu'à mon cœur le venin parvenu
Dans ce cœur expirant jette un froid inconnu ;
Déja je ne voy plus qu'à travers un nuage
Et le ciel et l'époux que ma presence outrage ;
Et la mort, à mes yeux dérobant la clarté,
Rend au jour, qu'ils souilloient, toute sa pureté.
PANOPE.
Elle expire, Seigneur !

Thesée.
          D'une action si noire
Que ne peut avec elle expirer la memoire !
Allons, de mon erreur, helas! trop éclaircis,
Mesler nos pleurs au sang de mon malheureux fils !
Allons de ce cher fils embrasser ce qui reste,
Expier la fureur d'un vœu que je deteste.
Rendons-luy les honneurs qu'il a trop meritez ;
Et, pour mieux appaiser ses manes irritez,
Que, malgré les complots d'une injuste famille,
Son amante aujourd'huy me tienne lieu de fille.

FIN.

ESTHER

TRAGEDIE

TIRÉE DE L'ÉCRITURE SAINTE

PREFACE

La celebre maison de Saint Cyr ayant esté principalement établie pour élever dans la pieté un fort grand nombre de jeunes demoiselles rassemblées de tous les endroits du royaume, on n'y a rien oublié de tout ce qui pouvoit contribuer à les rendre capables de servir Dieu dans les differens états où il luy plaira de les appeller. Mais, en leur montrant les choses essentielles et necessaires, on ne neglige pas de leur apprendre celles qui peuvent servir à leur polir l'esprit et à leur former le jugement. On a imaginé pour cela plusieurs moyens qui, sans les détourner de leur travail et de leurs exercices ordinaires, les instruisent en les divertissant. On leur met, pour ainsi dire, à profit leurs heures de récréation. On leur fait faire entr'elles, sur leurs principaux devoirs, des conversations ingenieuses, qu'on leur a composées exprés, ou qu'elles-mêmes composent sur le champ. On les fait parler sur les histoires qu'on leur a lûës, ou sur les importantes veritez qu'on leur a enseignées. On leur fait reciter par cœur et déclamer les plus beaux endroits des meilleurs poëtes. Et cela leur sert sur tout à les défaire de quantité de mauvaises prononciations qu'elles pourroient avoir apportées de leurs provinces. On a soin aussi de faire apprendre à chanter à celles qui ont de la voix, et on ne leur laisse pas perdre un talent qui les peut amuser innocemment, et qu'elles peuvent employer un jour à chanter les loüanges de Dieu.

Mais la plûpart des plus excellens vers de nostre langue ayant esté composez sur des matieres fort profanes, et nos plus beaux airs estant sur des paroles extrêmement molles et effeminées, capables de faire des impressions dangereuses sur de jeunes esprits, les personnes illustres qui ont bien voulu prendre la principale direction de cette maison ont souhaité qu'il y eust quelque ouvrage qui, sans avoir tous ces defauts, pust produire une partie de ces bons effets. Elles me firent l'honneur de me communiquer leur dessein, et même de me demander si je ne pourrois pas faire, sur quelque sujet de pieté et de morale, une espece de poëme où le chant fust meslé avec le recit ; le tout lié par une action qui rendist la chose plus vive et moins capable d'ennuyer.

Je leur proposay le sujet d'Esther, qui les frappa d'abord, cette histoire leur paroissant pleine de grandes leçons d'amour de Dieu et de détachement du monde au milieu du monde même. Et je crus de mon costé que je trouverois assez de facilité à traiter ce sujet ; d'autant plus qu'il me sembla que, sans alterer aucune des circonstances tant soit peu considerables de l'Ecriture sainte, ce qui seroit, à mon avis, une espece de sacrilege, je pourrois remplir toute mon action avec les seules scenes que Dieu luy-même, pour ainsi dire, a preparées.

J'entrepris donc la chose, et je m'apperceus qu'en travaillant sur le plan qu'on m'avoit donné, j'executois en quelque sorte un dessein qui m'avoit souvent passé dans l'esprit, qui estoit de lier, comme dans les anciennes tragedies grecques, le chœur et le chant avec l'action, et d'employer à chanter les loüanges du vray Dieu cette partie du chœur que les payens employoient à chanter les loüanges de leurs fausses divinitez.

A dire vray, je ne pensois guere que la chose dust estre aussi publique qu'elle l'a esté. Mais les grandes veritez de l'Ecriture, et la maniere sublime dont elles y sont énoncées, pour peu qu'on les presente, même imparfaitement, aux yeux des hommes, sont si propres à les frapper, et d'ailleurs ces jeunes demoiselles ont déclamé et chanté cet ouvrage avec tant de grace, tant de modestie et tant de pieté, qu'il n'a pas esté possible qu'il demeurast renfermé dans le secret de leur maison. De sorte qu'un divertissement d'enfans est devenu le sujet de l'empressement de toute la cour, le roy luy-même, qui en avoit esté touché, n'ayant pû refuser à tout ce qu'il y a de plus grands seigneurs de les y mener, et ayant eu la satisfaction de voir, par le plaisir qu'ils y ont pris, qu'on se peut aussi-bien divertir aux choses de pieté qu'à tous les spectacles profanes.

Au reste, quoique j'aye évité soigneusement de mesler le profane avec le sacré, j'ay crû neanmoins que je pouvois emprunter deux ou trois traits d'Herodote pour mieux peindre Assuerus. Car j'ay suivi le sentiment de plusieurs sçavans interpretes de l'Ecriture, qui tiennent que ce roy est le même que le fameux Darius fils d'Hystaspe, dont parle cet historien. En effet, ils en rapportent quantité de preuves, dont quelques-unes me paroissent des démonstrations. Mais je n'ay pas jugé à propos de croire ce même Herodote sur sa parole, lors qu'il dit que les Perses n'élevoient ni temples, ni autels, ni statuës, à leurs dieux, et qu'ils ne se servoient point de libations dans leurs sacrifices. Son témoignage est expressément détruit par l'Ecriture, aussi-bien que par Xenophon, beaucoup mieux instruit que luy des mœurs et des affaires de la Perse, et enfin par Quinte-Curse.

On peut dire que l'unité de lieu est observée dans cette piece, en ce que toute l'action se passe dans le palais d'Assuerus. Cependant, comme on vouloit rendre ce divertissement plus agreable à des enfans, en jettant quelque varieté dans les décorations, cela a esté cause que je n'ay pas gardé cette unité avec la même rigueur que j'ay fait autrefois dans mes tragedies.

Je croy qu'il est bon d'avertir icy que, bien qu'il y ait dans *Esther* des personnages d'hommes, ces personnages n'ont pas laissé d'estre representez par des filles avec toute la bienséance de leur sexe. La chose leur a esté d'autant plus aisée qu'anciennement les habits des Persans et des Juifs estoient de longues robes qui tomboient jusqu'à terre.

Je ne puis me resoudre à finir cette Preface sans rendre à celuy qui a fait la musique la justice qui luy est dûë, et sans confesser franchement que ses chants ont fait un des plus grands agrémens de la piece. Tous les connoisseurs demeurent d'accord que depuis long-temps on n'a point entendu d'airs plus touchans, ni plus convenables aux paroles.

Quelques personnes ont trouvé la musique du dernier chœur un peu longue, quoique tres-belle. Mais qu'auroit-on dit de ces jeunes Israëlites qui avoient tant fait de vœux à Dieu pour estre délivrées de l'horrible peril où elles estoient, si, ce peril estant passé, elles luy en avoient rendu de mediocres actions de graces? Elles auroient directement peché contre la loüable coûtume de leur nation, où l'on ne recevoit de Dieu aucun bienfait signalé qu'on ne l'en remerciast sur le champ par de fort longs cantiques; témoins ceux de Marie sœur de Moyse, de Débora, et de Judith, et de tant d'autres dont l'Écriture est pleine. On dit même que les Juifs encore aujourd'huy celebrent par de grandes actions de graces le jour où leurs ancestres furent délivrez par **Esther de la cruauté d'Aman.**

ESTHER

NOMS DES PERSONNAGES

ASSUERUS, roy de Perse.
ESTHER, reine de Perse.
MARDOCHEE, oncle d'Esther.
AMAN, favori d'Assuerus.
ZARÉS, femme d'Aman.
HYDASPE, officier du palais interieur d'Assuerus.
ASAPH, autre officier d'Assuerus.
ELISE, confidente d'Esther.
THAMAR, Israëlite de la suite d'Esther.
Gardes du roy Assuerus.
Chœur de jeunes filles israelites.

La scene est à Suse, dans le palais d'Assuerus.

La Pieté fait le Prologue.

PROLOGUE

LA PIETÉ.

Du séjour bienheureux de la Divinité,
Je descens dans ce lieu[1] par la Grace habité.
L'Innocence s'y plaist, ma compagne éternelle,
Et n'a point sous les cieux d'azile plus fidelle.
Icy, loin du tumulte, aux devoirs les plus saints
Tout un peuple naissant est formé par mes mains.
Je nourris dans son cœur la semence feconde
Des vertus dont il doit sanctifier le monde.
Un roy qui me protege, un roy victorieux,
A commis à mes soins ce déposit precieux.
C'est luy qui rassembla ces colombes timides,
Esparses en cent lieux, sans secours et sans guides.
Pour elles à sa porte élevant ce palais,
Il leur y fit trouver l'abondance et la paix.

Grand Dieu, que cet ouvrage ait place en ta memoire!
Que tous les soins qu'il prend pour soustenir ta gloire
Soient gravez de ta main au livre où sont écrits

---

1. La maison de Saint-Cyr.

Les noms prédestinez des rois que tu cheris !
Tu m'écoutes; ma voix ne t'est point estrangere.
Je suis la Pieté, cette fille si chere,
Qui t'offre de ce roy les plus tendres soûpirs.
Du feu de ton amour j'allume ses desirs.
Du zele, qui pour toy l'enflâme et le dévore,
La chaleur se répand du couchant à l'aurore.
Tu le vois tous les jours, devant toy prosterné,
Humilier ce front de splendeur couronné,
Et, confondant l'orgueil par d'augustes exemples,
Baiser avec respect le pavé de tes temples.
De ta gloire animé, luy seul de tant de rois
S'arme pour ta querelle, et combat pour tes droits.
Le perfide interest, l'aveugle jalousie,
S'unissent contre toy pour l'affreuse heresie.
La discorde en fureur fremit de toutes parts.
Tout semble abandonner tes sacrez estendars;
Et l'enfer, couvrant tout de ses vapeurs funebres,
Sur les yeux les plus saints a jetté ses tenebres.
Luy seul, invariable et fondé sur la foy,
Ne cherche, ne regarde et n'écoute que toy,
Et, bravant du démon l'impuissant artifice,
De la religion soustient tout l'édifice.
Grand Dieu, juge ta cause, et deploye aujourd'huy
Ce bras, ce mesme bras qui combattoit pour luy
Lors que des nations à sa perte animées
Le Rhin vit tant de fois disperser les armées.
Des mesmes ennemis je reconnois l'orgueil ;
Ils viennent se briser contre le mesme écueil.

PROLOGUE

Déja, rompant par tout leurs plus fermes barrieres,
Du débris de leurs forts il couvre ses frontieres.
  Tu luy donnes un fils promt à le seconder,
Qui sçait combattre, plaire, obeïr, commander;
Un fils qui, comme luy, suivy de la victoire,
Semble à gagner son cœur borner toute sa gloire;
Un fils à tous ses vœux avec amour soûmis,
L'éternel desespoir de tous ses ennemis.
Pareil à ces esprits que ta justice envoye,
Quand son roy luy dit : « Pars », il s'élance avec joye,
Du tonnerre vengeur s'en va tout embraser,
Et, tranquille, à ses piés revient le déposer.
  Mais, tandis qu'un grand roy venge ainsi mes injures,
Vous qui goustez icy des delices si pures,
S'il permet à son cœur un moment de repos,
A vos jeux innocens appellez ce heros.
Retracez-luy d'Esther l'histoire glorieuse,
Et sur l'impieté la foy victorieuse.
  Et vous, qui vous plaisez aux folles passions
Qu'allument dans vos cœurs les vaines fictions,
Profanes amateurs de spectacles frivoles,
Dont l'oreille s'ennuye au son de mes paroles,
Fuyez de mes plaisirs la sainte austerité :
Tout respire icy Dieu, la paix, la verité.

ESTHER
TRAGEDIE

ACTE PREMIER

Le theatre represente l'appartement d'Esther.

SCENE PREMIERE.

ESTHER, ELISE.

ESTHER.

Est-ce toy, chere Elise ? O jour trois fois heureux !
Que beni soit le Ciel qui te rend à mes vœux
Toy qui, de Benjamin comme moy descenduë,
Fus de mes premiers ans la compagne assiduë,
Et qui, d'un mesme joug souffrant l'oppression,
M'aidois à soûpirer les malheurs de Sion !
Combien ce temps encore est cher à ma memoire !
Mais toy, de ton Esther ignorois-tu la gloire ?

Depuis plus de six mois que je te fais chercher,
Quel climat, quel desert a donc pû te cacher?

ELISE.

Au bruit de vostre mort justement éplorée,
Du reste des humains je vivois separée,
Et de mes tristes jours n'attendois que la fin,
Quand tout à coup, Madame, un prophète divin :
« C'est pleurer trop long-temps une mort qui t'abuse,
Leve-toy, m'a-t-il dit; prens ton chemin vers Suse.
Là tu verras d'Esther la pompe et les honneurs,
Et sur le thrône assis le sujet de tes pleurs.
Rassure, ajoûta-t-il, tes tribus allarmées,
Sion; le jour approche où le Dieu des armées
Va de son bras puissant faire éclater l'appuy;
Et le cri de son peuple est monté jusqu'à luy. »
Il dit. Et moy, de joye et d'horreur penetrée,
Je cours. De ce palais j'ay sceû trouver l'entrée.
O spectacle! O triomphe admirable à mes yeux,
Digne en effet du bras qui sauva nos ayeux!
Le fier Assuerus couronne sa captive,
Et le Persan superbe est aux piés d'une Juive.
Par quels secrets ressorts, par quel enchaînement,
Le Ciel a-t-il conduit ce grand évenement?

ESTHER.

Peut-estre on t'a conté la fameuse disgrace
De l'altiere Vasthi, dont j'occupe la place,
Lors que le roy, contre elle enflammé de dépit,
La chassa de son thrône ainsi que de son lit.
Mais il ne pût si-tost en bannir la pensée.
Vasthi regna long-temps dans son ame offensée.
Dans ses nombreux Estats il fallut donc chercher
Quelque nouvel objet qui l'en pust détacher.

De l'Inde à l'Hellespont ses esclaves coururent.
Les filles de l'Egypte à Suse comparurent.
Celles même du Parthe et du Scythe indomté
Y briguerent le sceptre offert à la beauté.
On m'élevoit alors, solitaire et cachée,
Sous les yeux vigilans du sage Mardochée.
Tu sçais combien je dois à ses heureux secours.
La mort m'avoit ravi les auteurs de mes jours.
Mais luy, voyant en moy la fille de son frere,
Me tint lieu, chere Elise, et de pere et de mere.
Du triste estat des Juifs jour et nuit agité,
Il me tira du sein de mon obscurité,
Et, sur mes foibles mains fondant leur délivrance,
Il me fit d'un empire accepter l'esperance.
A ses desseins secrets, tremblante, j'obeïs.
Je vins. Mais je cachay ma race et mon païs.
Qui pourroit cependant t'exprimer les cabales
Que formoit en ces lieux ce peuple de rivales,
Qui toutes, disputant un si grand interest,
Des yeux d'Assuerus attendoient leur arrest?
Chacune avoit sa brigue et de puissans suffrages.
L'une d'un sang fameux vantoit les avantages;
L'autre, pour se parer de superbes atours,
Des plus adroites mains empruntoit le secours.
Et moy, pour toute brigue et pour tout artifice,
De mes larmes au Ciel j'offrois le sacrifice.
   Enfin, on m'annonça l'ordre d'Assuerus.
Devant ce fier monarque, Elise, je parus.
Dieu tient le cœur des rois entre ses mains puissantes.
Il fait que tout prospere aux ames innocentes,
Tandis qu'en ses projets l'orgueilleux est trompé.
De mes foibles attraits le roy parut frappé.

Il m'observa long-temps dans un sombre silence;
Et le Ciel, qui pour moy fit pancher la balance,
Dans ce temps-là sans doute agissoit sur son cœur.
Enfin, avec des yeux où regnoit la douceur :
« Soyez reine », dit-il, et, dés ce moment même,
De sa main sur mon front posa son diadême.
Pour mieux faire éclater sa joye et son amour,
Il combla de presens tous les grands de sa cour;
Et même ses bienfaits, dans toutes ses provinces,
Inviterent le peuple aux nôces de leurs princes.
 Helas! durant ces jours de joye et de festins,
Quelle estoit en secret ma honte, et mes chagrins!
Esther, disois-je, Esther dans la pourpre est assise;
La moitié de la terre à son sceptre est soûmise,
Et de Jerusalem l'herbe cache les murs!
Sion, repaire affreux de reptiles impurs,
Voit de son temple saint les pierres dispersées,
Et du Dieu d'Israël les festes sont cessées!

ELISE.

N'avez-vous point au roy confié vos ennuis?

ESTHER.

Le roy, jusqu'à ce jour, ignore qui je suis.
Celuy par qui le Ciel regle ma destinée
Sur ce secret encor tient ma langue enchaînée.

ELISE.

Mardochée? Hé! peut-il approcher de ces lieux?

ESTHER.

Son amitié pour moy le rend ingenieux.
Absent, je le consulte; et ses réponses sages
Pour venir jusqu'à moy trouvent mille passages.
Un pere a moins de soin du salut de son fils.
Déja mesme, déja, par ses secrets avis,

J'ay découvert au roy les sanglantes pratiques
Que formoient contre luy deux ingrats domestiques.
Cependant mon amour pour nostre nation
A rempli ce palais de filles de Sion,
Jeunes et tendres fleurs par le sort agitées,
Sous un ciel étranger comme moy transplantées.
Dans un lieu separé de profanes témoins,
Je mets à les former mon estude et mes soins;
Et c'est là que, fuyant l'orgueil du diadême,
Lasse de vains honneurs, et me cherchant moy-même,
Aux piés de l'Eternel je viens m'humilier
Et goûter le plaisir de me faire oublier.
Mais à tous les Persans je cache leurs familles.
Il faut les appeller. Venez, venez, mes filles,
Compagnes autrefois de ma captivité,
De l'antique Jacob jeune posterité.

SCENE II.

ESTHER, ELISE, LE CHŒUR.

Une des Israelites chante derriere le theatre.
Ma sœur, quelle voix nous appelle?
Une autre.
J'en reconnois les agreables sons:
C'est la reine.
Toutes deux.
Courons, mes sœurs, obeïssons.
La reine nous appelle.
Allons, rangeons-nous auprés d'elle.

Tout le Chœur, entrant sur la scene par plusieurs endroits differens.
La reine nous appelle,
Allons, rangeons-nous auprés d'elle.

Elise.
Ciel! quel nombreux essain d'innocentes beautez
S'offre à mes yeux en foule, et sort de tous costez!
Quelle aimable pudeur sur leur visage est peinte!
Prosperez, cher espoir d'une nation sainte.
Puissent jusques au Ciel vos soûpirs innocens
Monter comme l'odeur d'un agreable encens!
Que Dieu jette sur vous des regards pacifiques!

Esther.
Mes filles, chantez-nous quelqu'un de ces cantiques
Où vos voix si souvent, se meslant à mes pleurs,
De la triste Sion celebrent les malheurs.

Une Israelite, seule, chante.
Déplorable Sion, qu'as-tu fait de ta gloire?
  Tout l'univers admiroit ta splendeur.
Tu n'es plus que poussiere; et de cette grandeur
Il ne nous reste plus que la triste memoire.
Sion, jusques au ciel élevée autrefois,
  Jusqu'aux enfers maintenant abaissée,
  Puissé-je demeurer sans voix,
  Si dans mes chants ta douleur retracée
Jusqu'au dernier soûpir n'occupe ma pensée!

Tout le Chœur.
O rives du Jourdain! ô champs aimez des Cieux!
  Sacrez monts, fertiles vallées
  Par cent miracles signalées!
  Du doux païs de nos ayeux
  Serons-nous toûjours exilées?

Une Israelite, seule.

Quand verray-je, ô Sion, relever tes remparts,
　Et de tes tours les magnifiques faistes
　Quand verray-je de toutes parts
Tes peuples en chantant accourir à tes festes?

Tout le Chœur.

O rives du Jourdain! ô champs aimez des Cieux!
　Sacrez monts, fertiles vallées
　Par cent miracles signalées!
　Du doux païs de nos ayeux
　Serons-nous toûjours exilées?

SCENE III.

ESTHER, MARDOCHÉE, ELISE, LE CHŒUR.

Esther.

Quel profane en ce lieu s'ose avancer vers nous?
Que vois-je? Mardochée? O mon pere, est-ce vous?
Un ange du Seigneur sous son aîle sacrée
A donc conduit vos pas, et caché vostre entrée?
Mais d'où vient cet air sombre, et ce cilice affreux,
Et cette cendre enfin qui couvre vos cheveux?
Que nous annoncez-vous?

Mardochée.

　　　　O reine infortunée!
O d'un peuple innocent barbare destinée!
Lisez, lisez l'arrest detestable, cruel...
Nous sommes tous perdus, et c'est fait d'Israël!

ESTHER.

Juste Ciel! tout mon sang dans mes veines se glace.
MARDOCHÉE.
On doit de tous les Juifs exterminer la race.
Au sanguinaire Aman nous sommes tous livrez.
Les glaives, les coûteaux, sont déja preparez.
Toute la nation à la fois est proscrite.
Aman, l'impie Aman, race d'Amalecite,
A pour ce coup funeste armé tout son credit,
Et le roy, trop credule, a signé cet édit.
Prevenu contre nous par cette bouche impure,
Il nous croit en horreur à toute la nature.
Ses ordres sont donnez, et dans tous ses Estats
Le jour fatal est pris pour tant d'assassinats.
Cieux, esclairerez-vous cet horrible carnage?
Le fer ne connoistra ni le sexe ni l'âge.
Tout doit servir de proye aux tigres, aux vautours;
Et ce jour effroyable arrive dans dix jours.

ESTHER.
O Dieu, qui vois former des desseins si funestes,
As-tu donc de Jacob abandonné les restes?
UNE DES PLUS JEUNES ISRAELITES.
Ciel, qui nous défendra, si tu ne nous défens?
MARDOCHÉE.
Laissez les pleurs, Esther, à ces jeunes enfans.
En vous est tout l'espoir de vos malheureux freres.
Il faut les secourir. Mais les heures sont cheres.
Le temps vole, et bien-tost amenera le jour
Où le nom des Hebreux doit perir sans retour.
Toute pleine du feu de tant de saints prophetes,
Allez, osez au roy declarer qui vous êtes.

ESTHER.

Helas ! ignorez-vous quelles severes lois
Aux timides mortels cachent icy les rois ?
Au fond de leur palais leur majesté terrible
Affecte à leurs sujets de se rendre invisible,
Et la mort est le prix de tout audacieux
Qui sans estre appellé se presente à leurs yeux,
Si le roy dans l'instant, pour sauver le coupable,
Ne luy donne à baiser son sceptre redoutable.
Rien ne met à l'abry de cet ordre fatal,
Ni le rang, ni le sexe, et le crime est égal.
Moy-mesme, sur son thrône à ses costez assise,
Je suis à cette loy comme une autre soûmise ;
Et, sans le prévenir, il faut, pour luy parler,
Qu'il me cherche, ou du moins qu'il me fasse appeller.

MARDOCHÉE.

Quoy ! Lors que vous voyez perir vostre patrie,
Pour quelque chose, Esther, vous comptez vostre vie !
Dieu parle, et d'un mortel vous craignez le courroux !
Que dis-je ? vostre vie, Esther, est-elle à vous ?
N'est-elle pas au sang dont vous estes issuë ?
N'est-elle pas à Dieu, dont vous l'avez reçuë ?
Et qui sçait, lors qu'au thrône il conduisit vos pas,
Si pour sauver son peuple il ne vous gardoit pas ?
 Songez-y bien. Ce Dieu ne vous a pas choisie
Pour estre un vain spectacle aux peuples de l'Asie,
Ni pour charmer les yeux des profanes humains.
Pour un plus noble usage il reserve ses saints.
S'immoler pour son nom et pour son heritage,
D'un enfant d'Israël voila le vray partage.
Trop heureuse pour luy de hazarder vos jours !
Et quel besoin son bras a-t-il de nos secours ?

Que peuvent contre luy tous les rois de la terre ?
En vain ils s'uniroient pour luy faire la guerre :
Pour dissiper leur ligue, il n'a qu'à se montrer.
Il parle, et dans la poudre il les fait tous rentrer.
Au seul son de sa voix la mer fuit, le ciel tremble ;
Il voit comme un neant tout l'univers ensemble ;
Et les foibles mortels, vains joüets du trépas,
Sont tous devant ses yeux comme s'ils n'estoient pas.
 S'il a permis d'Aman l'audace criminelle,
Sans doute qu'il vouloit éprouver vostre zele.
C'est luy qui, m'excitant à vous oser chercher,
Devant moy, chere Esther, a bien voulu marcher ;
Et, s'il faut que sa voix frappe en vain vos oreilles,
Nous n'en verrons pas moins éclater ses merveilles.
Il peut confondre Aman, il peut briser nos fers
Par la plus foible main qui soit dans l'univers ;
Et vous, qui n'aurez point accepté cette grace,
Vous perirez peut-estre, et toute vostre race.

ESTHER.

Allez. Que tous les Juifs dans Suse répandus,
A prier avec vous jour et nuit assidus,
Me prestent de leurs vœux le secours salutaire,
Et pendant ces trois jours gardent un jeûne austere.
Déja la sombre nuit a commencé son tour.
Demain, quand le soleil rallumera le jour,
Contente de perir, s'il faut que je perisse,
J'iray pour mon païs m'offrir en sacrifice.
Qu'on s'éloigne un moment.

   (*Le Chœur se retire vers le fond du theatre.*)

SCENE IV.

ESTHER, ELISE, LE CHŒUR.

ESTHER!
                    O mon souverain Roy!
Me voicy donc tremblante et seule devant toy.
Mon pere mille fois m'a dit dans mon enfance
Qu'avec nous tu juras une sainte alliance,
Quand, pour te faire un peuple agreable à tes yeux,
Il plût à ton amour de choisir nos ayeux.
Mêmes tu leur promis de ta bouche sacrée
Une posterité d'éternelle durée.
Helas! ce peuple ingrat a méprisé ta loy.
La nation cherie a violé sa foy;
Elle a répudié son époux et son pere,
Pour rendre à d'autres dieux un honneur adultere.
Maintenant elle sert sous un maistre étranger.
Mais c'est peu d'estre esclave, on la veut égorger.
Nos superbes vainqueurs, insultant à nos larmes,
Imputent à leurs dieux le bonheur de leurs armes,
Et veulent aujourd'huy qu'un même coup mortel
Abolisse ton nom, ton peuple et ton autel.
Ainsi donc un perfide, aprés tant de miracles,
Pourroit aneantir la foy de tes oracles,
Raviroit aux mortels le plus cher de tes dons,
Le saint que tu promets, et que nous attendons?
Non, non, ne souffre pas que ces peuples farouches,
Ivres de nostre sang, ferment les seules bouches
Qui dans tout l'univers celebrent tes bienfaits,

Et confons tous ces dieux qui ne furent jamais.
　Pour moy, que tu retiens parmi ces infidelles,
Tu sçais combien je hais leurs festes criminelles,
Et que je mets au rang des profanations
Leur table, leurs festins et leurs libations ;
Que même cette pompe où je suis condamnée,
Ce bandeau dont il faut que je paroisse ornée
Dans ces jours solennels à l'orgueil dédiez,
Seule et dans le secret, je le foule à mes piez ;
Qu'à ces vains ornemens je préfere la cendre,
Et n'ay de goût qu'aux pleurs que tu me vois répandre.
J'attendois le moment marqué dans ton arrest,
Pour oser de ton peuple embrasser l'interest.
Ce moment est venu. Ma prompte obeïssance
Va d'un roy redoutable affronter la presence.
C'est pour toy que je marche. Accompagne mes pas
Devant ce fier lion qui ne te connoist pas.
Commande en me voyant que son couroux s'appaise,
Et preste à mes discours un charme qui luy plaise :
Les orages, les vents, les cieux, te sont soûmis ;
Tourne enfin sa fureur contre nos ennemis.

SCENE V.

Toute cette scene est chantée.

LE CHŒUR.

Une Israelite, seule.
Pleurons et gemissons, mes fidelles compagnes ;
A nos sanglots donnons un libre cours.
Levons les yeux vers les saintes montagnes :

ACTE I, SCENE V

D'où l'innocence attend tout son secours.
O mortelles allarmes!
Tout Israël perit. Pleurez, mes tristes yeux:
Il ne fut jamais sous les cieux
Un si juste sujet de larmes.

TOUT LE CHŒUR.
O mortelles allarmes!

UNE AUTRE ISRAELITE.
N'estoit-ce pas assez qu'un vainqueur odieux
De l'auguste Sion eust détruit tous les charmes,
Et traîné ses enfans captifs en mille lieux?

TOUT LE CHŒUR.
O mortelles allarmes!

LA MÊME ISRAELITE.
Foibles agneaux livrez à des loups furieux;
Nos soûpirs sont nos seules armes.

TOUT LE CHŒUR.
O mortelles allarmes!

UNE DES ISRAELITES.
Arrachons, déchirons tous ces vains ornemens
Qui parent nostre teste.

UNE AUTRE.
Revestons-nous d'habillemens
Conformes à l'horrible feste
Que l'impie Aman nous appreste.

TOUT LE CHŒUR.
Arrachons, déchirons tous ces vains ornemens
Qui parent nostre teste.

UNE ISRAELITE, seule.
Quel carnage de toutes parts!
On égorge à la fois les enfans, les vieillards,
Et la sœur, et le frere,

Racine. III.

Et la fille, et la mere,
Le fils dans les bras de son pere.
Que de corps entassez! que de membres épars,
Privez de sepulture!
Grand Dieu! tes saints sont la pâture
Des tigres et des leopards.

UNE DES PLUS JEUNES ISRAELITES.

Helas! si jeune encore,
Par quel crime ay-je pû meriter mon malheur?
Ma vie à peine a commencé d'éclore;
Je tomberay comme une fleur
Qui n'a veû qu'une aurore.
Helas! si jeune encore,
Par quel crime ay-je pû meriter mon malheur?

UNE AUTRE.

Des offenses d'autruy malheureuses victimes,
Que nous servent, helas! ces regrets superflus?
Nos peres ont peché, nos peres ne sont plus,
Et nous portons la peine de leurs crimes.

TOUT LE CHŒUR.

Le Dieu que nous servons est le Dieu des combats:
Non, non, il ne souffrira pas
Qu'on égorge ainsi l'innocence.

UNE ISRAELITE, seule.

Hé quoy! diroit l'impieté,
Où donc est-il, ce Dieu si redouté
Dont Israël nous vantoit la puissance?

UNE AUTRE.

Ce Dieu jaloux, ce Dieu victorieux,
Fremissez, peuples de la terre;
Ce Dieu jaloux, ce Dieu victorieux

ACTE I, SCENE V

Est le seul qui commande aux cieux :
Ni les éclairs ni le tonnerre
N'obeïssent point à vos dieux.

UNE AUTRE.

Il renverse l'audacieux.

UNE AUTRE.

Il prend l'humble sous sa défense.

TOUT LE CHŒUR.

Le Dieu que nous servons est le Dieu des combats :
Non, non, il ne souffrira pas
Qu'on égorge ainsi l'innocence.

DEUX ISRAELITES.

O Dieu, que la gloire couronne,
Dieu, que la lumiere environne,
Qui voles sur l'aîle des vents,
Et dont le thrône est porté par les anges!

DEUX AUTRES DES PLUS JEUNES.

Dieu, qui veux bien que de simples enfans
Avec eux chantent tes loüanges!

TOUT LE CHŒUR.

Tu vois nos pressans dangers :
Donne à ton nom la victoire ;
Ne souffre point que ta gloire
Passe à des dieux étrangers.

UNE ISRAELITE, seule.

Arme-toy, vien nous défendre.
Descends tel qu'autrefois la mer te vit descendre.
Que les méchans apprennent aujourd'huy
A craindre ta colere :
Qu'ils soient comme la poudre et la paille legere
Que le vent chasse devant luy.

Tout le Chœur.
Tu vois nos pressans dangers :
Donne à ton nom la victoire;
Ne souffre point que ta gloire
Passe à des dieux étrangers.

FIN DU PREMIER ACTE.

ACTE II

SCENE PREMIERE.

Le theatre represente la chambre où est le trône d'Assuerus.

AMAN, HYDASPE.

AMAN.

Hé quoy! lorsque le jour ne commence qu'à luire,
Dans ce lieu redoutable oses-tu m'introduire?
HYDASPE.
Vous sçavez qu'on s'en peut reposer sur ma foy,
Que ces portes, Seigneur, n'obeïssent qu'à moy.
Venez. Par tout ailleurs on pourroit nous entendre.
AMAN.
Quel est donc le secret que tu me veux apprendre?
HYDASPE.
Seigneur, de vos bienfaits mille fois honoré,
Je me souviens toûjours que je vous ay juré
D'exposer à vos yeux, par des avis sinceres,
Tout ce que ce palais renferme de mysteres.
Le roy d'un noir chagrin paroist enveloppé.
Quelque songe effrayant cette nuit l'a frappé.
Pendant que tout gardoit un silence paisible,

Sa voix s'est fait entendre avec un cri terrible.
J'ay couru. Le desordre estoit dans ses discours ;
Il s'est plaint d'un peril qui menaçoit ses jours :
Il parloit d'ennemi, de ravisseur farouche ;
Même le nom d'Esther est sorti de sa bouche.
Il a dans ces horreurs passé toute la nuit.
Enfin, las d'appeller un sommeil qui le fuit,
Pour écarter de luy ces images funebres,
Il s'est fait apporter ces annales celebres
Où les faits de son regne, avec soin amassez,
Par de fidelles mains chaque jour sont tracez.
On y conserve écrits le service et l'offense,
Monumens éternels d'amour et de vengeance.
Le roy, que j'ay laissé plus calme dans son lit,
D'une oreille attentive écoute ce recit.

AMAN.

De quel temps de sa vie a-t-il choisi l'histoire ?

HYDASPE.

Il revoit tous ces temps si remplis de sa gloire,
Depuis le fameux jour qu'au trône de Cyrus
Le choix du sort plaça l'heureux Assuerus.

AMAN.

Ce songe, Hydaspe, est donc sorti de son idée ?

HYDASPE.

Entre tous les devins fameux dans la Chaldée,
Il a fait assembler ceux qui sçavent le mieux
Lire en un songe obscur les volontez des Cieux.
Mais quel trouble vous-même aujourd'huy vous agite ?
Vostre ame en m'écoutant paroist toute interdite :
L'heureux Aman a-t-il quelques secrets ennuis ?

AMAN.

Peux-tu le demander dans la place où je suis,

Haï, craint, envié, souvent plus miserable
Que tous les malheureux que mon pouvoir accable
Hydaspe.
Hé! qui jamais du Ciel eut des regards plus doux?
Vous voyez l'univers prosterné devant vous.
Aman.
L'univers? Tous les jours un homme..., un vil esclave,
D'un front audacieux me dédaigne et me brave.
Hydaspe.
Quel est cet ennemi de l'Etat et du roy?
Aman.
Le nom de Mardochée est-il connu de toy?
Hydaspe.
Qui? ce chef d'une race abominable, impie?
Aman.
Ouy, luy-même.
Hydaspe.
Hé! Seigneur! d'une si belle vie
Un si foible ennemi peut-il troubler la paix?
Aman.
L'insolent devant moy ne se courba jamais.
En vain de la faveur du plus grand des monarques
Tout revere à genoux les glorieuses marques.
Lorsque d'un saint respect tous les Persans touchez
N'osent lever leurs fronts à la terre attachez,
Luy, fierement assis et la teste immobile,
Traite tous ces honneurs d'impieté servile,
Presente à mes regards un front seditieux,
Et ne daigneroit pas au moins baisser les yeux.
Du palais cependant il assiege la porte.
A quelque heure que j'entre, Hydaspe, ou que je sorte,
Son visage odieux m'afflige et me poursuit,

Et mon esprit troublé le voit encor la nuit.
Ce matin j'ay voulu devancer la lumiere :
Je l'ay trouvé couvert d'une affreuse poussiere,
Revestu de lambeaux, tout pâle. Mais son œil
Conservoit sous la cendre encor le même orgueil.
D'où luy vient, cher ami, cette impudente audace ?
Toy, qui dans ce palais vois tout ce qui se passe,
Crois-tu que quelque voix ose parler pour luy ?
Sur quel roseau fragile a-t-il mis son appuy ?

Hydaspe.

Seigneur, vous le sçavez, son avis salutaire
Découvrit de Tharés le complot sanguinaire.
Le roy promit alors de le recompenser.
Le roy depuis ce temps paroist n'y plus penser.

Aman.

Non, il faut à tes yeux dépouiller l'artifice.
J'ay sçû de mon destin corriger l'injustice.
Dans les mains des Persans jeune enfant apporté,
Je gouverne l'empire où je fus acheté.
Mes richesses des rois égalent l'opulence.
Environné d'enfans soûtiens de ma puissance,
Il ne manque à mon front que le bandeau royal.
Cependant, des mortels aveuglement fatal !
De cet amas d'honneurs la douceur passagere
Fait sur mon cœur à peine une atteinte legere ;
Mais Mardochée, assis aux portes du palais,
Dans ce cœur malheureux enfonce mille traits ;
Et toute ma grandeur me devient insipide
Tandis que le soleil éclaire ce perfide.

Hydaspe.

Vous serez de sa veuë affranchi dans dix jours :
La nation entiere est promise aux vautours.

AMAN.

Ah ! que ce temps est long à mon impatience !
C'est luy, je te veux bien confier ma vengeance,
C'est luy qui, devant moy refusant de ployer,
Les a livrez au bras qui les va foudroyer.
C'estoit trop peu pour moy d'une telle victime :
La vengeance trop foible attire un second crime.
Un homme tel qu'Aman, lorsqu'on l'ose irriter,
Dans sa juste fureur ne peut trop éclater.
Il faut des châtimens dont l'univers fremisse ;
Qu'on tremble, en comparant l'offense et le supplice ;
Que les peuples entiers dans le sang soient noyez.
Je veux qu'on dise un jour aux siecles effrayez :
« Il fut des Juifs, il fut une insolente race ;
Répandus sur la terre, ils en couvroient la face.
Un seul osa d'Aman attirer le courroux,
Aussi-tost de la terre ils disparurent tous. »

HYDASPE.

Ce n'est donc pas, Seigneur, le sang amalecite
Dont la voix à les perdre en secret vous excite ?

AMAN.

Je sçay que, descendu de ce sang malheureux,
Une éternelle haine a dû m'armer contre eux ;
Qu'ils firent d'Amalec un indigne carnage ;
Que, jusqu'aux vils troupeaux, tout éprouva leur rage ;
Qu'un déplorable reste à peine fut sauvé.
Mais, croy-moy, dans le rang où je suis élevé,
Mon ame, à ma grandeur toute entiere attachée,
Des interests du sang est foiblement touchée.
Mardochée est coupable ; et que faut-il de plus ?
Je prévins donc contre eux l'esprit d'Assuerus.
J'inventay des couleurs ; j'armay la calomnie ;

J'interessay sa gloire ; il trembla pour sa vie.
Je les peignis puissans, riches, seditieux ;
Leur Dieu même ennemi de tous les autres dieux.
« Jusqu'à quand souffre-t-on que ce peuple respire,
Et d'un culte profane infecte vostre empire ?
Etrangers dans la Perse, à nos loix opposez,
Du reste des humains ils semblent divisez,
N'aspirent qu'à troubler le repos où nous sommes,
Et, détestez par tout, détestent tous les hommes.
Prévenez, punissez leurs insolens efforts ;
De leur dépouille enfin grossissez vos tresors. »
Je dis, et l'on me crut. Le roy, dés l'heure même,
Mit dans ma main le sceau de son pouvoir suprême.
« Assûré, me dit-il, le repos de ton roy.
Va, perds ces malheureux : leur dépouille est à toy. »
Toute la nation fut ainsi condamnée.
Du carnage avec luy je reglay la journée.
Mais de ce traistre enfin le trépas differé
Fait trop souffrir mon cœur de son sang alteré.
Un je ne sçay quel trouble empoisonne ma joye.
Pourquoy dix jours encor faut-il que je le voye ?

Hydaspe.

Et ne pouvez-vous pas d'un mot l'exterminer ?
Dites au roy, Seigneur, de vous l'abandonner.

Aman.

Je viens pour épier le moment favorable.
Tu connois comme moy ce prince inexorable.
Tu sçais combien, terrible en ses soudains transports,
De nos desseins souvent il rompt tous les ressorts.
Mais à me tourmenter ma crainte est trop subtile.
Mardochée à ses yeux est une ame trop vile.

HYDASPE.

Que tardez-vous? Allez, et faites promptement
Elever de sa mort le honteux instrument.

AMAN.

J'entens du bruit, je sors. Toy, si le roy m'appelle...

HYDASPE.

Il suffit.

SCENE II.

ASSUERUS, HYDASPE, ASAPH,
Suite d'Assuerus.

ASSUERUS.

Ainsi donc, sans cet avis fidelle,
Deux traistres dans son lit assassinoient leur roy?
Qu'on me laisse, et qu'Asaph seul demeure avec moy.

SCENE III.

ASSUERUS, ASAPH.

ASSUERUS, *assis sur son thrône.*

Je veux bien l'avoüer. De ce couple perfide
J'avois presque oublié l'attentat parricide ;
Et j'ay pâli deux fois au terrible recit
Qui vient d'en retracer l'image à mon esprit.
Je voy de quel succés leur fureur fut suivie,
Et que dans les tourmens ils laisserent la vie.
Mais ce sujet zelé, qui d'un œil si subtil
Sçût de leur noir complot développer le fil,

Qui me montra sur moy leur main déja levée,
Enfin par qui la Perse avec moy fut sauvée,
Quel honneur pour sa foy, quel prix a-t-il reçû?
>><<ASAPH.
On lui promit beaucoup : c'est tout ce que j'ay sçû.
>><<ASSUERUS.
O d'un si grand service oubli trop condamnable !
Des embarras du thrône effet inévitable !
De soins tumultueux un prince environné
Vers de nouveaux objets est sans cesse entraîné.
L'avenir l'inquiete, et le present le frappe;
Mais, plus prompt que l'éclair, le passé nous échappe;
Et, de tant de mortels à toute heure empressez
A nous faire valoir leurs soins interessez,
Il ne s'en trouve point qui, touchez d'un vrai zele,
Prennent à nostre gloire un interest fidelle,
Du merite oublié nous fassent souvenir,
Trop prompts à nous parler de ce qu'il faut punir.
Ah ! que plûtost l'injure échappe à ma vengeance
Qu'un si rare bienfait à ma reconnoissance !
Et qui voudroit jamais s'exposer pour son roy ?
Ce mortel, qui montra tant de zele pour moy,
Vit-il encor?
>><<ASAPH.
Il voit l'astre qui vous éclaire.
>><<ASSUERUS.
Et que n'a-t-il plûtost demandé son salaire?
Quel païs reculé le cache à mes bienfaits?
>><<ASAPH.
Assis le plus souvent aux portes du palais,
Sans se plaindre de vous ni de sa destinée,
Il y traîne, Seigneur, sa vie infortunée.

ASSUERUS.
Et je dois d'autant moins oublier la vertu
Qu'elle-même s'oublie. Il se nomme, dis-tu?
ASAPH.
Mardochée est le nom que je viens de vous lire.
ASSUERUS.
Et son païs?
ASAPH.
Seigneur, puisqu'il faut vous le dire,
C'est un de ces captifs à perir destinez,
Des rives du Jourdain sur l'Euphrate amenez.
ASSUERUS.
Il est donc Juif? O Ciel! Sur le point que la vie
Par mes propres sujets m'alloit estre ravie,
Un Juif rend par ses soins leurs efforts impuissans!
Un Juif m'a preservé du glaive des Persans!
Mais, puisqu'il m'a sauvé, quel qu'il soit, il n'importe.
Holà, quelqu'un!

SCENE IV.

ASSUERUS, HYDASPE, ASAPH.

HYDASPE.
Seigneur.
ASSUERUS.
Regarde à cette porte;
Voy s'il s'offre à tes yeux quelque grand de ma cour.
HYDASPE.
Aman à vostre porte a devancé le jour.
ASSUERUS.
Qu'il entre. Ses avis m'éclaireront peut-estre.

SCENE V.

ASSUERUS, AMAN, HYDASPE, ASAPH.

Assuerus.

Approche, heureux appuy du thrône de ton maistre,
Ame de mes conseils, et qui seul tant de fois
Du sceptre dans ma main as soulagé le poids.
Un reproche secret embarasse mon ame.
Je sçay combien est pur le zele qui t'enflame :
Le mensonge jamais n'entra dans tes discours,
Et mon interest seul est le but où tu cours.
Dis-moy donc. Que doit faire un prince magnanime
Qui veut combler d'honneurs un sujet qu'il estime ?
Par quel gage éclatant, et digne d'un grand roy,
Puis-je recompenser le merite et la foy ?
Ne donne point de borne à ma reconnoissance.
Mesure tes conseils sur ma vaste puissance.

Aman, *tout bas.*

C'est pour toy-mesme, Aman, que tu vas prononcer.
Et quel autre que toy peut-on recompenser ?

Assuerus.

Que penses-tu ?

Aman.

Seigneur, je cherche, j'envisage
Des monarques persans la conduite et l'usage.
Mais à mes yeux en vain je les rappelle tous :
Pour vous regler sur eux, que sont-ils prés de vous ?
Vostre regne aux neveux doit servir de modele.
Vous voulez d'un sujet reconnoistre le zele.

ACTE II, SCÉNE V

L'honneur seul peut flatter un esprit genereux.
Je voudrois donc, Seigneur, que ce mortel heureux,
De la pourpre aujourd'huy paré comme vous-même,
Et portant sur le front le sacré diadême,
Sur un de vos coursiers pompeusement orné,
Aux yeux de vos sujets dans Suse fust mené;
Que, pour comble de gloire et de magnificence,
Un seigneur éminent en richesse, en puissance,
Enfin de vostre empire aprés vous le premier,
Par la bride guidast son superbe coursier,
Et luy-mesme, marchant en habits magnifiques,
Criast à haute voix dans les places publiques :
« Mortels, prosternez-vous. C'est ainsi que le roy
Honore le merite et couronne la foy. »

ASSUERUS.

Je voy que la sagesse elle même t'inspire.
Avec mes volontez ton sentiment conspire.
Va, ne perds point de temps. Ce que tu m'as dicté,
Je veux de point en point qu'il soit executé.
La vertu dans l'oubli ne sera plus cachée.
Aux portes du palais prens le Juif Mardochée :
C'est luy que je pretens honorer aujourd'huy.
Ordonne son triomphe, et marche devant luy.
Que Suse par ta voix de son nom retentisse,
Et fais à son aspect que tout genou fléchisse.
Sortez tous.

AMAN.

Dieux!

SCENE VI.

ASSUERUS, *seul.*

              Le prix est sans doute inouy.
Jamais d'un tel honneur un sujet n'a jouy.
Mais plus la recompense est grande et glorieuse,
Plus mesme de ce Juif la race est odieuse,
Plus j'assure ma vie, et montre avec éclat
Combien Assuerus redoute d'estre ingrat.
On verra l'innocent discerné du coupable.
Je n'en perdray pas moins ce peuple abominable.
Leurs crimes...

SCENE VII.

ASSUERUS, ESTHER, ELISE, THAMAR, Partie du CHŒUR.

(Esther entre s'appuyant sur Elise; quatre Israëlites soûtiennent sa robe.)

Assuerus.

            Sans mon ordre on porte icy ses pas?
Quel mortel insolent vient chercher le trépas?
Gardes! C'est vous, Esther? Quoy! sans estre attendue?

Esther.

Mes filles, soûtenez vostre reine éperduë.
Je me meurs.
            (Elle tombe évanouïe.)

Assuerus.

           Dieux puissans! Quelle étrange pasleur

ACTE II, SCENE VII

De son teint tout à coup efface la couleur!
Esther, que craignez-vous? suis-je pas vostre frere?
Est-ce pour vous qu'est fait un ordre si severe?
Vivez. Le sceptre d'or, que vous tend cette main,
Pour vous de ma clemence est un gage certain.

ESTHER.

Quelle voix salutaire ordonne que je vive,
Et rappelle en mon sein mon ame fugitive?

ASSUERUS.

Ne connoissez-vous pas la voix de vostre époux?
Encore un coup, vivez, et revenez à vous.

ESTHER.

Seigneur, je n'ay jamais contemplé qu'avec crainte
L'auguste majesté sur vostre front emprainte.
Jugez combien ce front, irrité contre moy,
Dans mon ame troublée a dû jetter d'effroy.
Sur ce throne sacré, qu'environne la foudre,
J'ay cru vous voir tout prest à me reduire en poudre.
Helas! sans frissonner, quel cœur audacieux
Soûtiendroit les éclairs qui partoient de vos yeux?
Ainsi du Dieu vivant la colere étincelle....

ASSUERUS.

O soleil! ô flambeau de lumiere immortelle!
Je me trouble moy-mesme, et sans fremissement
Je ne puis voir sa peine et son saisissement.
Calmez, Reine, calmez la frayeur qui vous presse;
Du cœur d'Assuerus souveraine maistresse,
Esprouvez seulement son ardente amitié.
Faut-il de mes Estats vous donner la moitié?

ESTHER.

Hé! se peut-il qu'un roy craint de la terre entiere,
Devant qui tout fléchit et baise la poussiere,

Racine. III.

Jette sur son esclave un regard si serain,
Et m'offre sur son cœur un pouvoir souverain ?
Assuérus.
Croyez-moy, chere Esther, ce sceptre, cet empire,
Et ces profonds respects que la terreur inspire,
A leur pompeux éclat meslent peu de douceur,
Et fatiguent souvent leur triste possesseur.
Je ne trouve qu'en vous je ne sçay quelle grace
Qui me charme toûjours, et jamais ne me lasse.
De l'aimable vertu doux et puissans attraits !
Tout respire en Esther l'innocence et la paix.
Du chagrin le plus noir elle écarte les ombres,
Et fait des jours sereins de mes jours les plus sombres.
Que dis-je ? Sur ce thrône assis auprés de vous,
Des astres ennemis j'en crains moins le courroux,
Et croy que vostre front preste à mon diadême
Un éclat qui le rend respectable aux dieux même.
Osez donc me répondre, et ne me cachez pas
Quel sujet important conduit icy vos pas.
Quel interest, quels soins, vous agitent, vous pressent ?
Je voy qu'en m'écoutant vos yeux au Ciel s'adressent.
Parlez. De vos desirs le succés est certain,
Si ce succés dépend d'une mortelle main.
Esther.
O bonté qui m'assure autant qu'elle m'honore !
Un interest pressant veut que je vous implore.
J'attens ou mon malheur, ou ma felicité,
Et tout dépend, Seigneur, de vostre volonté.
Un mot de vostre bouche, en terminant mes peines,
Peut rendre Esther heureuse entre toutes les reines.
Assuérus.
Ah ! que vous enflammez mon desir curieux !

Esther.

Seigneur, si j'ay trouvé grace devant vos yeux,
Si jamais à mes vœux vous fûtes favorable,
Permettez avant tout qu'Esther puisse à sa table
Recevoir aujourd'huy son souverain seigneur,
Et qu'Aman soit admis à cet excés d'honneur.
J'oseray devant luy rompre ce grand silence,
Et j'ay, pour m'expliquer, besoin de sa presence.

Assuerus.

Dans quelle inquietude, Esther, vous me jettez !
Toutefois qu'il soit fait comme vous souhaittez.
    (*A ceux de sa suite.*)
Vous, que l'on cherche Aman, et qu'on luy fasse entendre
Qu'invité chez la reine il ait soin de s'y rendre.

Hydaspe.

Les sçavans Chaldéens, par vostre ordre appellez,
Dans cet appartement, Seigneur, sont assemblez.

Assuerus.

Princesse, un songe étrange occupe ma pensée.
Vous-mesme en leur réponse estes interessée.
Venez, derriere un voile écoutant leurs discours,
De vos propres clartez me prester le secours.
Je crains pour vous, pour moy, quelque ennemi perfide.

Esther.

Sui-moy, Thamar. Et vous, troupe jeune et timide,
Sans craindre icy les yeux d'une profane cour,
A l'abry de ce thrône attendez mon retour.

SCENE VIII.

Cette scene est partie déclamée sans chant et partie chantée.

ELISE, Partie du CHŒUR.

ELISE.
Que vous semble, mes sœurs, de l'estat où nous sommes.
D'Esther, d'Aman, qui le doit emporter?
Est-ce Dieu, sont-ce les hommes,
Dont les œuvres vont éclater?
Vous avez vû quelle ardente colere
Allumoit de ce roy le visage severe.

Une des Israelites.
Des éclairs de ses yeux l'œil estoit ébloui.

Une autre.
Et sa voix m'a paru comme un tonnerre horrible.

Elise.
Comment ce courroux si terrible
En un moment s'est-il évanoui?

Une des Israelites chante.
Un moment a changé ce courage inflexible.
Le lion rugissant est un agneau paisible.
Dieu, nostre Dieu sans doute, a versé dans son cœur
Cet esprit de douceur.

Le Chœur chante.
Dieu, nostre Dieu sans doute, a versé dans son cœur
Cet esprit de douceur.

La mesme Israelite chante.
Tel qu'un ruisseau docile
Obeït à la main qui détourne son cours,

Et, laissant de ses eaux partager le secours,
Va rendre tout un champ fertile,
Dieu, de nos volontez arbitre souverain,
Le cœur des rois est ainsi dans ta main.

ELISE.

Ah! que je crains, mes sœurs, les funestes nuages
Qui de ce prince obscurcissent les yeux!
Comme il est aveuglé du culte de ses dieux!

UNE DES ISRAELITES.

Il n'atteste jamais que leurs noms odieux.

UNE AUTRE.

Aux feux inanimez dont se parent les cieux
Il rend de profanes hommages.

UNE AUTRE.

Tout son palais est plein de leurs images.

LE CHŒUR chante.

Malheureux! vous quittez le maistre des humains,
Pour adorer l'ouvrage de vos mains.

UNE ISRAELITE chante.

Dieu d'Israël, dissipe enfin cette ombre.
Des larmes de tes saints quand seras-tu touché?
Quand sera le voile arraché
Qui sur tout l'univers jette une nuit si sombre
Dieu d'Israël, dissipe enfin cette ombre.
Jusqu'à quand seras-tu caché?

UNE DES PLUS JEUNES ISRAELITES.

Parlons plus bas, mes sœurs. Ciel! si quelque infidelle,
Ecoutant nos discours, nous alloit déceler!

ELISE.

Quoy! fille d'Abraham, une crainte mortelle
Semble déja vous faire chanceler?

Hé! si l'impie Aman, dans sa main homicide
Faisant luire à vos yeux un glaive menaçant,
   A blasphemer le nom du Tout-Puissant
   Vouloit forcer vostre bouche timide?
        UNE AUTRE ISRAELITE.
Peut-estre Assuerus, fremissant de courroux,
    Si nous ne courbons les genoux
    Devant une muette idole,
    Commandera qu'on nous immole.
   Chere sœur, que choisirez-vous?
        LA JEUNE ISRAELITE.
  Moy! Je pourrois trahir le Dieu que j'aime?
J'adorerois un Dieu sans force et sans vertu,
  Reste d'un tronc par les vents abbattu,
   Qui ne peut se sauver luy-mesme!
        LE CHŒUR chante.
Dieux impuissans, dieux sourds, tous ceux qui vous implorent
   Ne seront jamais entendus.
  Que les demons et ceux qui les adorent
  Soient à jamais détruits et confondus!
        UNE ISRAELITE chante.
Que ma bouche et mon cœur, et tout ce que je suis,
Rendent honneur au Dieu qui m'a donné la vie.
   Dans les craintes, dans les ennuis,
  En ses bontez mon ame se confie.
Veut-il par mon trépas que je le glorifie?
Que ma bouche et mon cœur, et tout ce que je suis,
Rendent honneur au Dieu qui m'a donné la vie.
        ELISE.
Je n'admiray jamais la gloire de l'impie.
        UNE AUTRE ISRAELITE.
Au bonheur du méchant qu'une autre porte envie.

ACTE II, SCENE VIII

ÉLISE.
Tous ses jours paroissent charmans.
L'or éclate en ses vestemens.
Son orgueil est sans borne, ainsi que sa richesse.
Jamais l'air n'est troublé de ses gemissemens.
Il s'endort, il s'éveille au son des instrumens.
Son cœur nage dans la mollesse.

UNE AUTRE ISRAELITE.
Pour comble de prosperité,
Il espere revivre en sa posterité,
Et d'enfans à sa table une riante troupe
Semble boire avec luy la joye à pleine coupe.

Tout ce reste est chanté.

LE CHŒUR.
Heureux, dit-on, le peuple florissant
Sur qui ces biens coulent en abondance!
Plus heureux le peuple innocent
Qui dans le Dieu du ciel a mis sa confiance!

UNE ISRAELITE, seule.
Pour contenter ses frivoles desirs,
L'homme insensé vainement se consume :
Il trouve l'amertume
Au milieu des plaisirs.

UNE AUTRE, seule.
Le bonheur de l'impie est toûjours agité,
Il erre à la mercy de sa propre inconstance.
Ne cherchons la felicité
Que dans la paix de l'innocence.

LA MESME avec un autre.
O douce paix!
O lumiere eternelle!

            Beauté toûjours nouvelle!
Heureux le cœur épris de tes attraits!
            O douce paix!
          O lumiere eternelle!
Heureux le cœur qui ne te perd jamais!
                LE CHŒUR.
            O douce paix!
          O lumiere eternelle!
          Beauté toûjours nouvelle!
            O douce paix!
Heureux le cœur qui ne te perd jamais!
              LA MESME, seule
Nulle paix pour l'impie. Il la cherche, elle fuit;
Et le calme en son cœur ne trouve point de place.
        Le glaive au dehors le poursuit;
        Le remords au dedans le glace.
                UNE AUTRE.
La gloire des méchans en un moment s'éteint.
    L'affreux tombeau pour jamais les dévore.
Il n'en est pas ainsi de celuy qui te craint:
Il renaistra, mon Dieu, plus brillant que l'aurore.
                LE CHŒUR.
            O douce paix!
Heureux le cœur qui ne te perd jamais!
              ELISE, sans chanter.
Mes sœurs, j'entens du bruit dans la chambre prochaine.
On nous appelle, allons rejoindre nostre reine.

           FIN DU SECOND ACTE.

ACTE III

Le theatre represente les jardins d'Esther et un des côtez du salon où se fait le festin.

SCENE PREMIERE.

AMAN, ZARÉS.

ZARÉS.

C'est donc icy d'Esther le superbe jardin,
Et ce salon pompeux est le lieu du festin.
Mais, tandis que la porte en est encor fermée,
Ecoutez les conseils d'une épouse alarmée.
Au nom du sacré nœud qui me lie avec vous,
Dissimulez, Seigneur, cet aveugle courroux;
Eclaircissez ce front où la tristesse est peinte.
Les rois craignent sur tout le reproche et la plainte.
Seul entre tous les grands par la reine invité,
Ressentez donc aussi cette felicité.
Si le mal vous aigrit, que le bienfait vous touche.
Je l'ay cent fois appris de vostre propre bouche :
Quiconque ne sçait pas devorer un affront,
Ni de fausses couleurs se déguiser le front,
Loin de l'aspect des rois qu'il s'écarte, qu'il fuye.
Il est des contretemps qu'il faut qu'un sage essuye.

Souvent avec prudence un outrage enduré
Aux honneurs les plus hauts a servi de degré.
                   AMAN.
O douleur! ô supplice affreux à la pensée!
O honte qui jamais ne peut estre effacée!
Un execrable Juif, l'opprobre des humains,
S'est donc vû de la pourpre habillé par mes mains!
C'est peu qu'il ait sur moy remporté la victoire :
Malheureux, j'ay servi de heraut à sa gloire.
Le traistre! il insultoit à ma confusion.
Et tout le peuple mesme, avec dérision,
Observant la rougeur qui couvroit mon visage,
De ma chute certaine en tiroit le presage.
Roy cruel! ce sont là les jeux où tu te plais.
Tu ne m'as prodigué tes perfides bienfaits
Que pour me faire mieux sentir ta tyrannie,
Et m'accabler enfin de plus d'ignominie.
                   ZARÉS.
Pourquoy juger si mal de son intention?
Il croit recompenser une bonne action.
Ne faut-il pas, Seigneur, s'étonner au contraire
Qu'il en ait si long-temps différé le salaire?
Du reste, il n'a rien fait que par vostre conseil.
Vous mesme avez dicté tout ce triste appareil.
Vous estes aprés luy le premier de l'Empire.
Sçait-il toute l'horreur que ce Juif vous inspire?
                   AMAN.
Il sçait qu'il me doit tout, et que pour sa grandeur
J'ay foulé sous les piés remords, crainte, pudeur;
Qu'avec un cœur d'airain exerçant sa puissance,
J'ay fait taire les loix, et gemir l'innocence;
Que pour luy, des Persans bravant l'aversion,

J'ay cheri, j'ay cherché la malediction.
Et, pour prix de ma vie à leur haine exposée,
Le barbare aujourd'huy m'expose à leur risée!
              ZARÉS.
Seigneur, nous sommes seuls. Que sert de se flatter?
Ce zele que pour luy vous fistes éclater,
Ce soin d'immoler tout à son pouvoir suprême,
Entre-nous, avoient-ils d'autre objet que vous-même?
Et, sans chercher plus loin, tous ces Juifs desolez,
N'est-ce pas à vous seul que vous les immolez?
Et ne craignez-vous point que quelque avis funeste..
Enfin la cour nous hait, le peuple nous deteste.
Ce Juif mesme, il le faut confesser malgré moy,
Ce Juif comblé d'honneurs me cause quelque effroy.
Les malheurs sont souvent enchaînez l'un à l'autre;
Et sa race toûjours fut fatale à la vostre.
De ce leger affront songez à profiter.
Peut-estre la fortune est preste à vous quitter:
Aux plus affreux excés son inconstance passe.
Prevenez son caprice avant qu'elle se lasse.
Où tendez-vous plus haut? Je fremis quand je voy
Les abysmes profonds qui s'offrent devant moy.
La chute desormais ne peut estre qu'horrible.
Osez chercher ailleurs un destin plus paisible.
Regagnez l'Hellespont et ces bords écartez
Où vos ayeux errans jadis furent jettez,
Lorsque des Juifs contre-eux la vengeance allumée
Chassa tout Amalec de la triste Idumée.
Aux malices du sort enfin derobez-vous.
Nos plus riches thresors marcheront devant nous.
Vous pouvez du depart me laisser la conduite.
Sur tout de vos enfans j'assureray la fuite.

N'ayez soin cependant que de dissimuler.
Contente, sur vos pas vous me verrez voler :
La mer la plus terrible et la plus orageuse
Est plus seure pour nous que cette cour trompeuse.
Mais à grands pas vers vous je voy quelqu'un marcher.
C'est Hydaspe.

SCENE II.

AMAN, ZARÉS, HYDASPE.

HYDASPE.

Seigneur, je courois vous chercher.
Vostre absence en ces lieux suspend toute la joye;
Et pour vous y conduire Assuerus m'envoye.

AMAN.

Et Mardochée est-il aussi de ce festin?

HYDASPE.

A la table d'Esther portez-vous ce chagrin?
Quoy! toûjours de ce Juif l'image vous desole?
Laissez-le s'applaudir d'un triomphe frivole.
Croit-il d'Assuerus éviter la rigueur?
Ne possedez-vous pas son oreille et son cœur?
On a payé le zele, on punira le crime,
Et l'on vous a, Seigneur, orné vostre victime.
Je me trompe, ou vos vœux, par Esther secondez,
Obtiendront plus encor que vous ne demandez.

AMAN.

Croiray-je le bonheur que ta bouche m'annonce?

HYDASPE.

J'ay des sçavans devins entendu la réponse.
Ils disent que la main d'un perfide estranger

Dans le sang de la reine est preste à se plonger ;
Et le roy, qui ne sçait où trouver le coupable,
N'impute qu'aux seuls Juifs ce projet detestable.
Aman.
Oüy, ce sont, cher ami, des monstres furieux.
Il faut craindre surtout leur chef audacieux.
La terre avec horreur dés long-temps les endure,
Et l'on n'en peut trop tost délivrer la nature.
Ah! je respire enfin. Chere Zarés, adieu.
Hydaspe.
Les compagnes d'Esther s'avancent vers ce lieu.
Sans doute leur concert va commencer la feste.
Entrez, et recevez l'honneur qu'on vous appreste.

SCENE III.

Cecy se recite sans chant.

ELISE, LE CHŒUR.

Une des Israelites.
C'est Aman.
Une autre.
C'est luy-même, et j'en fremis, ma sœur.
La premiere.
Mon cœur de crainte et d'horreur se resserre.
L'autre.
C'est d'Israël le superbe oppresseur.
La premiere.
C'est celuy qui trouble la terre.
Elise.
Peut-on en le voyant ne le connoistre pas?
L'orgueil et le dédain sont peints sur son visage.

ESTHER

UNE ISRAELITE.
On lit dans ses regards sa fureur et sa rage.
        UNE AUTRE.
Je croyois voir marcher la Mort devant ses pas.
       UNE DES PLUS JEUNES.
Je ne sçay si ce tigre a reconnu sa proye ;
Mais en nous regardant, mes sœurs, il m'a semblé
Qu'il avoit dans les yeux une barbare joye,
    Dont tout mon sang est encore troublé.
         ELISE.
Que ce nouvel honneur va croistre son audace !
    Je le voy, mes sœurs, je le voy :
A la table d'Esther, l'insolent prés du roy
    A déja pris sa place.
       UNE DES ISRAELITES.
Ministres du festin, de grace, dites-nous,
Quels mets à ce cruel, quel vin preparez-vous ?
        UNE AUTRE.
Le sang de l'orphelin,
       UNE TROISIÉME.
      Les pleurs des miserables,
        LA SECONDE.
   Sont ses mets les plus agreables,
        LA TROISIÉME.
   C'est son breuvage le plus doux.
Cheres sœurs, suspendez la douleur qui vous presse.
Chantons, on nous l'ordonne. Et que puissent nos chants
Du cœur d'Assuerus adoucir la rudesse,
Comme autrefois David, par ses accords touchans,
Calmoit d'un roy jaloux la sauvage tristesse.

    Tout le reste de cette scene est chanté.

ACTE III, SCENE III

Une Israelite.
Que le peuple est heureux,
Lors qu'un roy genereux,
Craint dans tout l'univers, veut encore qu'on l'aime!
Heureux le peuple! heureux le roy luy-même!

Tout le Chœur.
O repos! ô tranquillité!
O d'un parfait bonheur assurance eternelle,
Quand la suprême autorité
Dans ses conseils a toûjours auprés d'elle
La justice et la verité!

Ces quatre stances sont chantées alternativement par une voix seule et par tout le Chœur.

Une Israelite.
Rois, chassez la calomnie :
Ses criminels attentats
Des plus paisibles Estats
Troublent l'heureuse harmonie.

Sa fureur, de sang avide,
Poursuit par tout l'innocent.
Rois, prenez soin de l'absent
Contre sa langue homicide.

De ce monstre si farouche
Craignez la feinte douceur :
La vengeance est dans son cœur,
Et la pitié dans sa bouche.

La fraude adroite et subtile
Seme de fleurs son chemin ;
Mais sur ses pas vient enfin
Le repentir inutile.

Une Israelite, seule.

D'un souffle l'aquilon écarte les nuages,
   Et chasse au loin la foudre et les orages.
Un roy sage, ennemi du langage menteur,
Ecarte d'un regard le perfide imposteur.

Une autre.

   J'admire un roy victorieux,
Que sa valeur conduit triomphant en tous lieux;
   Mais un roy sage et qui hait l'injustice,
   Qui sous la loy du riche imperieux
   Ne souffre point que le pauvre gemisse,
     Est le plus beau present des Cieux.

Une autre.

   La veuve en sa défense espere.

Une autre.

   De l'orphelin il est le pere.

Toutes ensemble.

Et les larmes du juste implorant son appuy
   Sont precieuses devant luy.

Une Israelite, seule.

Détourne, Roy puissant, détourne tes oreilles
   De tout conseil barbare et mensonger.
     Il est temps que tu t'éveilles.
Dans le sang innocent ta main va se plonger,
     Pendant que tu sommeilles.
Détourne, Roy puissant, détourne tes oreilles
   De tout conseil barbare et mensonger.

Une autre.

Ainsi puisse sous toy trembler la terre entiere.
Ainsi puisse à jamais contre tes ennemis
Le bruit de ta valeur te servir de barriere.
S'ils t'attaquent, qu'ils soient en un moment soûmis.

Que de ton bras la force les renverse.
Que de ton nom la terreur les disperse.
Que tout leur camp nombreux soit devant tes soldats
   Comme d'enfans une troupe inutile ;
Et, si par un chemin il entre en tes Estats,
   Qu'il en sorte par plus de mille.

SCENE IV.

ASSUERUS, ESTHER, AMAN, ELISE, LE CHŒUR.

ASSUERUS, *à Esther.*

Ouy, vos moindres discours ont des graces secretes :
Une noble pudeur à tout ce que vous faites
Donne un prix que n'ont point ni la pourpre ni l'or.
Quel climat renfermoit un si rare thresor?
Dans quel sein vertueux avez-vous pris naissance?
Et quelle main si sage éleva vostre enfance?
  Mais dites promtement ce que vous demandez.
Tous vos desirs, Esther, vous seront accordez,
Dussiez-vous, je l'ay dit, et veux bien le redire,
Demander la moitié de ce puissant empire.

ESTHER.

Je ne m'égare point dans ces vastes desirs.
Mais, puisqu'il faut enfin expliquer mes soûpirs,
Puisque mon roy luy-mesme à parler me convie,
    (*Elle se jette aux piés du roy.*)
J'ose vous implorer, et pour ma propre vie,
Et pour les tristes jours d'un peuple infortuné
Qu'à perir avec moy vous avez condamné.

ASSUERUS, *la relevant.*
A perir! Vous! Quel peuple? Et quel est ce mystere?
AMAN, *tout bas.*
Je tremble.
ESTHER.
Esther, Seigneur, eut un Juif pour son pere.
De vos ordres sanglans vous sçavez la rigueur.
AMAN.
Ah! Dieux!
ASSUERUS.
Ah! de quel coup me percez-vous le cœur!
Vous la fille d'un Juif? Hé quoy! tout ce que j'aime,
Cette Esther, l'innocence et la sagesse même,
Que je croyois du Ciel les plus cheres amours,
Dans cette source impure auroit puisé ses jours?
Malheureux!
ESTHER.
Vous pourrez rejetter ma priere;
Mais je demande au moins que, pour grace derniere,
Jusqu'à la fin, Seigneur, vous m'entendiez parler,
Et que sur tout Aman n'ose point me troubler.
ASSUERUS.
Parlez.
ESTHER.
O Dieu! confonds l'audace et l'imposture.
Ces Juifs, dont vous voulez délivrer la nature,
Que vous croyez, Seigneur, le rebut des humains,
D'une riche contrée autrefois souverains,
Pendant qu'ils n'adoroient que le Dieu de leurs peres,
Ont vû benir le cours de leurs destins prosperes.
Ce Dieu, maistre absolu de la terre et des cieux,
N'est point tel que l'erreur le figure à vos yeux.

ACTE III, SCENE IV

L'Eternel est son nom, le monde est son ouvrage ;
Il entend les soûpirs de l'humble qu'on outrage,
Juge tous les mortels avec d'égales loix,
Et du haut de son thrône interroge les rois.
Des plus fermes Etats la chûte épouvantable,
Quand il veut, n'est qu'un jeu de sa main redoutable.
Les Juifs à d'autres dieux oserent s'adresser :
Roy, peuples, en un jour tout se vit disperser.
Sous les Assyriens leur triste servitude
Devint le juste prix de leur ingratitude.
  Mais, pour punir enfin nos maistres à leur tour,
Dieu fit choix de Cyrus avant qu'il vist le jour,
L'appella par son nom, le promit à la terre,
Le fit naistre, et soudain l'arma de son tonnerre,
Brisa les fiers rempars et les portes d'airain,
Mit des superbes rois la dépouille en sa main,
De son temple détruit vengea sur eux l'injure.
Babylone paya nos pleurs avec usure.
Cyrus, par luy vainqueur, publia ses bienfaits,
Regarda nostre peuple avec des yeux de paix,
Nous rendit et nos loix et nos festes divines ;
Et le temple déja sortoit de ses ruines.
Mais, de ce roy si sage heritier insensé,
Son fils interrompit l'ouvrage commencé,
Fut sourd à nos douleurs. Dieu rejetta sa race,
Le retrancha luy-même, et vous mit en sa place.
  Que n'esperions-nous point d'un roy si genereux !
« Dieu regarde en pitié son peuple malheureux,
Disions-nous ; un roy regne, ami de l'innocence. »
Par tout du nouveau prince on vantoit la clemence.
Les Juifs par tout de joye en pousserent des cris.
Ciel ! verra-t-on toûjours par de cruels esprits

Des princes les plus doux l'oreille environnée,
Et du bonheur public la source empoisonnée?
Dans le fond de la Thrace un Barbare enfanté
Est venu dans ces lieux souffler la cruauté.
Un ministre ennemi de vostre propre gloire...

AMAN.

De vostre gloire? Moy? Ciel! le pourriez-vous croire?
Moy, qui n'ay d'autre objet ni d'autre Dieu...

ASSUERUS.

Tay-toy.
Oses-tu donc parler sans l'ordre de ton roy?

ESTHER.

Nostre ennemi cruel devant vous se declare.
C'est luy. C'est ce ministre infidelle et barbare,
Qui, d'un zele trompeur à vos yeux revestu,
Contre nostre innocence arma vostre vertu.
Et quel autre, grand Dieu! qu'un Scythe impitoyable
Auroit de tant d'horreurs dicté l'ordre effroyable?
Par tout l'affreux signal en même temps donné
De meurtres remplira l'univers étonné.
On verra, sous le nom du plus juste des princes,
Un perfide etranger desoler vos provinces,
Et, dans ce palais même en proye à son courroux,
Le sang de vos sujets regorger jusqu'à vous.
Et que reproche aux Juifs sa haine envenimée?
Quelle guerre intestine avons-nous allumée?
Les a-t-on veû marcher parmi vos ennemis?
Fut-il jamais au joug esclaves plus soûmis?
Adorant dans leurs fers le Dieu qui les châtie,
Pendant que vostre main, sur eux appesantie,
A leurs persecuteurs les livroit sans secours,
Ils conjuroient ce Dieu de veiller sur vos jours,

De rompre des méchans les trames criminelles,
De mettre vostre thrône à l'ombre de ses aîles.
N'en doutez point, Seigneur, il fut vostre soûtien.
Luy seul mit à vos piez le Parthe et l'Indien,
Dissipa devant vous les innombrables Scythes,
Et renferma les mers dans vos vastes limites.
Luy seul aux yeux d'un Juif découvrit le dessein
De deux traistres tout prests à vous percer le sein.
Helas! ce Juif jadis m'adopta pour sa fille.

ASSUERUS.

Mardochée?

ESTHER.

Il restoit seul de nostre famille.
Mon pere estoit son frere. Il descend, comme moy,
Du sang infortuné de nostre premier roy.
Plein d'une juste horreur pour un Amalecite,
Race que nostre Dieu de sa bouche a maudite,
Il n'a devant Aman pû fléchir les genous,
Ni luy rendre un honneur qu'il ne croit dû qu'à vous.
Dé-là contre les Juifs et contre Mardochée
Cette haine, Seigneur, sous d'autres noms cachée.
En vain de vos bienfaits Mardochée est paré.
A la porte d'Aman est déja preparé
D'un infame trépas l'instrument execrable.
Dans une heure au plus tard ce vieillard venerable,
Des portes du palais par son ordre arraché,
Couvert de vostre pourpre, y doit estre attaché.

ASSUERUS.

Quel jour meslé d'horreur vient effrayer mon ame!
Tout mon sang de colere et de honte s'enflame.
J'estois donc le joüet... Ciel! daigne m'éclairer!
Un moment sans témoins cherchons à respirer.

Appellez Mardochée, il faut aussi l'entendre.
      (*Le roy s'éloigne.*)
    UNE ISRAELITE.
Verité que j'implore, acheve de descendre.

SCENE V.

ESTHER, AMAN, LE CHŒUR.

    AMAN, *à Esther*.
D'un juste étonnement je demeure frappé.
Les ennemis des Juifs m'ont trahi, m'ont trompé.
J'en atteste du Ciel la puissance suprême,
En les perdant j'ay crû vous assurer vous-même.
Princesse, en leur faveur employez mon credit.
Le roy, vous le voyez, flotte encore interdit.
Je sçay par quels ressorts on le pousse, on l'arreste,
Et fais, comme il me plaist, le calme et la tempeste.
Les interests des Juifs déja me sont sacrez :
Parlez. Vos ennemis aussi-tost massacrez,
Victimes de la foy que ma bouche vous jure,
De ma fatale erreur repareront l'injure.
Quel sang demandez-vous ?
    ESTHER.
      Va, traistre ! laisse-moy.
Les Juifs n'attendent rien d'un méchant tel que toy.
Miserable ! le Dieu vengeur de l'innocence,
Tout prest à te juger, tient déja sa balance.
Bientost son juste arrest te sera prononcé.
Tremble ! son jour approche, et ton regne est passé.

AMAN.

Ouy, ce Dieu, je l'avouë, est un Dieu redoutable.
Mais veut-il que l'on garde une haine implacable?
C'en est fait. Mon orgueil est forcé de plier.
L'inexorable Aman est réduit à prier.

(*Il se jette à ses piés.*)

Par le salut des Juifs, par ces piés que j'embrasse,
Par ce sage vieillard, l'honneur de vostre race,
Daignez d'un roy terrible appaiser le courroux.
Sauvez Aman qui tremble à vos sacrez genoux.

SCENE VI.

ASSUERUS, ESTHER, AMAN, ELISE, GARDES, LE CHŒUR.

ASSUERUS.

Quoy! le traistre sur vous porte ses mains hardies?
Ah! dans ses yeux confus je lis ses perfidies;
Et son trouble, appuyant la foy de vos discours,
De tous ses attentats me rappelle le cours.
Qu'à ce monstre à l'instant l'ame soit arrachée;
Et que devant sa porte, au lieu de Mardochée,
Appaisant par sa mort et la terre et les Cieux,
De mes peuples vengez il repaisse les yeux.

(*Aman est emmené par les gardes.*)

SCENE VII.

ASSUERUS, ESTHER, MARDOCHÉE, ELISE, LE CHŒUR.

Assuerus *continuë en s'adressant à Mardochée.*
Mortel cheri du Ciel, mon salut et ma joye,
Aux conseils des méchans ton roy n'est plus en proye.
Mes yeux sont dessillez, le crime est confondu.
Viens briller prés de moy dans le rang qui t'est dû.
Je te donne d'Aman les biens et la puissance :
Possede justement son injuste opulence.
Je romps le joug funeste où les Juifs sont soûmis.
Je leur livre le sang de tous leurs ennemis.
A l'égal des Persans je veux qu'on les honore,
Et que tout tremble au nom du Dieu qu'Esther adore.
Rebâtissez son temple et peuplez vos citez.
Que vos heureux enfans, dans leurs solemnitez,
Consacrent de ce jour le triomphe et la gloire,
Et qu'à jamais mon nom vive dans leur memoire.

SCENE VIII

ASSUERUS, ESTHER, MARDOCHÉE, ASAPH, ELISE, LE CHŒUR.

Assuerus.
Que veut Asaph?
Asaph.
Seigneur, le traistre est expiré,

Par le peuple en fureur à moitié déchiré.
On traîne, on va donner en spectacle funeste
De son corps tout sanglant le miserable reste.
Mardochée.
Roy, qu'à jamais le Ciel prenne soin de vos jours !
Le peril des Juifs presse et veut un prompt secours.
Assuerus.
Ouy, je t'entens. Allons, par des ordres contraires,
Revoquer d'un méchant les ordres sanguinaires.
Esther.
O Dieu ! par quelle route inconnuë aux mortels
Ta sagesse conduit ses desseins éternels !

SCENE DERNIERE.

LE CHŒUR.

Tout le Chœur.
Dieu fait triompher l'innocence ;
Chantons, celebrons sa puissance.
Une Israelite.
Il a veû contre nous les méchans s'assembler,
Et nostre sang prest à couler.
Comme l'eau sur la terre ils alloient le répandre.
Du haut du ciel sa voix s'est fait entendre :
L'homme superbe est renversé.
Ses propres fléches l'ont percé.
Une autre.
J'ay veû l'impie adoré sur la terre.
Pareil au cedre, il cachoit dans les cieux
Son front audacieux.

Il sembloit à son gré gouverner le tonnerre,
 Fouloit aux pieds ses ennemis vaincus.
Je n'ay fait que passer, il n'estoit déja plus.
   UNE AUTRE.
On peut des plus grands rois surprendre la justice.
  Incapables de tromper,
  Ils ont peine à s'échapper
  Des pieges de l'artifice.
Un cœur noble ne peut soupçonner en autruy
  La bassesse et la malice,
  Qu'il ne sent point en luy.
   UNE AUTRE.
 Comment s'est calmé l'orage?
   UNE AUTRE.
Quelle main salutaire a chassé le nuage?
   TOUT LE CHŒUR.
L'aimable Esther a fait ce grand ouvrage.
   UNE ISRAELITE, seule.
De l'amour de son Dieu son cœur s'est embrasé.
  Au peril d'une mort funeste
  Son zele ardent s'est exposé.
Elle a parlé, le Ciel a fait le reste.
   DEUX ISRAELITES.
Esther a triomphé des filles des Persans :
La Nature et le Ciel à l'envi l'ont ornée.
   L'UNE DES DEUX.
Tout ressent de ses yeux les charmes innocens.
Jamais tant de beauté fut-elle couronnée
   L'AUTRE.
Les charmes de son cœur sont encor plus puissans.
Jamais tant de vertu fut-elle couronnée?

Toutes deux ensemble.

Esther a triomphé des filles des Persans :
La Nature et le Ciel à l'envi l'ont ornée.

Une Israelite, seule.

Ton Dieu n'est plus irrité.
Réjouïs-toy, Sion, et sors de la poussiere.
Quitte les vestemens de ta captivité,
    Et reprens ta splendeur premiere.
Les chemins de Sion à la fin sont ouverts.
        Rompez vos fers,
        Tribus captives,
        Troupes fugitives,
    Repassez les monts et les mers ;
Rassemblez-vous des bouts de l'univers.

Tout le Chœur.

        Rompez vos fers,
        Tribus captives,
        Troupes fugitives,
    Repassez les monts et les mers ;
Rassemblez-vous des bouts de l'univers.

Une Israelite, seule.

Je reverray ces campagnes si cheres.

Une autre.

J'iray pleurer au tombeau de mes peres.

Tout le Chœur.

Repassez les monts et les mers ;
Rassemblez-vous des bouts de l'univers.

Une Israelite, seule.

Relevez, relevez les superbes portiques
Du temple où nostre Dieu se plaist d'estre adoré.
Que de l'or le plus pur son autel soit paré,

*Et que du sein des monts le marbre soit tiré.
Liban, dépouille-toy de tes cedres antiques;
Prestres sacrez, preparez vos cantiques.*

UNE AUTRE.

*Dieu descend, et revient habiter parmi nous.
Terre, fremi d'allegresse et de crainte.
Et vous, sous sa majesté sainte,
Cieux, abaissez-vous.*

UNE AUTRE.

*Que le Seigneur est bon! que son joug est aimable!
Heureux qui dés l'enfance en connoist la douceur!
Jeune peuple, courez à ce maistre adorable:
Les biens les plus charmans n'ont rien de comparable
Aux torrens de plaisirs qu'il répand dans un cœur.
Que le Seigneur est bon! que son joug est aimable!
Heureux qui dés l'enfance en connoist la douceur!*

UNE AUTRE.

*Il s'appaise, il pardonne.
Du cœur ingrat qui l'abandonne
Il attend le retour.
Il excuse nostre foiblesse;
A nous chercher même il s'empresse.
Pour l'enfant qu'elle a mis au jour
Une mere a moins de tendresse.
Ah! qui peut avec luy partager nostre amour?*

TROIS ISRAELITES.

Il nous fait remporter une illustre victoire.

L'UNE DES TROIS.

Il nous a revelé sa gloire.

TOUTES TROIS ENSEMBLE.

Ah! qui peut avec luy partager nostre amour?

TOUT LE CHŒUR.

Que son nom soit beni! que son nom soit chanté!
Que l'on celebre ses ouvrages,
Au delà des temps et des âges,
Au delà de l'éternité!

FIN.

ATHALIE

TRAGEDIE

TIRÉE DE L'ÉCRITURE SAINTE

PREFACE

Tout le monde sçait que le royaume de Juda estoit composé des deux tribus de Juda et de Benjamin, et que les dix autres tribus qui se revolterent contre Roboam composoient le royaume d'Israël. Comme les rois de Juda estoient de la maison de David, et qu'ils avoient dans leur partage la ville et le temple de Jerusalem, tout ce qu'il y avoit de prestres et de levites se retirerent auprés d'eux et leur demeurerent toûjours attachez. Car, depuis que le temple de Salomon fut basti, il n'estoit plus permis de sacrifier ailleurs, et tous ces autres autels qu'on élevoit à Dieu sur des montagnes, appelées par cette raison dans l'Ecriture les hauts lieux, ne luy estoient point agreables. Ainsi le culte legitime ne subsistoit plus que dans Juda. Les dix tribus, excepté un tres-petit nombre de personnes, estoient ou idolâtres ou schismatiques.

Au reste, ces prestres et ces levites faisoient eux-mêmes une tribu fort nombreuse. Ils furent partagez en diverses classes pour servir tour à tour dans le temple, d'un jour de sabbath à l'autre. Les prestres estoient de la famille d'Aaron, et il n'y avoit que ceux de cette famille lesquels pussent exercer la sacrificature. Les levites leur estoient subordonnez et avoient soin, entre-autres choses, du chant, de la preparation des victimes et de la garde du temple. Ce nom de levite ne laisse pas d'estre donné quelquefois indifferemment à tous ceux de la tribu. Ceux qui estoient en semaine avoient, ainsi que le grand Prestre, leur logement dans les portiques ou galeries dont le temple estoit environné, et qui faisoient partie du temple même. Tout l'édifice s'appelloit en général le Lieu saint ; mais on appelloit plus particulierement de ce nom cette partie du temple interieur où estoit le chandelier d'or, l'autel des parfums et les tables des pains de proposition ; et cette partie estoit encore distinguée du Saint des Saints, où estoit l'Arche, et où le grand Prestre seul avoit droit d'entrer une fois l'année. C'estoit une tradition assez constante que la montagne sur laquelle le temple fut basti estoit la même montagne où Abraham avoit autrefois offert en sacrifice son fils Isaac.

J'ay crû devoir expliquer icy ces particularitez, afin que ceux à qui l'histoire de l'Ancien Testament ne sera pas assez presente n'en soient point arrestez en lisant cette tragedie. Elle a pour sujet Joas reconnu et mis sur le thrône, et j'aurois dû dans les regles l'intituler *Joas*. Mais, la pluspart du monde n'en ayant entendu parler que sous le nom d'*Athalie*, je n'ay pas jugé à propos de la leur presenter sous un autre titre, puisque d'ailleurs Athalie y joüe un personnage si considerable, et que c'est sa mort qui termine la piece. Voicy une partie des principaux évenemens qui devancerent cette grande action.

Joram, roy de Juda, fils de Josaphat, et le septiéme roy de la race de David, épousa Athalie, fille d'Achab et de Jezabel, qui regnoient en Israël, fameux l'un et l'autre, mais principalement Jezabel, par leurs sanglantes persecutions contre les Prophetes. Athalie, non moins impie que sa mere, entraîna bien-tost le roy son mary dans l'idolâtrie, et fit même construire dans Jerusalem un temple à Baal, qui estoit le Dieu du païs de Tyr et de Sidon, où Jezabel avoit pris naissance. Joram, aprés avoir veu perir par les mains des Arabes et des Philistins tous les princes ses enfans, à la reserve d'Okosias, mourut luy-même miserablement d'une longue maladie qui luy consuma les entrailles. Sa mort funeste n'empescha pas Okosias d'imiter son impieté et celle d'Athalie sa mere. Mais ce prince, aprés avoir regné seulement un an, estant allé rendre visite au roy d'Israël, frere d'Athalie, fut enveloppé dans la ruine de la maison d'Achab, et tué par l'ordre de Jehu, que Dieu avoit fait sacrer par ses Prophetes pour regner sur Israël et pour estre le ministre de ses vengeances. Jehu extermina toute

PREFACE

la posterité d'Achab, et fit jetter par les fenestres Jezabel, qui, selon la prédiction d'Elie, fut mangée des chiens dans la vigne de ce même Naboth qu'elle avoit fait mourir autrefois pour s'emparer de son heritage. Athalie, ayant appris à Jerusalem tous ces massacres, entreprit de son costé d'éteindre entierement la race royale de David, en faisant mourir tous les enfans d'Okosias, ses petits-fils. Mais heureusement Josabet, sœur d'Okosias et fille de Joram, mais d'une autre mere qu'Athalie, estant arrivée lorsqu'on égorgeoit les princes ses neveux, elle trouva moyen de dérober du milieu des morts le petit Joas encore à la mammelle, et le confia avec sa nourrice au grand Prestre son mary, qui les cacha tous deux dans le Temple, où l'enfant fut élevé secretement jusqu'au jour qu'il fut proclamé roy de Juda. L'Histoire des Rois dit que ce fut la septiéme année d'aprés; mais le texte grec des Paralipomenes, que Severe Sulpice a suivi, dit que ce fut la huitiéme. C'est ce qui m'a autorisé à donner à ce prince neuf à dix ans, pour le mettre déja en estat de répondre aux questions qu'on luy fait.

Je croy ne luy avoir rien fait dire qui soit au dessus de la portée d'un enfant de cet âge, qui a de l'esprit et de la memoire. Mais, quand j'aurois esté un peu au-delà, il faut considerer que c'est icy un enfant tout extraordinaire, élevé dans le Temple par un grand Prestre, qui, le regardant comme l'unique esperance de sa nation, l'avoit instruit de bonne heure dans tous les devoirs de la religion et de la royauté. Il n'en estoit pas de même des enfans des Juifs que de la pluspart des nostres. On leur apprennoit les saintes Lettres, non seulement dés qu'ils avoient atteint l'usage de la raison, mais, pour me servir de l'expression de saint Paul, dés la mammelle. Chaque Juif estoit obligé d'écrire une fois en sa vie de sa propre main le volume de la Loy tout entier. Les rois estoient même obligez de l'écrire deux fois, et il leur estoit enjoint de l'avoir continuellement devant les yeux. Je puis dire icy que la France voit en la personne d'un prince de huit ans et demi, qui fait aujourd'huy ses plus cheres délices, un exemple illustre de ce que peut dans un enfant un heureux naturel aidé d'une excellente éducation, et que, si j'avois donné au petit Joas la même vivacité et le même discernement qui brille dans les reparties de ce jeune prince, on m'auroit accusé avec raison d'avoir peché contre les regles de la vraysemblance.

L'âge de Zacharie, fils du grand Prestre, n'estant point marqué, on peut luy supposer, si l'on veut, deux ou trois ans de plus qu'à Joas.

J'ay suivi l'explication de plusieurs commentateurs fort habiles, qui prouvent par le texte même de l'Ecriture que tous ces soldats à qui Joïada, ou Joad, comme il est appellé dans Josephe, fit prendre les armes consacrées à Dieu par David, estoient autant de prestres et de levites, aussi-bien que les cinq centeniers qui les commandoient. En effet, disent ces interpretes, tout devoit estre saint dans une si sainte action, et aucun profane n'y devoit estre employé. Il s'y agissoit non seulement de conserver le sceptre dans la maison de David, mais encore de conserver à ce grand roy cette suite de descendans dont devoit naître le Messie : *car ce Messie, tant de fois promis comme fils d'Abraham, devoit aussi estre fils de David et de tous les rois de Juda.* De là vient que l'illustre et sçavant prelat[1] de qui j'ay emprunté ces paroles appelle Joas le precieux reste de la maison de David. Josephe en parle dans les mêmes termes; et l'Ecriture dit expressément que Dieu n'extermina pas toute la famille de Joram, voulant conserver à David la Lampe qu'il luy avoit promise. Or, cette Lampe, qu'estoit-ce autre chose que la lumiere qui devoit estre un jour revelée aux nations ?

L'histoire ne specifie point le jour où Joas fut proclamé. Quelques interprétes veulent que ce fust un jour de feste. J'ay choisi celle de la Pentecoste, qui estoit l'une des trois grandes festes des Juifs. On y celebroit la memoire de la publication de la Loy sur le mont de Sinaï, et on y offroit aussi à Dieu les premiers pains de la nouvelle moisson, ce qui faisoit qu'on la nommoit encore la Feste des Prémices. J'ay songé que ces circonstances me fourniroient quelque varieté pour les chants du Chœur.

Ce Chœur est composé de jeunes filles de la tribu de Levi, et je mets à leur teste une fille que je donne pour

---

1. M. de Meaux.

sœur à Zacharie. C'est elle qui introduit le Chœur chez sa mere ; elle chante avec luy; porte la parole pour luy, et fait enfin les fonctions de ce personnage des anciens chœurs qu'on appelloit le coryphée. J'ay aussi essayé d'imiter des anciens cette continuité d'action qui fait que leur theatre ne demeure jamais vuide, les intervalles des actes n'estant marquez que par des hymnes et par des moralitez du Chœur qui ont rapport à ce qui se passe.

On me trouvera peut-estre un peu hardi d'avoir osé mettre sur la scene un Prophete inspiré de Dieu, et qui predit l'avenir. Mais j'ay eû la precaution de ne mettre dans sa bouche que des expressions tirées des Prophetes mêmes. Quoique l'Ecriture ne dise pas en termes exprés que Joïada ait eû l'esprit de prophetie, comme elle le dit de son fils, elle le represente comme un homme tout plein de l'esprit de Dieu. Et d'ailleurs ne paroist-il pas, par l'Evangile, qu'il a pû prophetiser en qualité de souverain Pontife ? Je suppose donc qu'il voit en esprit le funeste changement de Joas, qui, aprés trente années d'un regne fort pieux, s'abandonna aux mauvais conseils des flatteurs, et se soüilla du meurtre de Zacharie, fils et successeur de ce grand Prestre. Ce meurtre, commis dans le Temple, fut une des principales causes de la colere de Dieu contre les Juifs, et de tous les malheurs qui leur arriverent dans la suite. On pretend même que depuis ce jour là les réponses de Dieu cesserent entierement dans le sanctuaire. C'est ce qui m'a donné lieu de faire prédire tout de suite à Joad et la destruction du Temple et la ruine de Jerusalem. Mais, comme les Prophetes joignent d'ordinaire les consolations aux menaces, et que d'ailleurs il s'agit de mettre sur le thrône un des ancestres du Messie, j'ay pris occasion de faire entrevoir la venuë de ce consolateur, aprés lequel tous les anciens justes soûpiroient. Cette scene, qui est une espece d'épisode, ameine tres-naturellement la musique, par la coûtume qu'avoient plusieurs Prophetes d'entrer dans leurs saints transports au son des instrumens. Témoin cette troupe de Prophetes qui vinrent au devant de Saül avec des harpes et des lyres, qu'on portoit devant eux, et témoin Elisée luy même, qui, estant consulté sur l'avenir par le roy de Juda et par le roy d'Israël, dit, comme fait icy Joad : *Adducite mihi psaltem.* Ajoûtez à cela que cette prophetie sert beaucoup à augmenter le trouble dans la piece, par la consternation et par les differens mouvemens où elle jette le Chœur et les principaux acteurs.

ATHALIE

LES NOMS DES PERSONNAGES.

JOAS, roy de Juda, fils d'Okosias.

ATHALIE, veuve de Joram, ayeule de Joas.

JOAD, autrement JOIADA, Grand Prestre.

JOSABET, tante de Joas, femme du Grand Prestre.

ZACHARIE, fils de Joad et de Josabet.

SALOMITH, sœur de Zacharie.

ABNER, l'un des principaux officiers des rois de Juda.

AZARIAS,

ISMAEL

Et les trois autres Chefs des prestres et des levites.

MATHAN, prestre apostat, sacrificateur de Baal.

NABAL, confident de Mathan.

AGAR, femme de la suite d'Athalie.

Troupe de prestres et de levites.

Suite d'Athalie.

La nourrice de Joas.

Chœur de jeunes filles de la tribu de Levi.

La scene est dans le Temple de Jerusalem, dans un vestibule de l'appartement du Grand Prestre.

ATHALIE
TRAGEDIE

ACTE PREMIER

SCENE PREMIERE
JOAD, ABNER.

ABNER.

Ouy, je viens dans son temple adorer l'Eternel;
Je viens, selon l'usage antique et solemnel,
Celebrer avec vous la fameuse journée
Où sur le mont Sina la loi nous fut donnée.
Que les temps sont changez! Si-tost que de ce jour
La trompette sacrée annonçoit le retour,
Du temple, orné par tout de festons magnifiques,
Le peuple saint en foule inondoit les portiques;
Et tous, devant l'autel avec ordre introduits,

De leurs champs dans leurs mains portant les nouveaux fruits
Au Dieu de l'univers consacroient ces prémices.
Les prestres ne pouvoient suffire aux sacrifices.
L'audace d'une femme, arrestant ce concours,
En des jours tenebreux a changé ces beaux jours.
D'adorateurs zelez à peine un petit nombre
Ose des premiers temps nous retracer quelque ombre.
Le reste pour son Dieu montre un oubli fatal,
Ou même, s'empressant aux autels de Baal,
Se fait initier à ses honteux mysteres,
Et blaspheme le nom qu'ont invoqué leurs peres.
Je tremble qu'Athalie, à ne vous rien cacher,
Vous-même de l'autel vous faisant arracher,
N'acheve enfin sur vous ses vengeances funestes,
Et d'un respect forcé ne dépouille les restes.

JOAD.
D'où vous vient aujourd'huy ce noir pressentiment?

ABNER.
Pensez-vous estre saint et juste impunément?
Dés long-temps elle hait cette fermeté rare
Qui rehausse en Joad l'éclat de la tiare.
Dés long-temps vostre amour pour la religion
Est traité de revolte et de sedition.
Du merite éclatant cette reine jalouse
Hait sur tout Josabet, vostre fidelle épouse.
Si du grand prestre Aaron Joad est successeur,
De nostre dernier roy Josabet est la sœur.
Mathan d'ailleurs, Mathan, ce prestre sacrilege,
Plus méchant qu'Athalie, à toute heure l'assiege;
Mathan, de nos autels infame deserteur,
Et de toute vertu zelé persecuteur.
C'est peu que, le front ceint d'une mître étrangere,

Ce levite à Baal preste son ministere :
Ce temple l'importune, et son impieté
Voudroit aneantir le Dieu qu'il a quitté.
Pour vous perdre il n'est point de ressorts qu'il n'invente.
Quelquefois il vous plaint, souvent même il vous vante.
Il affecte pour vous une fausse douceur ;
Et, par là de son fiel colorant la noirceur,
Tantost à cette reine il vous peint redoutable,
Tantost, voyant pour l'or sa soif insatiable,
Il luy feint qu'en un lieu que vous seul connoissez
Vous cachez des tresors par David amassez.
Enfin, depuis deux jours la superbe Athalie
Dans un sombre chagrin paroist ensevelie.
Je l'observois hier, et je voyois ses yeux
Lancer sur le Lieu saint des regards furieux,
Comme si dans le fond de ce vaste édifice
Dieu cachoit un vengeur armé pour son supplice.
Croyez-moy, plus j'y pense, et moins je puis douter
Que sur vous son courroux ne soit prest d'éclater,
Et que de Jezabel la fille sanguinaire
Ne vienne attaquer Dieu jusqu'en son sanctuaire.

JOAD.

Celuy qui met un frein à la fureur des flots
Sçait aussi des méchans arrester les complots.
Soûmis avec respect à sa volonté sainte,
Je crains Dieu, cher Abner, et n'ay point d'autre crainte.
Cependant je rends grace au zele officieux
Qui sur tous mes perils vous fait ouvrir les yeux.
Je voy que l'injustice en secret vous irrite,
Que vous avez encor le cœur israëlite.
Le Ciel en soit beni ! Mais ce secret courroux,
Cette oisive vertu, vous en contentez-vous ?

La foy qui n'agit point, est-ce une foy sincere?
Huit ans déja passez, une impie étrangere
Du sceptre de David usurpe tous les droits,
Se baigne impunément dans le sang de nos rois,
Des enfans de son fils detestable homicide,
Et même contre Dieu leve son bras perfide.
Et vous, l'un des soûtiens de ce tremblant Etat,
Vous nourri dans les camps du saint roy Josaphat,
Qui sous son fils Joram commandiez nos armées,
Qui rassurâtes seul nos villes allarmées,
Lorsque d'Okosias le trépas imprévû
Dispersa tout son camp à l'aspect de Jehu :
« Je crains Dieu, dites-vous, sa verité me touche. »
Voicy comme ce Dieu vous répond par ma bouche :
« Du zele de ma loy que sert de vous parer?
Par de steriles vœux pensez-vous m'honorer?
Quel fruit me revient-il de tous vos sacrifices?
Ay-je besoin du sang des boucs et des genisses?
Le sang de vos rois crie, et n'est point écouté.
Rompez, rompez tout pacte avec l'impieté.
Du milieu de mon peuple exterminez les crimes,
Et vous viendrez alors m'immoler vos victimes. »

ABNER.

Hé! que puis-je au milieu de ce peuple abbatu?
Benjamin est sans force, et Juda sans vertu.
Le jour qui de leur roy vit éteindre la race
Eteignit tout le feu de leur antique audace.
« Dieu même, disent-ils, s'est retiré de nous.
De l'honneur des Hebreux autrefois si jaloux,
Il voit sans interest leur grandeur terrassée,
Et sa misericorde à la fin s'est lassée.
On ne voit plus pour nous ses redoutables mains

De merveilles sans nombre effrayer les humains.
L'arche sainte est muette, et ne rend plus d'oracles. »
JOAD.
Et quel temps fut jamais si fertile en miracles?
Quand Dieu par plus d'effets montra-t-il son pouvoir?
Auras-tu donc toûjours des yeux pour ne point voir,
Peuple ingrat? Quoy! toûjours les plus grandes merveilles
Sans ébranler ton cœur frapperont tes oreilles?
Faut-il, Abner, faut-il vous rappeller le cours
Des prodiges fameux accomplis en nos jours?
Des tyrans d'Israël les celebres disgraces,
Et Dieu trouvé fidelle en toutes ses menaces;
L'impie Achab détruit, et de son sang trempé
Le champ que par le meurtre il avoit usurpé;
Prés de ce champ fatal Jezabel immolée,
Sous les pieds des chevaux cette reine foulée;
Dans son sang inhumain les chiens desalterez,
Et de son corps hideux les membres déchirez;
Des prophetes menteurs la troupe confonduë,
Et la flamme du ciel sur l'autel descenduë;
Elie aux elemens parlant en souverain,
Les cieux par luy fermez et devenus d'airain,
Et la terre trois ans sans pluye et sans rosée;
Les morts se ranimans à la voix d'Elisée?
Reconnoissez, Abner, à ces traits éclatans,
Un Dieu tel aujourd'huy qu'il fut dans tous les temps.
Il sçait, quand il luy plaist, faire éclater sa gloire,
Et son peuple est toûjours present à sa memoire.
ABNER.
Mais où sont ces honneurs à David tant promis,
Et prédits même encore à Salomon son fils?
Helas! nous esperions que de leur race heureuse

Devoit sortir de rois une suite nombreuse ;
Que sur toute tribu, sur toute nation,
L'un d'eux établiroit sa domination,
Feroit cesser par tout la discorde et la guerre,
Et verroit à ses piez tous les rois de la terre.

JOAD.

Aux promesses du Ciel pourquoy renoncez-vous?

ABNER.

Ce roy fils de David, où le chercherons-nous?
Le Ciel même peut-il reparer les ruines
De cet arbre séché jusques dans ses racines?
Athalie étouffa l'enfant même au berceau.
Les morts aprés huit ans sortent-ils du tombeau?
Ah! si dans sa fureur elle s'estoit trompée,
Si du sang de nos rois quelque goutte échapée...

JOAD.

Hé bien! que feriez-vous?

ABNER.

O jour heureux pour moy!
De quelle ardeur j'irois reconnoistre mon roy!
Doutez-vous qu'à ses pieds nos tribus empressées...
Mais pourquoy me flatter de ces vaines pensées?
Deplorable heritier de ces rois triomphans,
Okosias restoit seul avec ses enfans.
Par les traits de Jehu je vis percer le pere,
Vous avez veû les fils massacrez par la mere.

JOAD.

Je ne m'explique point. Mais, quand l'astre du jour
Aura sur l'horison fait le tiers de son tour,
Lorsque la troisiéme heure aux prieres rappelle,
Retrouvez-vous au temple avec ce même zéle.
Dieu pourra vous montrer, par d'importans bienfaits,

Que sa parole est stable et ne trompe jamais.
Allez, pour ce grand jour il faut que je m'appreste,
Et du temple déja l'aube blanchit le faiste.
ABNER.
Quel sera ce bienfait que je ne comprens pas
L'illustre Josabet porte vers vous ses pas.
Je sors, et vais me joindre à la troupe fidelle
Qu'attire de ce jour la pompe solemnelle.

SCENE II.

JOAD, JOSABET.

JOAD.
Les temps sont accomplis, Princesse, il faut parler,
Et vostre heureux larcin ne se peut plus celer.
Des ennemis de Dieu la coupable insolence
Abusant contre luy de ce profond silence,
Accuse trop long-temps ses promesses d'erreur.
Que dis-je? Le succés animant leur fureur,
Jusques sur nostre autel vostre injuste marâtre
Veut offrir à Baal un encens idolâtre.
Montrons ce jeüne roy que vos mains ont sauvé,
Sous l'aîle du Seigneur dans le temple élevé.
De nos princes hebreux il aura le courage,
Et déja son esprit a devancé son âge.
Avant que son destin s'explique par ma voix,
Je vais l'offrir au Dieu par qui regnent les rois.
Aussi-tost, assemblant nos levites, nos prestres,
Je leur declareray l'heritier de leurs maistres.
JOSABET.
Sçait-il déja son nom et son noble destin?

JOAD.

Il ne répond encor qu'au nom d'Eliacin,
Et se croit quelque enfant rejetté par sa mere,
A qui j'ay par pitié daigné servir de pere.

JOSABET.

Helas! de quel peril je l'avois sçû tirer!
Dans quel peril encore est-il prest de rentrer!

JOAD.

Quoy! déja vostre foy s'affoiblit et s'étonne?

JOSABET.

A vos sages conseils, Seigneur, je m'abandonne.
Du jour que j'arrachay cet enfant à la mort,
Je remis en vos mains tout le soin de son sort.
Même, de mon amour craignant la violence,
Autant que je le puis, j'évite sa presence,
De peur qu'en le voyant, quelque trouble indiscret
Ne fasse avec mes pleurs échaper mon secret.
Sur-tout j'ay crû devoir aux larmes, aux prieres,
Consacrer ces trois jours et ces trois nuits entieres.
Cependant aujourd'huy puis-je vous demander
Quels amis vous avez prests à vous seconder?
Abner, le brave Abner, viendra-t-il nous défendre?
A-t-il prés de son roy fait serment de se rendre?

JOAD.

Abner, quoiqu'on se pust assûrer sur sa foy,
Ne sçait pas même encor si nous avons un roy.

JOSABET.

Mais à qui de Joas confiez-vous la garde?
Est-ce Obed, est-ce Amnon que cet honneur regarde?
De mon pere sur eux les bien-faits répandus...

JOAD.

A l'injuste Athalie ils se sont tous vendus.

ACTE I, SCENE II

JOSABET.
Qui donc opposez-vous contre ses satellites?
JOAD.
Ne vous l'ay-je pas dit? Nos prestres, nos levites.
JOSABET.
Je sçay que, prés de vous en secret assemblé,
Par vos soins prévoyans leur nombre est redoublé;
Que, pleins d'amour pour vous, d'horreur pour Athalie,
Un serment solemnel par avance les lie
A ce fils de David qu'on leur doit reveler.
Mais, quelque noble ardeur dont ils puissent brûler,
Peuvent-ils de leur roy venger seuls la querelle?
Pour un si grand ouvrage est-ce assez de leur zele?
Doutez-vous qu'Athalie, au premier bruit semé
Qu'un fils d'Okosias est icy renfermé,
De ses fiers étrangers assemblant les cohortes,
N'environne le temple et n'en brise les portes?
Suffira-t-il contre eux de vos ministres saints,
Qui, levant au Seigneur leurs innocentes mains,
Ne sçavent que gemir et prier pour nos crimes,
Et n'ont jamais versé que le sang des victimes?
Peut-estre dans leurs bras Joas percé de coups...
JOAD.
Et comptez-vous pour rien Dieu qui combat pour nous?
Dieu, qui de l'orphelin protege l'innocence,
Et fait dans la foiblesse éclater sa puissance;
Dieu, qui hait les tyrans, et qui dans Jezraël
Jura d'exterminer Achab et Jezabel;
Dieu, qui, frappant Joram, le mary de leur fille,
A jusques sur son fils poursuivi leur famille;
Dieu, dont le bras vengeur, pour un temps suspendu,
Sur cette race impie est toûjours étendu?

Racine. III.

Josabet.

Et c'est sur tous ces rois sa justice severe
Que je crains pour le fils de mon malheureux frere.
Qui sçait si cet enfant, par leur crime entraîné,
Avec eux en naissant ne fut pas condamné?
Si Dieu, le separant d'une odieuse race,
En faveur de David voudra luy faire grace?
  Helas! l'état horrible où le Ciel me l'offrit
Revient à tout moment effrayer mon esprit.
De princes égorgez la chambre estoit remplie;
Un poignard à la main, l'implacable Athalie
Au carnage animoit ses barbares soldats,
Et poursuivoit le cours de ses assassinats.
Joas, laissé pour mort, frappa soudain ma veuë.
Je me figure encor sa nourice éperduë,
Qui devant les bourreaux s'estoit jettée en vain,
Et, foible, le tenoit renversé sur son sein.
Je le pris tout sanglant. En baignant son visage,
Mes pleurs du sentiment luy rendirent l'usage;
Et, soit frayeur encore, ou pour me caresser,
De ses bras innocens je me sentis presser.
Grand Dieu! que mon amour ne luy soit point funeste!
Du fidelle David c'est le précieux reste.
Nourri dans ta maison, en l'amour de ta loy,
Il ne connoît encor d'autre pere que toy.
Sur le point d'attaquer une reine homicide,
A l'aspect du peril si ma foy s'intimide,
Si la chair et le sang, se troublant aujourd'huy,
Ont trop de part aux pleurs que je répans pour luy,
Conserve l'heritier de tes saintes promesses,
Et ne punis que moy de toutes mes foiblesses.

JOAD.

Vos larmes, Josabet, n'ont rien de criminel.
Mais Dieu veut qu'on espere en son soin paternel.
Il ne recherche point, aveugle en sa colere,
Sur le fils qui le craint, l'impieté du pere.
Tout ce qui reste encor de fidelles Hebreux
Luy viendront aujourd'huy renouveller leurs vœux.
Autant que de David la race est respectée,
Autant de Jezabel la fille est détestée.
Joas les touchera par sa noble pudeur,
Où semble de son sang reluire la splendeur;
Et Dieu, par sa voix même appuyant nostre exemple,
De plus prés à leur cœur parlera dans son temple.
Deux infidelles rois tour à tour l'ont bravé :
Il faut que sur le throne un roy soit élevé,
Qui se souvienne un jour qu'au rang de ses ancestres
Dieu l'a fait remonter par la main de ses prestres,
L'a tiré par leur main de l'oubli du tombeau,
Et de David éteint rallumé le flambeau.

 Grand Dieu ! si tu prévois qu'indigne de sa race,
Il doive de David abandonner la trace,
Qu'il soit comme le fruit en naissant arraché,
Ou qu'un souffle ennemi dans sa fleur a séché.
Mais, si ce même enfant, à tes ordres docile,
Doit estre à tes desseins un instrument utile,
Fay qu'au juste heritier le sceptre soit remis.
Livre en mes foibles mains ses puissans ennemis.
Confons dans ses conseils une reine cruelle.
Daigne, daigne, mon Dieu, sur Mathan et sur elle
Répandre cet esprit d'imprudence et d'erreur,
De la chûte des rois funeste avancoureur.

L'heure me presse. Adieu. Des plus saintes familles
Vostre fils et sa sœur vous amenent les filles.

SCENE III.

JOSABET, ZACHARIE, SALOMITH, LE CHŒUR.

JOSABET.

Cher Zacharie, allez, ne vous arrestez pas,
De vostre auguste pere accompagnez les pas.
O filles de Levi, troupe jeune et fidelle,
Que déja le Seigneur embrase de son zele,
Qui venez si souvent partager mes soupirs,
Enfans, ma seule joye en mes longs déplaisirs ;
Ces festons dans vos mains et ces fleurs sur vos testes
Autrefois convenoient à nos pompeuses festes.
Mais, helas ! en ce temps d'opprobre et de douleurs,
Quelle offrande sied mieux que celle de nos pleurs ?
J'entens déja, j'entens la trompette sacrée,
Et du temple bien-tost on permettra l'entrée.
Tandis que je me vais preparer à marcher,
Chantez, loüez le Dieu que vous venez chercher.

SCENE IV.

LE CHŒUR.

TOUT LE CHŒUR chante.

Tout l'univers est plein de sa magnificence :
Qu'on l'adore, ce Dieu, qu'on l'invoque à jamais.

ACTE I, SCENE IV

Son empire a des temps précedé la naissance.
Chantons, publions ses bienfaits.
UNE VOIX, seule.
En vain l'injuste violence
Au peuple qui le louë imposeroit silence
Son nom ne perira jamais.
Le jour annonce au jour sa gloire et sa puissance.
Tout l'univers est plein de sa magnificence.
Chantons, publions ses bienfaits.
TOUT LE CHŒUR repete.
Tout l'univers est plein de sa magnificence.
Chantons, publions ses bienfaits.
UNE VOIX, seule.
Il donne aux fleurs leur aimable peinture.
Il fait naître et meûrir les fruits.
Il leur dispense avec mesure
Et la chaleur des jours et la fraîcheur des nuits;
Le champ qui les reçut les rend avec usure.
UNE AUTRE.
Il commande au soleil d'animer la nature,
Et la lumiere est un don de ses mains.
Mais sa loy sainte, sa loy pure,
Est le plus riche don qu'il ait fait aux humains.
UNE AUTRE.
O mont de Sinaï, conserve la memoire
De ce jour à jamais auguste et renommé,
Quand, sur ton sommet enflammé,
Dans un nuage épais le Seigneur enfermé
Fit luire aux yeux mortels un rayon de sa gloire.
Dis-nous, pourquoy ces feux et ces éclairs,
Ces torrens de fumée, et ce bruit dans les airs,
Ces trompettes et ce tonnerre?

Venoit-il renverser l'ordre des élémens?
Sur ses antiques fondemens
Venoit-il ébranler la terre?

UNE AUTRE.

Il venoit reveler aux enfans des Hebreux
De ses preceptes saints la lumiere immortelle.
Il venoit à ce peuple heureux
Ordonner de l'aimer d'une amour éternelle.

TOUT LE CHŒUR.

O divine, ô charmante loy!
O justice, ô bonté suprême!
Que de raisons, quelle douceur extrême
D'engager à ce Dieu son amour et sa foy!

UNE VOIX, seule.

D'un joug cruel il sauva nos ayeux,
Les nourrit au desert d'un pain délicieux.
Il nous donne ses loix, il se donne luy-même:
Pour tant de biens il commande qu'on l'aime.

LE CHŒUR.

O justice! ô bonté suprême!

LA MÊME VOIX.

Des mers pour eux il entr'ouvrit les eaux,
D'un aride rocher fit sortir des ruisseaux.
Il nous donne ses loix, il se donne luy-même.
Pour tant de biens il commande qu'on l'aime.

LE CHŒUR.

O divine, ô charmante loy!
Que de raisons, quelle douceur extrême
D'engager à son Dieu son amour et sa foy!

UNE AUTRE VOIX, seule.

Vous qui ne connoissez qu'une crainte servile,
Ingrats, un Dieu si bon ne peut-il vous charmer?

Est-il donc à vos cœurs, est-il si difficile
Et si penible de l'aimer?
L'esclave craint le tyran qui l'outrage;
Mais des enfans l'amour est le partage.
Vous voulez que ce Dieu vous comble de bienfaits,
Et ne l'aimer jamais!

Tout le Chœur.

O divine, ô charmante loy, etc.

ACTE II

SCENE PREMIERE.

JOSABET, SALOMITH, LE CHŒUR.

JOSABET.
Mes filles, c'est assez, suspendez vos cantiques.
Il est temps de nous joindre aux prieres publiques.
Voicy nostre heure. Allons celebrer ce grand jour,
Et devant le Seigneur paroistre à nostre tour.

SCENE II.

ZACHARIE, JOSABET, SALOMITH, LE CHŒUR.

JOSABET.
Mais que vois-je? Mon fils, quel sujet vous rameine?
Où courez-vous ainsi tout pâle et hors d'haleine?
ZACHARIE.
O ma mere!
JOSABET.
Hé bien, quoy?

ZACHARIE.
Le temple est profané.
JOSABET.
Comment?
ZACHARIE.
Et du Seigneur l'autel abandonne.
JOSABET.
Je tremble. Hâtez-vous d'éclaircir vostre mere.
ZACHARIE.
Déja, selon la loy, le grand prestre mon pere,
Aprés avoir au Dieu qui nourrit les humains
De la moisson nouvelle offert les premiers pains,
Luy presentoit encore, entre ses mains sanglantes,
Des victimes de paix les entrailles fumantes.
Debout à ses côtez, le jeune Eliacin,
Comme moy, le servoit en long habit de lin;
Et cependant, du sang de la chair immolée,
Les prestres arrosoient l'autel et l'assemblée.
Un bruit confus s'éleve, et du peuple surpris
Détourne tout à coup les yeux et les esprits.
Une femme... Peut-on la nommer sans blasphême?
Une femme... C'estoit Athalie elle-même.
JOSABET.
Ciel!
ZACHARIE.
Dans un des parvis aux hommes reservé
Cette femme superbe entre le front levé,
Et se preparoit même à passer les limites
De l'enceinte sacrée ouverte aux seuls levites.
Le peuple s'épouvante et fuit de toutes parts.
Mon pere... Ah! quel courroux animoit ses regards!
Moïse à Pharaon parut moins formidable.

« Reine, sors, a-t-il dit, de ce lieu redoutable,
D'où te bannit ton sexe et ton impieté.
Viens-tu du Dieu vivant braver la majesté ? »
La reine alors, sur luy jettant un œil farouche,
Pour blasphemer sans doute ouvroit déja la bouche.
J'ignore si de Dieu l'ange se dévoilant
Est venu luy montrer un glaive étincelant;
Mais sa langue en sa bouche à l'instant s'est glacée,
Et toute son audace a paru terrassée.
Ses yeux, comme effrayez, n'osoient se détourner.
Sur tout, Eliacin paroissoit l'étonner.

JOSABET.

Quoy donc? Eliacin a paru devant elle?

ZACHARIE.

Nous regardions tous deux cette reine cruelle,
Et d'une égale horreur nos cœurs estoient frappez.
Mais les prestres bien-tost nous ont enveloppez.
On nous a fait sortir. J'ignore tout le reste,
Et venois vous conter ce desordre funeste.

JOSABETH.

Ah! de nos bras sans doute elle vient l'arracher,
Et c'est luy qu'à l'autel sa fureur vient chercher.
Peut-estre en ce moment l'objet de tant de larmes...
Souvien-toy de David, Dieu qui vois mes allarmes.

SALOMITH.

Quel est-il, cet objet des pleurs que vous versez?

ZACHARIE.

Les jours d'Eliacin seroient-ils menacez?

SALOMITH.

Auroit-il de la reine attiré la colere?

ZACHARIE.

Que craint-on d'un enfant sans support et sans pere?

JOSABET.
Ah ! la voici. Sortons. Il la faut éviter.

SCENE III.

ATHALIE, AGAR, ABNER,
Suite d'Athalie.

AGAR.
Madame, dans ces lieux pourquoy vous arrêter?
Icy, tous les objets vous blessent, vous irritent.
Abandonnez ce temple aux prestres qui l'habitent.
Fuyez tout ce tumulte, et, dans vostre palais,
A vos sens agitez venez rendre la paix.

ATHALIE.
Non, je ne puis, tu vois mon trouble et ma foiblesse.
Va, fay dire à Mathan qu'il vienne, qu'il se presse.
Heureuse si je puis trouver, par son secours,
Cette paix que je cherche, et qui me fuit toûjours.
(*Elle s'assied.*)

SCENE IV

ATHALIE, ABNER, etc.

ABNER.
Madame, pardonnez si j'ose le défendre.
Le zele de Joad n'a point dû vous surprendre.
Du Dieu que nous servons tel est l'ordre éternel.
Luy-même il nous traça son temple et son autel,
Aux seuls enfans d'Aaron commit ses sacrifices,

Aux levites marqua leur place et leurs offices,
Et sur tout défendit à leur posterité
Avec tout autre Dieu toute societé.
Hé quoy? vous de nos rois et la femme et la mere,
Estes-vous à ce point parmi nous étrangere?
Ignorez-vous nos loix? Et faut-il qu'aujourd'huy..
Voici vostre Mathan, je vous laisse avec luy.
     Athalie.
Vostre presence, Abner, est ici necessaire.
Laissons là de Joad l'audace temeraire,
Et tout ce vain amas de superstitions
Qui ferment vostre temple aux autres nations.
Un sujet plus pressant excite mes allarmes.
Je sçay que, dés l'enfance élevé dans les armes,
Abner a le cœur noble, et qu'il rend à la fois
Ce qu'il doit à son Dieu, ce qu'il doit à ses rois.
Demeurez.

SCENE V.

MATHAN, ATHALIE, ABNER, etc.

     Mathan.
  Grande reine, est-ce icy vostre place?
Quel trouble vous agite, et quel effroy vous glace?
Parmy vos ennemis que venez-vous chercher?
De ce temple profane osez-vous approcher?
Avez-vous dépouillé cette haine si vive...
     Athalie.
Prestez-moy l'un et l'autre une oreille attentive.
  Je ne veux point icy rappeller le passé,
Ny vous rendre raison du sang que j'ai versé.

ACTE II, SCENE V

Ce que j'ay fait, Abner, j'ay crû le devoir faire.
Je ne prens point pour juge un peuple temeraire.
Quoy que son insolence ait osé publier,
Le Ciel même a pris soin de me justifier.
Sur d'éclatans succés ma puissance établie
A fait jusqu'aux deux mers respecter Athalie.
Par moy Jerusalem gouste un calme profond.
Le Jourdain ne voit plus l'Arabe vagabond,
Ny l'altier Philistin, par d'eternels ravages,
Comme au temps de vos rois, desoler ses rivages;
Le Syrien me traitte et de reine et de sœur;
Enfin, de ma maison le perfide oppresseur,
Qui devoit jusqu'à moy pousser sa barbarie,
Jehu, le fier Jehu, tremble dans Samarie.
De toutes parts pressé par un puissant voisin
Que j'ay sceu soûlever contre cet assassin,
Il me laisse en ces lieux souveraine maistresse.
Je joüissois en paix du fruit de ma sagesse.
Mais un trouble importun vient, depuis quelques jours,
De mes prosperitez interrompre le cours.
Un songe (me devrois-je inquieter d'un songe?)
Entretient dans mon cœur un chagrin qui le ronge.
Je l'évite par tout, par tout il me poursuit.
  C'estoit pendant l'horreur d'une profonde nuit.
Ma mere Jezabel devant moy s'est montrée,
Comme au jour de sa mort pompeusement parée.
Ses malheurs n'avoient point abbatu sa fierté.
Même elle avoit encor cet éclat emprunté
Dont elle eut soin de peindre et d'orner son visage,
Pour reparer des ans l'irreparable outrage.
« Tremble, m'a-t-elle dit, fille digne de moy.
Le cruel Dieu des Juifs l'emporte aussi sur toy.

Je te plains de tomber dans ses mains redoutables,
Ma fille. » En achevant ces mots épouvantables,
Son ombre vers mon lit a paru se baisser.
Et moy, je luy tendois les mains pour l'embrasser.
Mais je n'ay plus trouvé qu'un horrible mélange
D'os et de chair meurtris, et traînez dans la fange,
Des lambeaux pleins de sang et des membres affreux,
Que des chiens devorans se disputoient entr'eux.

ABNER.

Grand Dieu !

ATHALIE.

Dans ce desordre à mes yeux se presente
Un jeune enfant couvert d'une robbe éclatante,
Tels qu'on voit des Hebreux les prestres revêtus.
Sa veuë a ranimé mes esprits abattus.
Mais, lors que, revenant de mon trouble funeste,
J'admirois sa douceur, son air noble et modeste,
J'ay senti tout à coup un homicide acier
Que le traistre en mon sein a plongé tout entier.
De tant d'objets divers le bizarre assemblage
Peut-estre du hazard vous paroist un ouvrage.
Moy-mesme quelque temps, honteuse de ma peur,
Je l'ay pris pour l'effet d'une sombre vapeur.
Mais de ce souvenir mon ame possedée
A deux fois en dormant reveû la mesme idée.
Deux fois mes tristes yeux se sont veû retracer
Ce mesme enfant toûjours tout prest à me percer.
Lasse enfin des horreurs dont j'estois poursuivie,
J'allois prier Baal de veiller sur ma vie,
Et chercher du repos au pié de ses autels.
Que ne peut la frayeur sur l'esprit des mortels !
Dans le temple des Juifs un instinct m'a poussée,

Et d'appaiser leur Dieu j'ay conceû la pensée.
J'ay cru que des presens calmeroient son courroux ;
Que ce Dieu, quel qu'il soit, en deviendroit plus doux.
Pontife de Baal, excusez ma foiblesse.
J'entre. Le peuple fuit. Le sacrifice cesse.
Le grand prestre vers moy s'avance avec fureur.
Pendant qu'il me parloit, ô surprise ! ô terreur !
J'ay veû ce même enfant dont je suis menacée,
Tel qu'un songe effrayant l'a peint à ma pensée.
Je l'ay veû, son mesme air, son mesme habit de lin,
Sa démarche, ses yeux, et tous ses traits enfin.
C'est luy-mesme. Il marchoit à costé du grand prestre.
Mais bien-tost à ma veuë on l'a fait disparaistre.
Voilà quel trouble icy m'oblige à m'arrester,
Et sur quoy j'ay voulu tous deux vous consulter.
 Que presage, Mathan, ce prodige incroyable ?

    MATHAN.

Ce songe et ce rapport, tout me semble effroyable.

    ATHALIE.

Mais cet enfant fatal, Abner, vous l'avez vû.
Quel est-il ? de quel sang, et de quelle tribu ?

    ABNER.

Deux enfans à l'autel prestoient leur ministere.
L'un est fils de Joad, Josabet est sa mere.
L'autre m'est inconnu.

    MATHAN.

   Pourquoy deliberer ?
De tous les deux, Madame, il se faut assurer.
Vous sçavez pour Joad mes égards, mes mesures ;
Que je ne cherche point à venger mes injures ;
Que la seule équité regne en tous mes avis ;

Mais luy-mesme, aprés tout, fust-ce son propre fils,
Voudroit-il un moment laisser vivre un coupable?

ABNER.

De quel crime un enfant peut-il estre capable?

MATHAN.

Le Ciel nous le fait voir un poignard à la main.
Le Ciel est juste et sage, et ne fait rien en vain.
Que cherchez-vous de plus?

ABNER.

Mais, sur la foy d'un songe,
Dans le sang d'un enfant voulez-vous qu'on se plonge?
Vous ne sçavez encor de quel pere il est né,
Quel il est.

MATHAN.

On le craint, tout est examiné.
A d'illustres parens s'il doit son origine,
La splendeur de son sort doit haster sa ruine.
Dans le vulgaire obscur si le sort l'a placé,
Qu'importe qu'au hazard un sang vil soit versé?
Est-ce aux rois à garder cette lente justice?
Leur seureté souvent dépend d'un prompt supplice.
N'allons point les géner d'un soin embarrassant.
Dés qu'on leur est suspect, on n'est plus innocent.

ABNER.

Hé quoy, Mathan! d'un prestre est-ce là le langage?
Moy, nourri dans la guerre aux horreurs du carnage,
Des vengeances des rois ministre rigoureux,
C'est moy qui preste icy ma voix au malheureux.
Et vous, qui luy devez des entrailles de pere,
Vous, ministre de paix dans les temps de colere,
Couvrant d'un zele faux vostre ressentiment,
Le sang à vostre gré coule trop lentement!

Vous m'avez commandé de vous parler sans feinte,
Madame. Quel est donc ce grand sujet de crainte?
Un songe, un foible enfant, que vostre œil prévenu
Peut-estre sans raison croit avoir reconnu.

ATHALIE.

Je le veux croire, Abner; je puis m'estre trompée.
Peut-estre un songe vain m'a trop preoccupée.
Hé bien, il faut revoir cet enfant de plus prés;
Il en faut à loisir examiner les traits.
Qu'on les fasse tous deux paroistre en ma presence.

ABNER.

Je crains...

ATHALIE.

Manqueroit-on pour moy de complaisance?
De ce refus bizarre où seroient les raisons?
Il pourroit me jetter en d'étranges soupçons.
Que Josabet, vous dis-je, ou Joad les ameine.
Je puis, quand je voudray, parler en souveraine.
Vos prestres, je veux bien, Abner, vous l'avoüer,
Des bontez d'Athalie ont lieu de se loüer.
Je sçay, sur ma conduite et contre ma puissance,
Jusqu'où de leurs discours ils portent la licence.
Ils vivent cependant, et leur temple est debout.
Mais je sens que bien-tost ma douceur est à bout.
Que Joad mette un frein à son zele sauvage,
Et ne m'irrite point par un second outrage.
Allez.

SCENE VI.

ATHALIE, MATHAN, ETC.

MATHAN.

Enfin je puis parler en liberté ;
Je puis dans tout son jour mettre la verité.
Quelque monstre naissant dans ce temple s'éleve,
Reine, n'attendez pas que le nuage créve.
Abner chez le grand prestre a devancé le jour.
Pour le sang de ses rois vous sçavez son amour.
Et qui sçait si Joad ne veut point en leur place
Substituer l'enfant dont le Ciel vous menace,
Soit son fils, soit quelque autre...

ATHALIE.

Ouy, vous m'ouvrez les yeux.
Je commence à voir clair dans cet avis des Cieux.
Mais je veux de mon doute estre debarassée.
Un enfant est peu propre à trahir sa pensée.
Souvent d'un grand dessein un mot nous fait juger.
Laissez-moy, cher Mathan, le voir, l'interroger.
Vous, cependant, allez, et, sans jetter d'allarmes,
A tous mes Tyriens faites prendre les armes.

SCENE VII.

JOAS, JOSABET, ATHALIE, ZACHARIE, ABNER, SALOMITH, DEUX LEVITES, LE CHŒUR, ETC.

JOSABET, *aux deux levites.*

O vous, sur ces enfans si chers, si precieux,
Ministres du Seigneur, ayez toûjours les yeux.

ACTE II, SCENE VII

ABNER, *à Josabet.*

Princesse, asseurez-vous, je les prens sous ma garde.

ATHALIE.

O Ciel! plus j'examine et plus je le regarde,
C'est luy. D'horreur encor tous mes sens sont saisis.
Epouse de Joad, est-ce là vostre fils?

JOSABET.

Qui? Luy, Madame?

ATHALIE.

Luy.

JOSABET.

Je ne suis point sa mere.
Voilà mon fils.

ATHALIE.

Et vous, quel est donc vostre pere?
Jeune enfant, répondez.

JOSABET.

Le Ciel jusqu'aujourd'huy...

ATHALIE.

Pourquoy vous pressez-vous de répondre pour luy?
C'est à luy de parler.

JOSABET.

Dans un âge si tendre,
Quel éclaircissement en pouvez-vous attendre?

ATHALIE.

Cet âge est innocent. Son ingenuité
N'altere point encor la simple verité.
Laissez-le s'expliquer sur tout ce qui le touche.

JOSABET, *tout bas.*

Daigne mettre, grand Dieu, ta sagesse en sa bouche.

ATHALIE.

Comment vous nommez-vous?

JOAS.
J'ay nom Eliacin.
ATHALIE.
Vostre pere?
JOAS.
Je suis, dit-on, un orphelin
Entre les bras de Dieu jetté dés ma naissance,
Et qui de mes parens n'eûs jamais connoissance.
ATHALIE.
Vous estes sans parens?
JOAS.
Ils m'ont abandonné.
ATHALIE.
Comment? et depuis quand?
JOAS.
Depuis que je suis né.
ATHALIE.
Ne sçait-on pas au moins quel païs est le vostre?
JOAS.
Ce temple est mon païs, je n'en connois point d'autre.
ATHALIE.
Où dit-on que le sort vous a fait rencontrer?
JOAS.
Parmi des loups cruels prests à me devorer.
ATHALIE.
Qui vous mit dans ce temple?
JOAS.
Une femme inconnuë,
Qui ne dit point son nom, et qu'on n'a point reveuë.
ATHALIE.
Mais de vos premiers ans quelles mains ont pris soin?

JOAS.

Dieu laissa-t-il jamais ses enfans au besoin?
Aux petits des oiseaux il donne leur pasture,
Et sa bonté s'etend sur toute la nature.
Tous les jours je l'invoque, et, d'un soin paternel,
Il me nourrit des dons offerts sur son autel.

ATHALIE.

Quel prodige nouveau me trouble et m'embarrasse?
La douceur de sa voix, son enfance, sa grace,
Font insensiblement à mon inimitié
Succeder... Je serois sensible à la pitié?

ABNER.

Madame, voilà donc cet ennemi terrible.
De vos songes menteurs l'imposture est visible,
A moins que la pitié qui semble vous troubler
Ne soit ce coup fatal qui vous faisoit trembler.

ATHALIE, *à Joas et à Josabet.*

Vous sortez?

JOSABET.

Vous avez entendu sa fortune.
Sa presence à la fin pourroit estre importune.

ATHALIE.

Non. Revenez. Quel est tous les jours vostre employ?

JOAS.

J'adore le Seigneur. On m'explique sa loy.
Dans son livre divin on m'apprend à la lire,
Et déja de ma main je commence à l'écrire.

ATHALIE.

Que vous dit cette loy?

JOAS.

Que Dieu veut estre aimé,
Qu'il vange tost ou tard son saint nom blasphemé;

Qu'il est le défenseur de l'orphelin timide;
Qu'il resiste au superbe, et punit l'homicide.
ATHALIE.
J'entens. Mais tout ce peuple enfermé dans ce lieu,
A quoy s'occupe-t-il?
JOAS.
Il louë, il benit Dieu.
ATHALIE.
Dieu veut-il qu'à toute heure on prie, on le contemple?
JOAS.
Tout profane exercice est banni de son temple.
ATHALIE.
Quels sont donc vos plaisirs?
JOAS.
Quelquefois, à l'autel,
Je presente au grand prestre ou l'encens ou le sel.
J'entens chanter de Dieu les grandeurs infinies.
Je voy l'ordre pompeux de ses ceremonies.
ATHALIE.
Hé quoy! vous n'avez point de passe-temps plus doux?
Je plains le triste sort d'un enfant tel que vous.
Venez dans mon palais; vous y verrez ma gloire.
JOAS.
Moy, des bienfaits de Dieu je perdrois la memoire?
ATHALIE.
Non, je ne vous veux pas contraindre à l'oublier.
JOAS.
Vous ne le priez point.
ATHALIE.
Vous pourrez le prier.
JOAS.
Je verrois cependant en invoquer un autre?

ACTE II, SCENE VII

ATHALIE.
J'ay mon Dieu que je sers ; vous servirez le vostre :
Ce sont deux puissans Dieux.
JOAS.
Il faut craindre le mien.
Luy seul est Dieu, Madame, et le vostre n'est rien.
ATHALIE.
Les plaisirs prés de moy vous chercheront en foule.
JOAS.
Le bonheur des méchans comme un torrent s'écoule.
ATHALIE.
Ces méchans, qui sont-ils?
JOSABET.
Hé, Madame! Excusez
Un enfant...
ATHALIE, *à Josabet.*
J'aime à voir comme vous l'instruisez.
Enfin, Eliacin, vous avez sceû me plaire.
Vous n'estes point sans doute un enfant ordinaire.
Vous voyez, je suis reine, et n'ay point d'heritier.
Laissez là cet habit, quittez ce vil mestier.
Je veux vous faire part de toutes mes richesses.
Essayez dés ce jour l'effet de mes promesses.
A ma table, par tout, à mes costez assis,
Je pretens vous traiter comme mon propre fils.
JOAS.
Comme vostre fils?
ATHALIE.
Ouy. Vous vous taisez?
JOAS.
Quel pere
Je quitterois! Et pour...

ATHALIE.
Hé bien ?
JOAS.
Pour quelle mere !
ATHALIE, *à Josabet.*
Sa memoire est fidelle, et dans tout ce qu'il dit
De vous et de Joad je reconnois l'esprit.
Voilà comme, infectant cette simple jeunesse,
Vous employez tous deux le calme où je vous laisse.
Vous cultivez déja leur haine et leur fureur.
Vous ne leur prononcez mon nom qu'avec horreur.
JOSABET.
Peut-on de nos malheurs leur derober l'histoire ?
Tout l'univers les sçait. Vous mesme en faites gloire.
ATHALIE.
Ouy, ma juste fureur, et j'en fais vanité,
A vangé mes parens sur ma posterité.
J'aurois veû massacrer et mon pere et mon frere,
Du haut de son palais precipiter ma mere,
Et dans un mesme jour égorger à la fois,
Quel spectacle d'horreur ! quatre-vingt fils de rois.
Et pourquoy ? Pour venger je ne sçay quels prophetes
Dont elle avoit puni les fureurs indiscretes.
Et moy, reine sans cœur, fille sans amitié,
Esclave d'une lasche et frivole pitié,
Je n'aurois pas du moins à cette aveugle rage
Rendu meurtre pour meurtre, outrage pour outrage,
Et de vostre David traité tous les neveux
Comme on traitoit d'Achab les restes malheureux ?
Où serois-je aujourd'huy si, domtant ma foiblesse,
Je n'eusse d'une mere étouffé la tendresse ;
Si de mon propre sang ma main versant des flots

N'eust par ce coup hardi reprimé vos complots?
Enfin de vostre Dieu l'implacable vengeance
Entre nos deux maisons rompit toute alliance.
David m'est en horreur, et les fils de ce roy,
Quoique nez de mon sang, sont estrangers pour moy.

     JOSABET.

Tout vous a réussi? Que Dieu voye, et nous juge.

     ATHALIE.

Ce Dieu, depuis long-temps vostre unique refuge,
Que deviendra l'effet de ses predictions?
Qu'il vous donne ce roy promis aux nations,
Cet enfant de David, vostre espoir, vostre attente:..
Mais nous nous reverrons. Adieu, je sors contente :
J'ay voulu voir, j'ay veû.

    ABNER, *à Josabet.*
       Je vous l'avois promis,
Je vous rens le depost que vous m'avez commis.

SCENE VIII.

JOAD, JOSABET, JOAS, ZACHARIE, ABNER, SALOMITH, LEVITES, LE CHŒUR.

    JOSABET, *à Joad.*

Avez-vous entendu cette superbe reine,
Seigneur?

     JOAD.
    J'entendois tout, et plaignois vostre peine.
Ces levites et moy, prests à vous secourir,
Nous estions avec vous resolus de perir.
  (*A Joas en l'embrassant.*)
Que Dieu veille sur vous, enfant dont le courage

Vient de rendre à son nom ce noble témoignage.
Je reconnois, Abner, ce service important.
Souvenez-vous de l'heure où Joad vous attend.
Et nous, dont cette femme impie et meurtriere
A souillé les regards et troublé la priere,
Rentrons, et qu'un sang pur, par mes mains épanché,
Lave jusques au marbre où ses pas ont touché.

SCENE IX.

LE CHŒUR.

Une des filles du Chœur.
Quel astre à nos yeux vient de luire?
Quel sera quelque jour cet enfant merveilleux?
Il brave le faste orgueilleux,
Et ne se laisse point séduire
A tous ses attraits perilleux.
Une autre.
Pendant que du Dieu d'Athalie
Chacun court encenser l'autel,
Un enfant courageux publie
Que Dieu luy seul est eternel,
Et parle comme un autre Elie
Devant cette autre Jezabel.
Une autre.
Qui nous revelera ta naissance secrete,
Cher enfant? Es-tu fils de quelque saint prophete?
Une autre.
Ainsi l'on vit l'aimable Samuel
Croistre à l'ombre du tabernacle.

Il devint des Hebreux l'esperance et l'oracle.
Puisses-tu, comme luy, consoler Israël!

Une autre chante.

O bienheureux mille fois
L'enfant que le Seigneur aime,
Qui de bonne heure entend sa voix,
Et que ce Dieu daigne instruire luy-même !
Loin du monde élevé, de tous les dons des Cieux
Il est orné dés sa naissance ;
Et du méchant l'abord contagieux
N'altere point son innocence.

Tout le Chœur.

Heureuse, heureuse l'enfance
Que le Seigneur instruit et prend sous sa défense!

La même voix, seule.

Tel en un secret vallon,
Sur le bord d'une onde pure,
Croist à l'abri de l'aquilon
Un jeune lys, l'amour de la nature.
Loin du monde élevé, etc.

Tout le Chœur.

Heureux, heureux mille fois
L'enfant que le Seigneur rend docile à ses lois!

Une voix, seule.

Mon Dieu, qu'une vertu naissante
Parmi tant de perils marche à pas incertains!
Qu'une ame qui te cherche, et veut estre innocente,
Trouve d'obstacle à ses desseins!
Que d'ennemis luy font la guerre!
Où se peuvent cacher tes saints?
Les pecheurs couvrent la terre.

UNE AUTRE.

O palais de David et sa chere cité,
Mont fameux, que Dieu mesme a long-temps habité
Comment as-tu du Ciel attiré la colere?
Sion, chere Sion, que dis-tu quand tu vois
    Une impie estrangere
  Assise, helas! au thrône de tes rois?

TOUT LE CHŒUR.

Sion, chere Sion, que dis-tu quand tu vois
    Une impie estrangere
  Assise, helas! au thrône de tes rois?

LA MÊME VOIX continuë.

  Au lieu des cantiques charmans
Où David t'exprimoit ses saints ravissemens,
Et benissoit son Dieu, son seigneur, et son pere,
Sion, chere Sion, que dis-tu quand tu vois
  Loüer le Dieu de l'impie estrangere,
Et blasphemer le nom qu'ont adoré tes rois?

UNE VOIX, seule.

Combien de temps, Seigneur, combien de temps encore
Verrons-nous contre toy les méchans s'élever?
Jusques dans ton saint temple ils viennent te braver.
Ils traitent d'insensé le peuple qui t'adore.
Combien de temps, Seigneur, combien de temps encore
Verrons-nous contre toy les méchans s'élever?

UNE AUTRE.

Que vous sert, disent-ils, cette vertu sauvage?
    De tant de plaisirs si doux
    Pourquoy fuyez-vous l'usage?
  Vostre Dieu ne fait rien pour vous.

UNE AUTRE.

Rions, chantons, dit cette troupe impie,

ACTE II, SCENE IX

De fleurs en fleurs, de plaisirs en plaisirs,
  Promenons nos desirs.
Sur l'avenir insensé qui se fie.
De nos ans passagers le nombre est incertain.
Hastons-nous aujourd'huy de jouïr de la vie :
  Qui sçait si nous serons demain?
  Tout le Chœur.
Qu'ils pleurent, ô mon Dieu, qu'ils fremissent de crainte
  Ces malheureux, qui de ta cité sainte
  Ne verront point l'eternelle splendeur.
C'est à nous de chanter, nous, à qui tu reveles
  Tes clartez immortelles,
C'est à nous de chanter tes dons et ta grandeur.
  Une voix, seule.
De tous ces vains plaisirs où leur ame se plonge,
Que leur restera-t-il? Ce qui reste d'un songe
  Dont on a reconnu l'erreur.
  A leur réveil, ô réveil plein d'horreur!
    Pendant que le pauvre à ta table
Goustera de la paix la douceur ineffable,
Ils boiront dans la coupe affreuse, inépuisable,
Que tu presenteras, au jour de ta fureur,
  A toute la race coupable.
    Tout le Chœur.
    O réveil plein d'horreur!
    O songe peu durable!
    O dangereuse erreur!.

FIN DU SECOND ACTE.

ACTE III

SCENE PREMIERE

MATHAN, NABAL, LE CHŒUR.

MATHAN.
Jeunes filles, allez. Qu'on dise à Josabet
Que Mathan veut icy luy parler en secret.
UNE DES FILLES DU CHŒUR.
Mathan! O Dieu du Ciel, puisses-tu le confondre!
NABAL.
Hé quoy? tout se disperse et fuit sans vous répondre?
MATHAN.
Approchons.

SCENE II.

ZACHARIE, MATHAN, NABAL.

ZACHARIE.
Temeraire, où voulez-vous passer?
Au delà de ce lieu gardez-vous d'avancer.
C'est des ministres saints la demeure sacrée.

Les loix à tout profane en défendent l'entrée.
Qui cherchez-vous? Mon pere, en ce jour solemnel,
De l'idolâtre impur fuit l'aspect criminel;
Et, devant le Seigneur maintenant prosternée,
Ma mere en ce devoir craint d'estre détournée.
                    MATHAN.
Mon fils, nous attendrons; cessez de vous troubler.
C'est vostre illustre mere à qui je veux parler.
Je viens icy chargé d'un ordre de la reine.

SCENE III.

MATHAN, NABAL.

                    NABAL.
Leurs enfans ont déja leur audace hautaine.
Mais que veut Athalie en cette occasion?
D'où naist dans ses conseils cette confusion?
Par l'insolent Joad ce matin offensée,
Et d'un enfant fatal en songe menacée,
Elle alloit immoler Joad à son courroux,
Et dans ce temple enfin placer Baal et vous.
Vous m'en aviez déja confié vostre joye,
Et j'esperois ma part d'une si riche proye.
Qui fait changer ainsi ses vœux irresolus?
                    MATHAN.
Ami, depuis deux jours je ne la connois plus.
Ce n'est plus cette reine éclairée, intrepide,
Elevée au dessus de son sexe timide,
Qui d'abord accabloit ses ennemis surpris,
Et d'un instant perdu connoissoit tout le prix.

La peur d'un vain remords trouble cette grande ame;
Elle flotte, elle hesite; en un mot, elle est femme.
J'avois tantost rempli d'amertume et de fiel
Son cœur, déja saisi des menaces du Ciel.
Elle mesme, à mes soins confiant sa vengeance,
M'avoit dit d'assembler sa garde en diligence.
Mais, soit que cet enfant devant elle amené,
De ses parens, dit-on, rebut infortuné,
Eût d'un songe effrayant diminué l'allarme,
Soit qu'elle eût mesme en luy veu je ne sçay quel charm
J'ay trouvé son courroux chancelant, incertain,
Et déja remettant sa vengeance à demain.
Tous ses projets sembloient l'un l'autre se détruire.
« Du sort de cet enfant je me suis fait instruire,
Ay-je dit. On commence à vanter ses ayeux.
Joad de temps en temps le montre aux factieux,
Le fait attendre aux Juifs comme un autre Moïse,
Et d'oracles menteurs s'appuye et s'autorise. »
Ces mots ont fait monter la rougeur sur son front.
Jamais mensonge heureux n'eut un effet si pront.
   « Est-ce à moy de languir dans cette incertitude?
Sortons, a-t-elle dit; sortons d'inquietude.
Vous-mesme à Josabet prononcez cet arrest.
Les feux vont s'allumer, et le fer est tout prest.
Rien ne peut de leur temple empescher le ravage,
Si je n'ay de leur foy cet enfant pour ostage. »
            NABAL.
Hé bien! pour un enfant qu'ils ne connoissent pas,
Que le hazard peut-estre a jetté dans leurs bras,
Voudront-ils que leur temple, enseveli sous l'herbe...
            MATHAN.
Ah! de tous les mortels connois le plus superbe.

Plustost que dans mes mains par Joad soit livré
Un enfant qu'à son Dieu Joad a consacré,
Tu luy verras subir la mort la plus terrible.
D'ailleurs pour cet enfant leur attache est visible.
Si j'ay bien de la reine entendu le recit,
Joad sur sa naissance en sçait plus qu'il ne dit.
Quel qu'il soit, je prévoy qu'il leur sera funeste.
Ils le refuseront: Je prens sur moy le reste;
Et j'espere qu'enfin de ce temple odieux
Et la flamme et le fer vont délivrer mes yeux.

NABAL.

Qui peut vous inspirer une haine si forte?
Est-ce que de Baal le zele vous transporte?
Pour moy, vous le sçavez, descendu d'Ismaël,
Je ne sers ni Baal, ni le Dieu d'Israël.

MATHAN.

Ami, peus-tu penser que d'un zele frivole
Je me laisse aveugler pour une vaine idole,
Pour un fragile bois que, malgré mon secours,
Les vers sur son autel consument tous les jours?
Né ministre du Dieu qu'en ce temple on adore,
Peut-estre que Mathan le serviroit encore,
Si l'amour des grandeurs, la soif de commander,
Avec son joug estroit pouvoient s'accommoder.
Qu'est-il besoin, Nabal, qu'à tes yeux je rappelle
De Joad et de moy la fameuse querelle,
Quand j'osay contre luy disputer l'encensoir,
Mes brigues, mes combats, mes pleurs, mon desespoir?
Vaincu par luy, j'entray dans une autre carriere,
Et mon ame à la cour s'attacha toute entiere.
J'approchay par degrez de l'oreille des rois,
Et bien-tost en oracle on érigea ma voix.

J'estudiay leur cœur, je flattay leurs caprices;
Je leur semay de fleurs le bord des precipices;
Prés de leurs passions rien ne me fut sacré;
De mesure et de poids je changeois à leur gré.
Autant que de Joad l'inflexible rudesse
De leur superbe oreille offensoit la mollesse,
Autant je les charmois par ma dexterité,
Dérobant à leurs yeux la triste verité,
Prestant à leurs fureurs des couleurs favorables,
Et prodigue sur tout du sang des miserables.
   Enfin, au Dieu nouveau qu'elle avoit introduit,
Par les mains d'Athalie un temple fut construit.
Jerusalem pleura de se voir profanée.
Des enfants de Levi la troupe consternée
En poussa vers le Ciel des hurlemens affreux.
Moy seul, donnant l'exemple aux timides Hebreux,
Deserteur de leur loy, j'approuvay l'entreprise,
Et par là de Baal meritay la prestrise.
Par là je me rendis terrible à mon rival,
Je ceignis la tiare, et marchay son égal.
Toutefois, je l'avouë, en ce comble de gloire,
Du Dieu que j'ay quitté l'importune memoire
Jette encore en mon ame un reste de terreur.
Et c'est ce qui redouble et nourrit ma fureur.
Heureux si, sur son temple achevant ma vengeance,
Je puis convaincre enfin sa haine d'impuissance,
Et parmi le débris, le ravage et les morts,
A force d'attentats perdre tous mes remords.
Mais voicy Josabet.

SCENE IV.

JOSABET, MATHAN, NABAL.

MATHAN.
Envoyé par la reine
Pour restablir le calme et dissiper la haine,
Princesse, en qui le Ciel mit un esprit si doux,
Ne vous estonnez pas si je m'adresse à vous.
Un bruit, que j'ay pourtant soupçonné de mensonge,
Appuyant les avis qu'elle a reçûs en songe,
Sur Joad, accusé de dangereux complots,
Alloit de sa colere attirer tous les flots.
Je ne veux point icy vous vanter mes services.
De Joad contre moy je sçay les injustices.
Mais il faut à l'offense opposer les bienfaits.
Enfin je viens chargé de paroles de paix.
Vivez, solemnisez vos festes sans ombrage.
De vostre obeïssance elle ne veut qu'un gage :
C'est, pour l'en détourner j'ay fait ce que j'ay pû,
Cet enfant sans parens, qu'elle dit qu'elle a vû.

JOSABET.
Eliacin !

MATHAN.
J'en ay pour elle quelque honte.
D'un vain songe peut-estre elle fait trop de conte ;
Mais vous vous declarez ses mortels ennemis,
Si cet enfant sur l'heure en mes mains n'est remis.
La reine impatiente attend vostre réponse.

JOSABET.
Et voila de sa part la paix qu'on nous annonce !

MATHAN.
Pourriez-vous un moment douter de l'accepter?
D'un peu de complaisance est-ce trop l'acheter?
JOSABET.
J'admirois si Mathan, dépouillant l'artifice,
Avoit pû de son cœur surmonter l'injustice,
Et si de tant de maux le funeste inventeur
De quelque ombre de bien pouvoit estre l'auteur.
MATHAN.
De quoy vous plaignez-vous? Vient-on avec furie
Arracher de vos bras vostre fils Zacharie?
Quel est cet autre enfant si cher à vostre amour?
Ce grand attachement me surprend à mon tour.
Est-ce un tresor pour vous si precieux, si rare?
Est-ce un liberateur que le Ciel vous prepare?
Songez-y. Vos refus pourroient me confirmer
Un bruit sourd que déja l'on commence à semer.
JOSABET.
Quel bruit?
MATHAN.
Que cet enfant vient d'illustre origine,
Qu'à quelque grand projet vostre époux le destine.
JOSABET.
Et Mathan, par ce bruit qui flatte sa fureur...
MATHAN.
Princesse, c'est à vous à me tirer d'erreur.
Je sçay que, du mensonge implacable ennemie,
Josabet livreroit même sa propre vie,
S'il falloit que sa vie à sa sincerité
Coûtast le moindre mot contre la verité.
Du sort de cet enfant on n'a donc nulle trace?

Une profonde nuit enveloppe sa race?
Et vous-même ignorez, de quels parens issu,
De quelles mains Joad en ses bras l'a reçû?
Parlez, je vous écoute, et suis prest de vous croire.
Au Dieu que vous servez, Princesse, rendez gloire.

JOSABET.

Méchant, c'est bien à vous d'oser ainsi nommer
Un Dieu que vostre bouche enseigne à blasphemer.
Sa verité par vous peut-elle estre attestée,
Vous, malheureux, assis dans la chaire empestée
Où le mensonge regne et répand son poison,
Vous, nourri dans la fourbe et dans la trahison?

SCENE V.

JOAD, JOSABET, MATHAN, NABAL.

JOAD.

Où suis-je? De Baal ne vois-je pas le prestre?
Quoy! fille de David, vous parlez à ce traistre?
Vous souffrez qu'il vous parle? Et vous ne craignez pas
Que, du fond de l'abysme entr'ouvert sous ses pas,
Il ne sorte à l'instant des feux qui vous embrasent,
Ou qu'en tombant sur luy ces murs ne vous écrasent?
Que veut-il? De quel front cet ennemi de Dieu
Vient-il infecter l'air qu'on respire en ce lieu?

MATHAN.

On reconnoist Joad à cette violence.
Toutefois il devroit montrer plus de prudence,
Respecter une reine, et ne pas outrager

ATHALIE

Celuy que de son ordre elle a daigné charger.

JOAD.

Hé bien, que nous fait-elle annoncer de sinistre?
Quel sera l'ordre affreux qu'apporte un tel ministre?

MATHAN.

J'ay fait à Josabet sçavoir sa volonté.

JOAD.

Sors donc de devant moy, monstre d'impieté.
De toutes tes horreurs, va, comble la mesure.
Dieu s'appreste à te joindre à la race parjure,
Abiron et Dathan, Doeg, Achitophel.
Les chiens, à qui son bras a livré Jezabel,
Attendant que sur toy sa fureur se déploye,
Déja sont à ta porte et demandent leur proye.

MATHAN. *Il se trouble.*

Avant la fin du jour... on verra qui de nous...
Doit... Mais sortons, Nabal.

NABAL.

Où vous égarez-vous?
De vos sens étonnez quel desordre s'empare?
Voilà vostre chemin.

SCENE VI.

JOAD, JOSABET.

JOSABET.

L'orage se declare.
Athalie en fureur demande Eliacin.
Déja de sa naissance et de vostre dessein

On commence, Seigneur, à percer le mystere.
Peu s'en faut que Mathan ne m'ait nommé son pere.
JOAD.
Au perfide Mathan qui l'auroit revelé?
Vostre trouble à Mathan n'a-t-il point trop parlé?
JOSABET.
J'ay fait ce que j'ay pû pour m'en rendre maistresse.
Cependant, croyez-moy, Seigneur, le peril presse.
Reservons cet enfant pour un temps plus heureux.
Tandis que les méchans déliberent entre-eux,
Avant qu'on l'environne, avant qu'on nous l'arrache,
Une seconde fois souffrez que je le cache.
Les portes, les chemins, luy sont encore ouverts.
Faut-il le transporter aux plus affreux deserts?
Je suis preste. Je sçais une secrette issuë
Par où, sans qu'on le voye, et sans estre apperçuë,
De Cedron avec luy traversant le torrent,
J'iray dans le desert où jadis en pleurant,
Et cherchant comme nous son salut dans la fuite,
David d'un fils rebelle évita la poursuite.
Je craindray moins pour luy les lions et les ours...
Mais pourquoy de Jehu refuser le secours?
Je vous ouvre peut-estre un avis salutaire:
Faisons de ce tresor Jehu dépositaire.
On peut dans ses Etats le conduire aujourd'huy,
Et le chemin est court qui mene jusqu'à luy.
Jehu n'a point un cœur farouche, inexorable;
De David à ses yeux le nom est favorable.
Helas! est-il un roy si dur et si cruel,
A moins qu'il n'eust pour mere une autre Jezabel,
Qui d'un tel suppliant ne plaignist l'infortune?
Sa cause à tous les rois n'est-elle pas commune?

JOAD.

Quels timides conseils m'osez-vous suggerer?
En l'appuy de Jehu pourriez-vous esperer?

JOSABET.

Dieu défend-il tout soin et toute prévoyance?
Ne l'offense-t-on point par trop de confiance
A ses desseins sacrez employant les humains,
N'a-t-il pas de Jehu luy-même armé les mains?

JOAD.

Jehu, qu'avoit choisi sa sagesse profonde,
Jehu, sur qui je vois que vostre espoir se fonde,
D'un oubli trop ingrat a payé ses bienfaits.
Jehu laisse d'Achab l'affreuse fille en paix,
Suit des rois d'Israël les profanes exemples,
Du vil dieu de l'Egypte a conservé les temples.
Jehu, sur les hauts lieux enfin osant offrir
Un temeraire encens que Dieu ne peut souffrir,
N'a, pour servir sa cause et venger ses injures,
Ni le cœur assez droit, ni les mains assez pures.
Non, non, c'est à Dieu seul qu'il nous faut attacher.
Montrons Eliacin, et, loin de le cacher,
Que du bandeau royal sa teste soit ornée.
Je veux même avancer l'heure déterminée,
Avant que de Mathan le complot soit formé.

SCENE VII.

JOAD, JOSABET, AZARIAS, suivi du
Chœur et de plusieurs Levites.

JOAD.
Hé bien, Azarias, le temple est-il fermé?
AZARIAS.
J'en ay fait devant moy fermer toutes les portes.
JOAD.
N'y reste-t-il que vous et vos saintes cohortes?
AZARIAS.
De ses parvis sacrez j'ay deux fois fait le tour.
Tout a fuy, tous se sont separez sans retour,
Miserable troupeau, qu'a dispersez la crainte;
Et Dieu n'est plus servi que dans la tribu sainte.
Depuis qu'à Pharaon ce peuple est échappé,
Une égale terreur ne l'avoit point frappé.
JOAD.
Peuple lâche, en effet, et né pour l'esclavage,
Hardi contre Dieu seul! Poursuivons nostre ouvrage.
Mais qui retient encor ces enfans parmi nous?
UNE DES FILLES DU CHŒUR.
Hé! pourrions-nous, Seigneur, nous separer de vous?
Dans le temple de Dieu sommes-nous étrangeres?
Vous avez prés de vous nos peres et nos freres.
UNE AUTRE.
Helas! si, pour venger l'opprobre d'Israël,
Nos mains ne peuvent pas, comme autrefois Jahel [1],

---

1. Juges, ch. IV.

Des ennemis de Dieu percer la teste impie,
Nous luy pouvons du moins immoler nostre vie.
Quand vos bras combattront pour son temple attaqué,
Par nos larmes du moins il peut estre invoqué.

JOAD.

Voilà donc quels vengeurs s'arment pour ta querelle!
Des prestres, des enfans, ô Sagesse éternelle!
Mais, si tu les soûtiens, qui peut les ébranler?
Du tombeau, quand tu veux, tu sçais nous rappeller.
Tu frappes, et gueris; tu pers, et ressuscites.
Ils ne s'assurent point en leurs propres merites,
Mais en ton nom sur eux invoqué tant de fois,
En tes sermens jurez au plus saint de leurs rois,
En ce temple où tu fais ta demeure sacrée,
Et qui doit du soleil égaler la durée.
Mais d'où vient que mon cœur fremit d'un saint effroi?
Est-ce l'Esprit divin qui s'empare de moi?
C'est luy-même. Il m'échauffe, il parle : mes yeux s'ouvrent,
Et les siecles obscurs devant moy se découvrent.
Levites, de vos sons prestez-moy les accords,
Et de ses mouvemens secondez les transports.

LE CHŒUR chante au son de toute la symphonie
des instrumens.

Que du Seigneur la voix se fasse entendre,
Et qu'à nos cœurs son oracle divin
   Soit ce qu'à l'herbe tendre
Est, au printemps, la fraîcheur du matin.

JOAD.

Cieux, écoutez ma voix; terre, preste l'oreille.
Ne dis plus, ô Jacob, que ton Seigneur sommeille.
Pecheurs, disparoissez : le Seigneur se réveille.

ACTE III, SCENE VII

(Ici recommence la symphonie, et Joad aussi-
   tost reprend la parole.)
Comment en un plomb vil l'or pur s'est-il changé [1] ?
Quel est dans le lieu saint ce pontife égorgé [2] ?
Pleure, Jerusalem, pleure, cité perfide,
Des prophetes divins malheureuse homicide.
De son amour pour toy ton Dieu s'est dépouillé.
Ton encens à ses yeux est un encens souillé.
   Où menez-vous ces enfans et ces femmes [3] ?
Le Seigneur a détruit la reine des citez.
Ses prestres sont captifs, ses rois sont rejettez;
Dieu ne veut plus qu'on vienne à ses solemnitez.
Temple, renverse-toy; cedres, jettez des flammes.
   Jerusalem, objet de ma douleur,
Quelle main en ce jour t'a ravi tous tes charmes?
Qui changera mes yeux en deux sources de larmes
   Pour pleurer ton malheur?

AZARIAS.

O saint temple!

JOSABET.

O David!

LE CHŒUR.

   Dieu de Sion, rappelle,
Rappelle en sa faveur tes antiques bontez.
   (La symphonie recommence encore, et Joad un
      moment après l'interrompt.)

JOAD.

   Quelle Jerusalem nouvelle [4]

---

1. Joas.
2. Zacharie.
3. Captivité de Babylone.
4. L'Eglise.

Sort du fond du desert brillante de clartez,
Et porte sur le front une marque immortelle?
 Peuples de la terre, chantez.
Jerusalem renaist plus charmante et plus belle.
 D'où luy viennent de tous côtez
Ces enfans qu'en son sein elle n'a point portez[1]?
Leve, Jerusalem, leve ta teste altiere ;
Regarde tous ces rois de ta gloire étonnez :
Les rois des nations, devant toy prosternez,
 De tes pieds baisent la poussiere.
Les peuples à l'envy marchent à ta lumiere.
Heureux qui pour Sion d'une sainte ferveur
 Sentira son ame embrasée !
 Cieux, répandez vostre rosée,
 Et que la terre enfante son Sauveur.

JOSABET.

Helas! d'où nous viendra cette insigne faveur,
Si les rois de qui doit descendre ce Sauveur...

JOAD.

Preparez, Josabet, le riche diadême
Que sur son front sacré David porta luy-même.
 (*Aux levites.*)
Et vous, pour vous armer, suivez-moy dans ces lieux
Où se garde caché, loin des profanes yeux,
Ce formidable amas de lances et d'épées
Qui du sang philistin jadis furent trempées,
Et que David vainqueur, d'ans et d'honneurs chargé,
Fit consacrer au Dieu qui l'avoit protegé.
Peut-on les employer pour un plus noble usage ?
Venez, je veux moy-même en faire le partage.

---

1. Les Gentils.

SCENE VIII.

SALOMITH, LE CHŒUR.

SALOMITH.
Que de craintes, mes sœurs, que de troubles mortels!
 Dieu tout-puissant, sont-ce là les prémices,
  Les parfums et les sacrifices
Qu'on devoit en ce jour offrir sur tes autels?
UNE FILLE DU CHŒUR.
  Quel spectacle à nos yeux timides!
  Qui l'eust crû, qu'on deust voir jamais
Les glaives meurtriers, les lances homicides,
  Briller dans la maison de paix?
UNE AUTRE.
D'où vient que, pour son Dieu pleine d'indifference,
Jerusalem se taist en ce pressant danger?
 D'où vient, mes sœurs, que, pour nous proteger,
Le brave Abner au moins ne rompt pas le silence?
SALOMITH.
Helas! dans une cour où l'on n'a d'autres loix
  Que la force et la violence,
  Où les honneurs et les emplois
Sont le prix d'une aveugle et basse obeïssance,
  Ma sœur, pour la triste innocence
  Qui voudroit élever sa voix?
UNE AUTRE.
 Dans ce peril, dans ce desordre extrême,
Pour qui prepare-t-on le sacré diadême?
SALOMITH.
  Le Seigneur a daigné parler;

Mais ce qu'à son prophete il vient de reveler,
Qui pourra nous le faire entendre?
S'arme-t-il pour nous défendre?
S'arme-t-il pour nous accabler?

Tout le chœur chante.

O promesse! ô menace! ô tenebreux mystere!
Que de maux, que de biens, sont prédits tour à tour!
Comment peut-on avec tant de colere
Accorder tant d'amour?

Une voix, seule.

Sion ne sera plus : une flâme cruelle
Détruira tous ses ornemens.

Une autre voix.

Dieu protege Sion : elle a pour fondemens
Sa parole éternelle.

La premiere.

Je voy tout son éclat disparoître à mes yeux.

La seconde.

Je voy de toutes parts sa clarté répanduë.

La premiere.

Dans un gouffre profond Sion est descenduë.

La seconde.

Sion a son front dans les cieux.

La premiere.

Quel triste abaissement!

La seconde.

Quelle immortelle gloire!

La premiere.

Que de cris de douleur!

La seconde.

Que de chants de victoire!

UNE TROISIÉME.
Cessons de nous troubler : nostre Dieu quelque jour
Devoilera ce grand mystere.
TOUTES TROIS.
Reverons sa colere;
Esperons en son amour.
UNE AUTRE.
D'un cœur qui t'aime,
Mon Dieu, qui peut troubler la paix?
Il cherche en tout ta volonté suprême,
Et ne se cherche jamais.
Sur la terre, dans le ciel même,
Est-il d'autre bonheur que la tranquille paix
D'un cœur qui t'aime?

FIN DU TROISIÉME ACTE.

ACTE IV

SCENE PREMIERE.
JOAS, JOSABET, ZACHARIE, SALOMITH, UN LEVITE, LE CHŒUR.

SALOMITH.
D'un pas majestueux, à côté de ma mere,
Le jeune Eliacin s'avance avec mon frere.
Dans ces voiles, mes sœurs, que portent-ils tous deux?
Quel est ce glaive enfin qui marche devant eux?
JOSABET, *à Zacharie.*
Mon fils, avec respect posez sur cette table
De nostre sainte loy le livre redoutable.
Et vous aussi, posez, aimable Eliacin,
Cet auguste bandeau prés du livre divin.
Levite, il faut placer, Joad ainsi l'ordonne,
Le glaive de David auprés de sa couronne.
JOAS.
Princesse, quel est donc ce spectacle nouveau?
Pourquoy ce livre saint, ce glaive, ce bandeau?
Depuis que le Seigneur m'a reçû dans son temple,
D'un semblable appareil je n'ay point vû d'exemple.
JOSABET.
Tous vos doutes, mon fils, bien-tost s'éclairciront.

JOAS.
Vous voulez essayer ce bandeau sur mon front?
Ah! Princesse, gardez d'en profaner la gloire.
Du roy qui l'a porté respectez la memoire.
Un malheureux enfant aux ours abandonné....

JOSABET, *lui essayant le diadême.*
Laissez, mon fils, je fais ce qui m'est ordonné.
JOAS.
Mais j'entens les sanglots sortir de vostre bouche!
Princesse, vous pleurez! Quelle pitié vous touche?
Est-ce qu'en holocauste aujourd'huy presenté,
Je dois, comme autrefois la fille de Jephté,
Du Seigneur par ma mort appaiser la colere?
Hélas! un fils n'a rien qui ne soit à son pere.
JOSABET.
Voici qui vous dira les volontez des cieux.
Ne craignez rien. Et nous, sortons tous de ces lieux.

SCENE II.

JOAD, JOAS.

JOAS, *courant dans les bras du grand prêtre.*
Mon pere!
JOAD.
Hé bien, mon fils?
JOAS.
Qu'est-ce donc qu'on prepare?
JOAD.
Il est juste, mon fils, que je vous le declare.
Il faut que vous soyez instruit, même avant tous,
Des grands desseins de Dieu sur son peuple et sur vous.

Armez-vous d'un courage et d'une foy nouvelle
Il est temps de montrer cette ardeur et ce zele
Qu'au fond de vostre cœur mes soins ont cultivez,
Et de payer à Dieu ce que vous luy devez.
Sentez-vous cette noble et genereuse envie?
Joas.
Je me sens prest, s'il veut, de luy donner ma vie.
Joad.
On vous a lû souvent l'histoire de nos rois :
Vous souvient-il, mon fils, quelles étroites loix
Doit s'imposer un roy digne du diadême?
Joas.
Un roy sage, ainsi Dieu l'a prononcé luy-même [1],
Sur la richesse et l'or ne met point son appuy,
Craint le Seigneur son Dieu, sans cesse a devant luy
Ses preceptes, ses loix, ses jugemens severes,
Et d'injustes fardeaux n'accable point ses freres.
Joad.
Mais, sur l'un de ces rois s'il falloit vous regler,
A qui choisiriez-vous, mon fils, de ressembler?
Joas.
David, pour le Seigneur plein d'un amour fidelle,
Me paroist des grands rois le plus parfait modelle.
Joad.
Ainsi dans leurs excés vous n'imiteriez pas
L'infidelle Joram, l'impie Okosias?
Joas.
O mon pere!
Joad.
Achevez, dites : que vous en semble?

---

1. Deut., ch. XVII.

JOAS.

Puisse perir comme eux quiconque leur ressemble !
(*Joad se prosterne à ses pieds.*)
Mon pere, en quel état vous vois-je devant moy?

JOAD.

Je vous rends le respect que je dois à mon roy.
De vostre ayeul David, Joas, rendez-vous digne.

JOAS.

Joas! Moy?

JOAD.

Vous sçaurez par quelle grace insigne,
D'une mere en fureur Dieu trompant le dessein,
Quand déja son poignard estoit dans vostre sein,
Vous choisit, vous sauva du milieu du carnage.
Vous n'estes pas encore échappé de sa rage :
Avec la même ardeur qu'elle voulut jadis
Perdre en vous le dernier des enfans de son fils,
A vous faire perir sa cruauté s'attache
Et vous poursuit encor sous le nom qui vous cache.
Mais sous vos étendars j'ai déja sçû ranger
Un peuple obeïssant et prompt à vous venger.
Entrez, genereux chefs des familles sacrées,
Du ministere saint tour à tour honorées.

SCENE III.

JOAS, JOAD, AZARIAS, ISMAEL, ET LES TROIS AUTRES CHEFS DES LEVITES.

JOAD *continuë*.

Roy, voilà vos vengeurs contre vos ennemis.
Prestres, voilà le roy que je vous ay promis.

AZARIAS.
Quoy ! c'est Eliacin ?
ISMAEL.
Quoy ! cet enfant aimable...
JOAD.
Est des rois de Juda l'heritier veritable,
Dernier né des enfans du triste Okosias,
Nourri, vous le sçavez, sous le nom de Joas.
De cette fleur si tendre et si-tost moissonnée,
Tout Juda, comme vous, plaignant la destinée,
Avec ses freres morts le crut enveloppé.
Du perfide coûteau comme eux il fut frappé.
Mais Dieu du coup mortel sçut détourner l'atteinte,
Conserva dans son cœur la chaleur presque éteinte,
Permit que, des bourreaux trompant l'œil vigilant,
Josabet dans son sein l'emportast tout sanglant,
Et, n'ayant de son vol que moy seul pour complice,
Dans le temple cachast l'enfant et la nourrice.
JOAS.
Helas ! de tant d'amour et de tant de bienfaits,
Mon pere, quel moyen de m'acquiter jamais ?
JOAD.
Gardez pour d'autres temps cette reconnoissance.
 Voilà donc vostre roy, vostre unique esperance.
J'ay pris soin jusqu'ici de vous le conserver :
Ministres du Seigneur, c'est à vous d'achever.
Bien-tost de Jesabel la fille meurtriere,
Instruite que Joas voit encor la lumiere,
Dans l'horreur du tombeau viendra le replonger.
Déja, sans le connoistre, elle veut l'égorger.
Prestres saints, c'est à vous de prévenir sa rage.
Il faut finir des Juifs le honteux esclavage;

Venger vos princes morts, relever vostre loy,
Et faire aux deux tribus reconnoître leur roy.
L'entreprise sans doute est grande et perilleuse.
J'attaque sur son trône une reine orgueilleuse,
Qui voit sous ses drapeaux marcher un camp nombreux
De hardis étrangers, d'infidelles Hebreux.
Mais ma force est au Dieu dont l'interest me guide.
Songez qu'en cet enfant tout Israël reside.
Déja ce Dieu vengeur commence à la troubler.
Déja, trompant ses soins, j'ay sçû vous rassembler.
Elle nous croit ici sans armes, sans défense.
Couronnons, proclamons Joas en diligence.
De-là, du nouveau prince intrepides soldats,
Marchons en invoquant l'arbitre des combats;
Et, reveillant la foy dans les cœurs endormie,
Jusques dans son palais cherchons nostre ennemie.
 Et quels cœurs si plongez dans un lâche sommeil,
Nous voyant avancer dans ce saint appareil,
Ne s'empresseront pas à suivre nostre exemple?
Un roy que Dieu luy-même a nourri dans son temple
Le successeur d'Aaron de ses prestres suivi,
Conduisant au combat les enfans de Levi,
Et, dans ces mêmes mains des peuples reverées,
Les armes au Seigneur par David consacrées?
Dieu sur ses ennemis répandra sa terreur.
Dans l'infidelle sang baignez-vous sans horreur.
Frappez et Tyriens, et même Israëlites.
Ne descendez-vous pas de ces fameux levites
Qui, lors qu'au dieu du Nil le volage Israël
Rendit dans le desert un culte criminel,
De leurs plus chers parens saintement homicides,
Consacrerent leurs mains dans le sang des perfides,

Et par ce noble exploit vous acquirent l'honneur
D'estre seuls employez aux autels du Seigneur?
 Mais je voy que déja vous brûlez de me suivre
Jurez donc, avant tout, sur cet auguste livre,
A ce roy que le Ciel vous redonne aujourd'huy,
De vivre, de combattre et de mourir pour luy.

AZARIAS.

Ouy, nous jurons ici, pour nous, pour tous nos freres,
De rétablir Joas au trône de ses peres,
De ne poser le fer entre nos mains remis
Qu'aprés l'avoir vengé de tous ses ennemis.
Si quelque transgresseur enfreint cette promesse,
Qu'il éprouve, grand Dieu, ta fureur vengeresse;
Qu'avec luy ses enfans, de ton partage exclus,
Soient au rang de ces morts que tu ne connois plus.

JOAD.

Et vous, à cette loy, vostre regle éternelle,
Roy, ne jurez-vous pas d'estre toûjours fidelle?

JOAS.

Pourrois-je à cette loy ne me pas conformer?

JOAD.

O mon fils, de ce nom j'ose encor vous nommer,
Souffrez cette tendresse, et pardonnez aux larmes
Que m'arrachent pour vous de trop justes allarmes.
Loin du trône nourri, de ce fatal honneur,
Helas! vous ignorez le charme empoisonneur.
De l'absolu pouvoir vous ignorez l'yvresse,
Et des lâches flatteurs la voix enchanteresse.
Bientost ils vous diront que les plus saintes loix,
Maîtresses du vil peuple, obeïssent aux rois;
Qu'un roy n'a d'autre frein que sa volonté même;
Qu'il doit immoler tout à sa grandeur suprême;

Qu'aux larmes, au travail, le peuple est condamné,
Et d'un sceptre de fer veut estre gouverné;
Que, s'il n'est opprimé, tost ou tard il opprime.
Ainsi de piege en piege, et d'abîme en abîme,
Corrompant de vos mœurs l'aimable pureté,
Ils vous feront enfin haïr la verité,
Vous peindront la vertu sous une affreuse image.
Helas! ils ont des rois égaré le plus sage.
 Promettez sur ce livre et devant ces témoins
Que Dieu sera toûjours le premier de vos soins;
Que, severe aux méchans et des bons le refuge,
Entre le pauvre et vous vous prendrez Dieu pour juge;
Vous souvenant, mon fils, que, caché sous ce lin,
Comme eux vous fûtes pauvre, et comme eux orphelin.

JOAS.

Je promets d'observer ce que la loy m'ordonne.
Mon Dieu, punissez-moy si je vous abandonne.

JOAD.

Venez, de l'huile sainte il faut vous consacrer.
Paroissez, Josabet; vous pouvez vous montrer.

SCENE IV.

JOAS, JOAD, JOSABET, ZACHARIE, AZARIAS, ETC., SALOMITH, LE CHŒUR.

JOSABET, *embrassant Joas.*

O roy, fils de David!

JOAS.

 O mon unique mere!
Venez, cher Zacharie, embrasser vostre frere.

JOSABET, *à Zacharie.*
Aux pieds de vostre roy prosternez-vous, mon fils.
JOAD, *pendant qu'ils s'embrassent.*
Enfans, ainsi toûjours puissiez-vous estre unis !
JOSABET, *à Joas.*
Vous sçavez donc quel sang vous a donné la vie?
JOAS.
Et je sçay quelle main sans vous me l'eust ravie.
JOSABET.
De vostre nom, Joas, je puis donc vous nommer.
JOAS.
Joas ne cessera jamais de vous aimer.
LE CHŒUR.
Quoy ! c'est là...
JOSABET.
C'est Joas.
JOAD.
Ecoutons ce levite.

SCENE V.

JOAS, JOSABET, JOAD, ETC., UN LEVITE.

UN LEVITE.
J'ignore contre Dieu quel projet on medite ;
Mais l'airain menaçant fremit de toutes parts ;
On voit luire des feux parmi des étendarts ;
Et sans doute Athalie assemble son armée.
Déja même au secours toute voye est fermée.
Déja le sacré mont où le temple est bâti

D'insolens Tyriens est par tout investi.
L'un d'eux, en blasphemant, vient de nous faire entendre
Qu'Abner est dans les fers, et ne peut nous défendre.
JOSABET, à Joas.
Cher enfant, que le Ciel en vain m'avoit rendu,
Helas! pour vous sauver j'ay fait ce que j'ay pû.
Dieu ne se souvient plus de David vostre pere.
JOAD, à Josabet.
Quoy! vous ne craignez pas d'attirer sa colere
Sur vous et sur ce roy si cher à vostre amour?
Et, quand Dieu, de vos bras l'arrachant sans retour,
Voudroit que de David la maison fust éteinte,
N'estes-vous pas icy sur la montagne sainte
Où le pere des Juifs [1] sur son fils innocent
Leva sans murmurer son bras obeïssant,
Et mit sur un bûcher ce fruit de sa vieillesse,
Laissant à Dieu le soin d'accomplir sa promesse,
Et luy sacrifiant, avec ce fils aimé,
Tout l'espoir de sa race en luy seul renfermé?
 Amis, partageons-nous. Qu'Ismaël en sa garde
Prenne tout le côté que l'orient regarde;
Vous, le côté de l'Ourse, et vous, de l'occident;
Vous, le midy. Qu'aucun, par un zele imprudent,
Découvrant mes desseins, soit prestre, soit levite,
Ne sorte avant le temps et ne se precipite;
Et que chacun enfin, d'un même esprit poussé,
Garde en mourant le poste où je l'auray placé.
L'ennemi nous regarde, en son aveugle rage,
Comme de vils troupeaux reservez au carnage,

---

1. Abraham.

Et croit ne rencontrer que desordre et qu'effroy.
Qu'Azarias par tout accompagne le roy.
        (A Joas.)
Venez, cher rejetton d'une vaillante race,
Remplir vos défenseurs d'une nouvelle audace.
Venez du diadême à leurs yeux vous couvrir,
Et perissez du moins en roy, s'il faut perir.
            (A un Levite.)
Suivez-le, Josabet. Vous, donnez-moy ces armes.
Enfans, offrèz à Dieu vos innocentes larmes.

SCENE VI.

SALOMITH, LE CHŒUR.

>   Tout le Chœur *chante.*
> *Partez, enfans d'Aaron, partez.*
> *Jamais plus illustre querelle*
> *De vos ayeux n'arma le zele.*
> *Partez, enfans d'Aaron, partez.*
> *C'est vostre roy, c'est Dieu, pour qui vous combattez.*
>   Une voix, *seule.*
>   *Où sont les traits que tu lances,*
>   *Grand Dieu, dans ton juste courroux?*
>   *N'es-tu plus le Dieu jaloux?*
>   *N'es-tu plus le Dieu des vengeances?*
>   Une autre.
> *Où sont, Dieu de Jacob, tes antiques bontez?*
>   *Dans l'horreur qui nous environne,*
> *N'entens-tu que la voix de nos iniquitez?*
>   *N'es-tu plus le Dieu qui pardonne?*

ACTE IV, SCENE VI

Tout le Chœur.
Où sont, Dieu de Jacob, tes antiques bontez
Une voix, seule.
C'est à toy que dans cette guerre
Les fléches des méchans pretendent s'adresser.
« Faisons, disent-ils, cesser
Les festes de Dieu sur la terre.
De son joug importun délivrons les mortels.
Massacrons tous ses saints ; renversons ses autels :
Que de son nom, que de sa gloire
Il ne reste plus de memoire ;
Que ni luy ni son Christ ne regnent plus sur nous. »
Tout le Chœur.
Où sont les traits que tu lances,
Grand Dieu, dans ton juste courroux ?
N'es-tu plus le Dieu jaloux ?
N'es-tu plus le Dieu des vengeances ?
Une voix, seule.
Triste reste de nos rois,
Chere et derniere fleur d'une tige si belle,
Helas! sous le couteau d'une mere cruelle
Te verrons-nous tomber une seconde fois ?
Prince aimable, dy-nous si quelque ange au berceau
Contre tes assassins prit soin de te défendre,
Ou si, dans la nuit du tombeau,
La voix du Dieu vivant a ranimé ta cendre.
Une autre.
D'un pere et d'un ayeul contre toy revoltez,
Grand Dieu, les attentats luy sont-ils imputez ?
Est-ce que sans retour ta pitié l'abandonne ?
Le Chœur.
Où sont, Dieu de Jacob, tes antiques bontez ?

N'es-tu plus le Dieu qui pardonne?
UNE DES FILLES DU CHŒUR, *sans chanter.*
Cheres sœurs, n'entendez-vous pas
Des cruels Tyriens la trompette qui sonne?
SALOMITH.
J'entens mesme les cris des barbares soldats,
Et d'horreur j'en frissonne.
Courons, fuyons, retirons-nous
A l'ombre salutaire
Du redoutable sanctuaire.

FIN DU QUATRIÉME ACTE.

ACTE V

SCENE PREMIERE.

ZACHARIE, SALOMITH, LE CHŒUR.

SALOMITH.

Cher Zacharie, hé bien? Que nous apprenez-vous?
ZACHARIE.
Redoublez au Seigneur vostre ardente priere.
Peut-estre nous touchons à nostre heure derniere.
Pour l'horrible combat, ma sœur, l'ordre est donné.
SALOMITH.
Que fait Joas?
ZACHARIE.
Joas vient d'estre couronné.
Le grand prestre a sur luy répandu l'huile sainte.
O Ciel! dans tous les yeux quelle joye estoit peinte
A l'aspect de ce roy racheté du tombeau!
Ma sœur, on voit encor la marque du coûteau.
On voit paroistre aussi sa fidelle nourrice,
Qui, cachée en un coin de ce vaste édifice,
Gardoit ce cher dépost, et n'avoit de ses soins
Que les yeux de ma mere et que Dieu pour témoins.

Nos levites pleuroient de joye et de tendresse,
Et mesloient leurs sanglots à leurs cris d'allegresse.
Luy, parmi ces transports, affable et sans orgueil,
A l'un tendoit la main, flattoit l'autre de l'œil,
Juroit de se regler par leurs avis sinceres,
Et les appelloit tous ses peres ou ses freres.
SALOMITH.
Ce secret au dehors est-il aussi semé ?
ZACHARIE.
Ce secret dans le temple est encor renfermé.
Des enfans de Levi la troupe partagée
Dans un profond silence aux portes s'est rangée.
Tous doivent à la fois precipiter leurs pas,
Et crier pour signal : « Vive le roy Joas ! »
Mais mon pere défend que le roy se hazarde,
Et veut qu'Azarias demeure pour sa garde.
Cependant Athalie, un poignard à la main,
Rit des foibles remparts de nos portes d'airain.
Pour les rompre, elle attend les fatales machines,
Et ne respire enfin que sang et que ruines.
Quelques prestres, ma sœur, ont d'abord proposé
Qu'en un lieu soûterrain, par nos peres creusé,
On renfermast du moins nostre arche precieuse.
« O crainte, a dit mon pere, indigne, injurieuse !
L'arche, qui fit tomber tant de superbes tours
Et força le Jourdain de rebrousser son cours,
Des dieux des nations tant de fois triomphante,
Fuiroit donc à l'aspect d'une femme insolente ? »
Ma mere, auprés du roy, dans un trouble mortel,
L'œil tantost sur ce prince et tantost vers l'autel,
Muette, et succombant sous le poids des allarmes,
Aux yeux les plus cruels arracheroit des larmes.

ACTE V, SCENE I.

Le roy de temps en temps la presse entre ses bras,
La flatte... Cheres sœurs, suivez toutes mes pas,
Et, s'il faut aujourd'huy que nostre roy perisse,
Allons, qu'un mesme sort avec luy nous unisse.

SALOMITH.

Quelle insolente main frappe à coups redoublez?
Qui fait courir ainsi ces levites troublez?
Quelle precaution leur fait cacher leurs armes?
Le temple est-il forcé?

ZACHARIE.

Dissipez vos allarmes.
Dieu nous envoye Abner.

SCENE II.

ABNER, JOAD, JOSABET, ZACHARIE, SALOMITH, ISMAEL, DEUX LEVITES, ETC.

JOAD.

En croiray-je mes yeux,
Cher Abner? Quel chemin a pû jusqu'en ces lieux
Vous conduire au travers d'un camp qui nous assiege?
On disoit que d'Achab la fille sacrilege
Avoit, pour assurer ses projets inhumains,
Chargé d'indignes fers vos genereuses mains.

ABNER.

Ouy, Seigneur, elle a craint mon zele et mon courage.
Mais c'est le moindre prix que me gardoit sa rage.
Dans l'horreur d'un cachot par son ordre enfermé,
J'attendois que, le temple en cendre consumé,
De tant de flots de sang non encore assouvie,

Elle vinst m'affranchir d'une importune vie,
Et retrancher des jours qu'auroit dû mille fois
Terminer la douleur de survivre à mes rois.
JOAD.
Par quel miracle a-t-on obtenu vostre grace?
ABNER.
Dieu dans ce cœur cruel sçait seul ce qui se passe.
Elle m'a fait venir; et, d'un air égaré,
« Tu vois de mes soldats tout ce temple entouré,
Dit-elle. Un feu vengeur va le reduire en cendre;
Et ton Dieu contre moy ne le sçauroit défendre.
Ses prestres toutefois, mais il faut se hâter,
A deux conditions peuvent se racheter :
Qu'avec Eliacin on mette en ma puissance
Un tresor dont je sçay qu'ils ont la connoissance,
Par vostre roy David autrefois amassé,
Sous le sceau du secret au grand prestre laissé.
Va, dy-leur qu'à ce prix je leur permets de vivre.
JOAD.
Quel conseil, cher Abner, croyez-vous qu'on doit suivre?
ABNER.
Et tout l'or de David, s'il est vray qu'en effet
Vous gardiez de David quelque tresor secret,
Et tout ce que des mains de cette reine avare
Vous avez pû sauver et de riche et de rare,
Donnez-le. Voulez-vous que d'impurs assassins
Viennent briser l'autel, brûler les cherubins,
Et, portant sur nostre arche une main temeraire,
De vostre propre sang souiller le sanctuaire?
JOAD.
Mais sieroit-il, Abner, à des cœurs genereux
De livrer au supplice un enfant malheureux,

ACTE V, SCENE II

Un enfant que Dieu même à ma garde confie,
Et de nous racheter aux dépens de sa vie?
           ABNER.
Helas! Dieu voit mon cœur. Pleust à ce Dieu puissant
Qu'Athalie oubliast un enfant innocent,
Et que du sang d'Abner sa cruauté contente
Crust calmer par ma mort le Ciel qui la tourmente!
Mais que peuvent pour luy vos inutiles soins?
Quand vous perirez tous, en perira-t-il moins?
Dieu vous ordonne-t-il de tenter l'impossible?
Pour obeïr aux loix d'un tyran inflexible,
Moïse, par sa mere au Nil abandonné,
Se vit, presque en naissant, à perir condamné.
Mais Dieu, le conservant contre toute esperance,
Fit par le tyran mesme élever son enfance.
Qui sçait ce qu'il reserve à vostre Eliacin,
Et si, luy preparant un semblable destin,
Il n'a point de pitié déja rendu capable
De nos malheureux rois l'homicide implacable?
Du moins, et Josabet, comme moy, l'a pû voir,
Tantost à son aspect je l'ay veû s'émouvoir;
J'ay veû de son courroux tomber la violence.
Princesse, en ce peril vous gardez le silence?
Hé quoy! pour un enfant qui vous est estranger,
Souffrez-vous que sans fruit Joad laisse égorger
Vous, son fils, tout ce peuple, et que le feu devore
Le seul lieu sur la terre où Dieu veut qu'on l'adore?
Que feriez-vous de plus si des rois vos ayeux
Ce jeune enfant estoit un reste precieux?
           JOSABET, *tout bas à Joad.*
Pour le sang de ses rois vous voyez sa tendresse.
Que ne luy parlez-vous?

Racine. III.

JOAD.
Il n'est pas temps, Princesse.
ABNER.
Le temps est cher, Seigneur, plus que vous ne pensez.
Tandis qu'à me répondre icy vous balancez,
Mathan, prés d'Athalie étincelant de rage,
Demande le signal et presse le carnage.
Faut-il que je me mette à vos sacrez genoux?
Au nom du lieu si saint qui n'est ouvert qu'à vous,
Lieu terrible où de Dieu la majesté repose,
Quelque dure que soit la loy qu'on vous impose,
De ce coup impréveû songeons à nous parer.
Donnez-moy seulement le temps de respirer.
Demain, dés cette nuit, je prendray des mesures
Pour assurer le temple et vanger ses injures.
Mais je voy que mes pleurs et que mes vains discours
Pour vous persuader sont un foible secours;
Vostre austere vertu n'en peut estre frappée.
Hé bien, trouvez-moy donc quelque arme, quelque épée,
Et qu'aux portes du temple, où l'ennemi m'attend,
Abner puisse du moins mourir en combattant.
JOAD.
Je me rends. Vous m'ouvrez un avis que j'embrasse.
De tant de maux, Abner, détournons la menace.
Il est vray, de David un tresor est resté.
La garde en fut commise à ma fidelité.
C'estoit des tristes Juifs l'esperance derniere,
Que mes soins vigilans cachoient à la lumiere.
Mais, puisqu'à vostre reine il faut le découvrir,
Je vais la contenter, nos portes vont s'ouvrir.
De ses plus braves chefs qu'elle entre accompagnée,
Mais de nos saints autels qu'elle tienne éloignée

D'un ramas d'estrangers l'indiscrette fureur.
Du pillage du temple épargnez-moy l'horreur.
Des prestres, des enfans, luy feroient-ils quelque ombre?
De sa suite avec vous qu'elle regle le nombre.
Et quant à cet enfant si craint, si redouté,
De vostre cœur, Abner, je connoy l'équité.
Je vous veux devant elle expliquer sa naissance.
Vous verrez s'il le faut remettre en sa puissance,
Et je vous feray juge entre Athalie et luy.
         ABNER.
Ah! je le prens déja, Seigneur, sous mon appuy.
Ne craignez rien. Je cours vers celle qui m'envoye.

SCENE III.

JOAD, JOSABET, ISMAEL, ZACHARIE, ETC.

         JOAD.
Grand Dieu, voicy ton heure, on t'ameine ta proye.
Ismaël, écoutez.
    (Il luy parle à l'oreille.)
         JOSABET.
              Puissant maistre des cieux,
Remets-luy le bandeau dont tu couvris ses yeux
Lors que, luy dérobant tout le fruit de son crime,
Tu cachas dans mon sein cette tendre victime.
         JOAD.
Allez, sage Ismaël, ne perdez point de temps.
Suivez de point en point ces ordres importans;
Sur tout, qu'à son entrée et que sur son passage

Tout d'un calme profond luy presente l'image.
Vous, enfans, preparez un thrône pour Joas;
Qu'il s'avance suivi de nos sacrez soldats.
Faites venir aussi sa fidelle nourrice,
Princesse, et de vos pleurs que la source tarisse.
 (*A un levite.*)
Vous, dés que cette reine, yvre d'un fol orgueil,
De la porte du temple aura passé le seuil,
Qu'elle ne pourra plus retourner en arriere,
Prenez soin qu'à l'instant la trompette guerriere
Dans le camp ennemi jette un subit effroy.
Appellez tout le peuple au secours de son roy,
Et faites retentir jusques à son oreille
De Joas conservé l'étonnante merveille.
Il vient.

SCENE IV.

JOAS, JOAD, JOSABET, Troupes de Prestres et de Levites, etc.

Joad continuë.
 Levites saints, prestres de nostre Dieu,
Par tout, sans vous montrer, environnez ce lieu,
Et, laissant à mes soins gouverner vostre zele,
Pour paroistre attendez que ma voix vous appelle.
 (*Ils se cachent tous.*)
 Roy, je croy qu'à vos vœux cet espoir est permis,
Venez voir à vos pieds tomber vos ennemis.
Celle dont la fureur poursuivit vostre enfance
Vers ces lieux à grands pas pour vous perdre s'avance.
Mais ne la craignez point. Songez qu'autour de vous

ACTE V, SCENE IV

L'ange exterminateur est debout avec nous.
Montez sur vostre thrône, et... Mais la porte s'ouvre.
Permettez un moment que ce voile vous couvre.
            (*Il tire un rideau.*)
Vous changez de couleur, Princesse?

JOSABET.

                        Ah! sans pâlir
Puis-je voir d'assassins le temple se remplir?
Quoy! ne voyez-vous pas quelle nombreuse escorte...

JOAD.

Je voy que du saint temple on referme la porte.
Tout est en seureté.

SCENE V.

ATHALIE, JOAS, *caché derriere le rideau*, JOAD, JOSABET, ABNER, SUITE D'ATHALIE.

ATHALIE, *à Joad.*

            Te voilà, seducteur,
De ligues, de complots, pernicieux auteur,
Qui dans le trouble seul as mis tes esperances,
Eternel ennemi des suprêmes puissances.
En l'appui de ton Dieu tu t'estois reposé :
De ton espoir frivole es-tu desabusé?
Il laisse en mon pouvoir et son temple et ta vie.
Je devrois, sur l'autel où ta main sacrifie,
Te... Mais du prix qu'on m'offre il faut me contenter.
Ce que tu m'as promis, songe à l'executer.
Cet enfant, ce tresor, qu'il faut qu'on me remette,
Où sont-ils?

JOAD.

Sur le champ tu seras satisfaite.
Je te les vais montrer l'un et l'autre à la fois.
(*Le rideau se tire.*)
Paroissez, cher enfant, digne sang de nos rois.
Connois-tu l'heritier du plus saint des monarques,
Reine? De ton poignard connois du moins ces marques.
Voilà ton roy, ton fils, le fils d'Okosias.
Peuples, et vous, Abner, reconnoissez Joas.

ABNER.

Ciel!

ATHALIE, *à Joad.*

Perfide!

JOAD.

Vois-tu cette Juive fidelle
Dont tu sçais bien qu'alors il suçoit la mammelle?
Il fut par Josabet à ta rage enlevé.
Ce temple le receut, et Dieu l'a conservé.
Des tresors de David voilà ce qui me reste.

ATHALIE.

Ta fourbe à cet enfant, traistre, sera funeste.
D'un fantôme odieux, soldats, délivrez-moy.

JOAD.

Soldats du Dieu vivant, défendez vostre roy.
(*Icy le fond du theâtre s'ouvre. On voit le dedans du temple, et les levites armez sortent de tous côtez sur la scene.*)

ATHALIE.

Où suis-je? O trahison! ô reine infortunée!
D'armes et d'ennemis je suis environnée.

JOAD.

Tes yeux cherchent en vain, tu ne peus échapper,

ACTE V, SCENE V

Et Dieu de toutes parts a sceu t'envelopper.
Ce Dieu que tu bravois en nos mains t'a livrée.
Rends-luy compte du sang dont tu t'es enyvrée.

ATHALIE.

Quoy! la peur a glacé mes indignes soldats?
Lâche Abner, dans quel piege as-tu conduit mes pas?

ABNER.

Reine, Dieu m'est témoin...

ATHALIE.

     Laisse-là ton Dieu, traistre,
Et venge-moy.

ABNER, *se jettant aux pieds de Joas.*

  Sur qui? Sur Joas? sur mon maistre?

ATHALIE.

Luy Joas? luy ton roy? Songez, méchans, songez
Que mes armes encor vous tiennent assiegez.
J'entens à haute voix tout mon camp qui m'appelle.
On vient à mon secours. Tremblez, troupe rebelle!

SCENE VI.

ISMAEL, JOAS, JOAD, ATHALIE, ETC.

ISMAEL, *à Joad.*

Seigneur, le temple est libre et n'a plus d'ennemis.
L'estranger est en fuite et le Juif est soûmis.
Comme le vent dans l'air dissipe la fumée,
La voix du Tout-Puissant a chassé cette armée.
Nos levites, du haut de nos sacrez parvis,
D'Okosias au peuple ont annoncé le fils,
Ont conté son enfance au glaive dérobée,

Et la fille d'Achab dans le piege tombée.
Par tout en même temps la trompette a sonné ;
Et ses sons et leurs cris dans son camp estonné
Ont répandu le trouble et la terreur subite
Dont Gedeon frappa le fier Madianite.
Les Tyriens, jettant armes et boucliers,
Ont par divers chemins disparu les premiers.
Quelques Juifs éperdus ont aussi pris la fuite.
Mais, de Dieu sur Joas admirant la conduite,
Le reste à haute voix s'est pour luy declaré.
Enfin, d'un même esprit tout le peuple inspiré,
Femmes, vieillards, enfans, s'embrassant avec joye,
Benissent le Seigneur et celuy qu'il envoye.
Tous chantent de David le fils ressuscité.
Baal est en horreur dans la sainte cité ;
De son temple profane on a brisé les portes.
Mathan est égorgé.

ATHALIE.

Dieu des Juifs, tu l'emportes !
Ouy, c'est Joas ; je cherche en vain à me tromper.
Je reconnois l'endroit où je le fis frapper.
Je voy d'Okosias et le port et le geste.
Tout me retrace enfin un sang que je deteste.
David, David triomphe ; Achab seul est détruit.
Impitoyable Dieu, toy seul as tout conduit.
C'est toy qui, me flattant d'une vengeance aisée,
M'as vingt fois en un jour à moy-mesme opposée,
Tantost pour un enfant excitant mes remors,
Tantost m'éblouïssant de tes riches tresors,
Que j'ay craint de livrer aux flâmes, au pillage.
Qu'il regne donc, ce fils, ton soin et ton ouvrage,
Et que, pour signaler son empire nouveau,

On luy fasse en mon sein enfoncer le couteau.
Voicy ce qu'en mourant luy souhaite sa mere :
Que dis-je, souhaiter? Je me flatte, j'espere
Qu'indocile à ton joug, fatigué de ta loy,
Fidelle au sang d'Achab, qu'il a receû de moy,
Conforme à son ayeul, à son pere semblable,
On verra de David l'heritier detestable
Abolir tes honneurs, profaner ton autel,
Et venger Athalie, Achab et Jezabel.

JOAD.

Qu'à l'instant hors du temple elle soit emmenée,
Et que la sainteté n'en soit point profanée.
Allez, sacrez vengeurs de vos princes meurtris,
De leur sang par sa mort faire cesser les cris.
Si quelque audacieux embrasse sa querelle,
Qu'à la fureur du glaive on le livre avec elle.

SCENE VII.

JOAS, JOAD, JOSABET, ABNER, ETC.

JOAS.

Dieu, qui voyez mon trouble et mon affliction,
Détournez loin de moy sa malediction,
Et ne souffrez jamais qu'elle soit accomplie.
Faites que Joas meure avant qu'il vous oublie.

JOAD, *aux levites.*

Appellez tout le peuple, et montrons luy son roy :
Qu'il luy vienne en ses mains renouveller sa foy.
Roy, prestres, peuple, allons, pleins de reconnoissance,
De Jacob avec Dieu confirmer l'alliance,

Et, saintement confus de nos égaremens,
Nous rengager à luy par de nouveaux sermens.
Abner, auprés du roy reprenez vostre place.
Hé bien! de cette impie a-t-on puni l'audace?

SCENE DERNIERE.

UN LEVITE, JOAS, JOAD, etc.

Un Levite.
Le fer a de sa vie expié les horreurs.
Jerusalem, long-temps en proye à ses fureurs,
De son joug odieux à la fin soulagée,
Avec joye en son sang la regarde plongée.
Joad.
Par cette fin terrible, et duë à ses forfaits,
Apprenez, roy des Juifs, et n'oubliez jamais
Que les rois dans le Ciel ont un juge severe,
L'innocence un vengeur, et l'orphelin un pere.

FIN DU CINQUIÉME ACTE

NOTES

DU TOME TROISIÈME

IPHIGÉNIE

Page 4, note. Racine renvoie ici à la page 125 de l'édition des *Corinthiaques* publiée en 1613 à Hanau.

P. 5, l. 4. *Chalcide* ou *Chalcis*, ville d'Eubée.

— 18. Le participe *eu* n'est pas accordé dans l'édition que nous suivons.

10. C'est à *Aulis*, petit port de Béotie, qu'Euripide a placé la scène de sa tragédie, et d'une ville Racine a fait un pays qu'il a appelé l'*Aulide*. Dans toutes les éditions anciennes, la pièce porte simplement pour titre *Iphigénie*, et ce sont les éditeurs modernes qui ont imaginé de l'appeler *Iphigénie en Aulide*.

13, vers 17. L'édition de 1697 donne *ces autels*, faute évidente que nous n'avions pas à maintenir.

14, 11. *Industrie* est pris ici dans le sens du latin *industria*, habileté.

15, 7. Nous n'avons pas cru devoir suivre ici le texte de 1697, qui donne *par ce meurtre*. C'est *pour ce meurtre* qu'il faut, comme on l'a imprimé depuis.

23, 9. Nous avons maintenu *voyez*, qui se trouve dans toutes les éditions anciennes, quoiqu'il faille *voyiez*.

25, 11. Nous avons adopté pour ce vers la ponctuation de toutes les éditions anciennes. On l'a depuis imprimé ainsi :

Je suis père, Seigneur, et faible comme un autre.

27, 12. Notre texte donne *voyez*, au lieu de *voyiez*.

34, 7. On écrivait alors *puissay-je*, au lieu de *puissé-je*.

41, 3. *Veillay-je*. Même observation que dans la note ci-dessus.

46, 1. *Succede*, c'est-à-dire : est favorable, réussit.

60, 15. Nous avons imprimé *le fuye*, conformément à toutes les éditions anciennes; mais les éditeurs modernes ont donné *la fuie*. Il semble, en effet, que ce soit plutôt Iphigénie qu'Agamemnon que Clytemnestre dise qu'elle doit fuir. Mais, le sens ne nous paraissant bien clair ni avec *la* ni avec *le*, nous avons préféré nous en tenir au texte de 1697.

65, 11. *Débris*, c'est-à-dire ruine.

68, 21. Ce vers qui coupe la phrase fait ici un singulier effet, et il serait mieux à sa place s'il venait avant celui qui le précède. Ainsi construite, la phrase se comprend mal.

86, 4. *Horreur* a ici le sens de saisissement, terreur religieuse. Il est employé dans le même sens au vers 26 de la page 87.

PHEDRE

99, 17. Les Pallantides, fils de Pallas (que Racine appelle *Pallante*), conspirèrent contre Egée, roi d'Athènes. Thésée triompha de leur complot et les mit à mort.

103, 13. Il y a bien *s'assit*, et non *s'assied*.

104, 18. *Laissay-je*, pour *laissé-je*, est une manière fautive d'écrire très usitée au XVIIe siècle.

NOTES

110, 2. *Toute* est au féminin dans toutes les éditions contemporaines de Racine.

115, 17. Pallante, ainsi qu'Egée, était descendant d'Erechthée, fils de la Terre.

117, 16. Pitthée, roi de Trézène, était le grand-père maternel de Thésée. Il fut chargé de l'éducation de Thésée, puis de celle d'Hippolyte.

118, 10. Ce fameux mortel est Erechthée. Voir ci-dessus la note de la page 115.

132, 5. Les éditions antérieures à 1697 donnent toutes *peins-luy* au lieu de *plains-luy;* mais on ne peut guère supposer que cette dernière version soit une faute, et le changement de *peins* pour *plains* doit avoir été voulu par Racine.

135, 2. Toutes les éditions anciennes donnent *appuyez*, au lieu d'*appuyiez*, qu'il faudrait ici. On remarquera, d'ailleurs, qu'au XVIIe siècle, cet *i* du subjonctif se supprimait assez fréquemment.

145, 6. Voir la note de la page 117.

— 14. *Chagrins* a ici le sens d'humeur chagrine, austère.

154, 8. Il y a *dieu*, et non *dieux*, dans notre texte; mais c'est une faute évidente.

ESTHER

NOTA. — Nous avons voulu, dans notre réimpression d'*Esther* et d'*Athalie*, mettre en italiques tous les passages chantés, pour les faire mieux ressortir à l'œil du lecteur. Ces passages ne sont pas toujours indiqués clairement par Racine, et il nous a fallu chercher les renseignements nécessaires en dehors de l'édition qui nous sert de guide. Nous avons consulté à cet effet les partitions de Moreau, qui a fait la musique des deux pièces. Ces partitions, conservées à la bibliothèque de Versailles, ont été reproduites à la suite de l'édition de Racine donnée par M. Regnier dans la collection des *Grands Écrivains de la France.*

La tragédie d'*Esther* a toujours été imprimée en trois actes du temps de Racine. On la trouve en cinq actes dans quelques éditions postérieures, et en quatre actes dans celle de 1728.

P. 173, l. 21. Nous avons conservé l'orthographe de *Quinte-Curse*, qui est celle des anciennes éditions de Racine.

191, v. 7. *Mêmes* est imprimé avec un *s* dans toutes les éditions du temps de Racine.

194, 2. Nous avons imprimé *les bras* au lieu de *le bras*, que donne notre texte de 1697. Ce doit être là une faute, qui d'ailleurs ne se trouve pas dans l'édition originale de 1689.

206, 20. *Les neveux* ont ici le sens de « la postérité ».

214. On remarquera dans cette page deux cas où, au changement d'interlocuteur, se trouvent de suite deux vers de même désinence, féminine ou masculine, qui ne riment pas entre eux.

216, 16. Le texte de 1697, au lieu de *les*, donne *le*, qui ne peut être qu'une faute.

223. Nous avons à faire ici une remarque analogue à celle de la page 214. Le dernier vers de la strophe et le premier vers de la strophe suivante sont tous les deux à désinence féminine, sans rimer entre eux.

224, 5-6. Même remarque que ci-dessus.

231, 12. Nous avons mis au singulier *rappelle*, parce qu'il a pour sujet *son trouble*, quoique notre texte donne *rappellent*, faute qui a été répétée par des éditions suivantes.

ATHALIE

(Voir, pour la partie chantée, ce que nous disons au commencement des notes d'*Esther*.)

P. 242, l. 4. Nous avons imprimé *estoit*, conformément au texte de 1697, bien qu'il fallût plutôt ici le pluriel *estoient*.

243, l. 29. On pourrait être tenté de penser qu'il faut ici *âge*, et non *usage*, car on dit plutôt *atteindre l'âge* qu'*atteindre l'usage* de la raison; mais le texte donne bien *usage*, qu'on a toujours réimprimé depuis.

— l. 36. Le jeune prince dont parle ici Racine est le duc de Bourgogne.

— l. 40. *Brille* se trouve bien au singulier dans notre texte.

245, l. 40. *Adducite mihi psaltem*, amenez-moi un joueur de harpe.

252, v. 25. Notre texte porte bien *leur roy*. On a depuis imprimé *leurs rois*, qui paraît préférable.

255, 12-13. Nous nous sommes permis de corriger ici le texte de 1697, qui, par erreur suivant nous, donne *abusent* au lieu d'*abusant*, et *accusent* au lieu d'*accuse*.

— 15. Ochosias était fils de Joram et d'Athalie, et Josabeth était également fille de Joram. C'est pourquoi Joas appelle Athalie la marâtre de Josabeth.

259, 30. Nous avons conservé l'orthographe du mot *avancoureur* telle que la donne l'édition de 1697, et que l'avait aussi donnée celle de 1692.

262, 17-20. Ces quatre vers, qui évidemment doivent être chantés, ont été omis dans la partition de Moreau.

269, 6. Les *deux mers* sont la mer Rouge et la Méditerranée.

270, 11. Régulièrement, il faudrait *tel*, au singulier. Le pluriel, employé ici par Racine, est une imitation de la forme latine *quales*.

277, 14. Sa *fortune*, c'est-à-dire ce qui lui est arrivé, l'histoire de sa vie.

281, 6. Nous avons conservé, après *réussi*, le point d'interrogation, qui se trouve dans toutes les éditions contemporaines de Racine.

291, 18. On écrivait encore indifféremment, au XVIIe siècle, *compte* et *conte*.

296, 13. Depuis que le temple avait été construit, il était interdit de faire des sacrifices sur les hauts lieux.

297, 6. L'édition de 1697 donne bien ainsi ce vers :

Miserable troupeau, qu'a dispersez la crainte.

Nous avons cru devoir le maintenir, bien qu'on ait imprimé depuis :

Miserable troupeau qu'a dispersé la crainte.

Que, dans la construction de la phrase, se rapporte à *tous*, et *miserable troupeau* n'est qu'une apposition n'ayant aucun rapport avec ce *que* qui la suit.

299, 13. Nous avons suivi, pour ce vers, le texte de 1697, quoique les autres éditions donnent *en un jour*, au lieu d'*en ce jour*.

300, 12-15. Ces quatre vers sont mis, par la partition de Moreau, dans la bouche d'une Israélite, à la fin de la dernière scène de l'acte.

307, 1-3. L'édition de 1697 donne ainsi ce passage.

JOAS.

Puisse perir comme eux quiconque leur ressemble!
Mon pere, en quel état vous vois-je devant moy?

JOAD, *se prosternant à ses pieds.*

Je vous rends le respect que je dois à mon roy.

Nous avons reporté entre le premier et le second vers le jeu de scène qui se trouve à tort joint plus bas à l'énoncé du personnage de Joad. En effet, pour que Joas puisse dire à Joad : « En quel état vous vois-je devant moi? » il faut que Joad soit déjà prosterné à ses pieds.

311, 14. On a souvent cité, comme une heureuse licence grammaticale, ce pluriel *comme eux* se rapportant au singulier le *pauvre*, à cause de l'idée de collectivité que présente ce dernier mot.

313, 20. *Le côté de l'Ourse*, c'est-à-dire le nord.

315, 18-19. On remarquera que voici deux vers à désinence masculine qui se suivent sans rimer entre eux.

316, 6. Ce vers a sa rime au premier vers de l'acte suivant.

321, 20. Le texte porte bien *veû* et non *veue*, qui d'ailleurs rendrait le vers faux.

329, 12. *Meurtrir* avait encore alors le sens, tout étymologique, de tuer.

330, 4. Dans les éditions postérieures à Racine, ce vers, transporté avec raison au commencement de la scène suivante, est précédé de l'indication : JOAD, *au lévite*.

TABLE DES MATIÈRES

	Pages
Preface.	3
IPHIGENIE, tragedie.	11
Preface.	91
PHEDRE, tragedie.	97
Preface.	173
Prologue.	177
ESTHER, tragedie.	181
Preface.	241
ATHALIE, tragedie.	249
NOTES.	331

IMPRIMÉ PAR D. JOUAUST

POUR LA

NOUVELLE BIBLIOTHÈQUE CLASSIQUE

PARIS, 1880

NOUVELLE BIBLIOTHÈQUE CLASSIQUE

A 3 francs le volume

Les écrivains français, du XV⁰ au XVIII⁰ siècle inclusivement, se trouveront représentés dans cette collection par tout ce qui doit composer, à notre époque, la bibliothèque d'un lettré. Mais nous ne nous sommes pas cru dans l'obligation de débuter par ce qu'on appelle spécialement les *grands auteurs*. Il nous a semblé plus intéressant de donner d'abord et les auteurs qui ont été réimprimés le moins souvent, et ceux dont les dernières éditions sont presque épuisées. Les acheteurs de la *Nouvelle Bibliothèque Classique* peuvent néanmoins tenir pour certain que Rabelais, Montaigne, Molière, La Fontaine, La Bruyère et autres écrivains du même rang, ne tarderont pas à y prendre place.

Outre le tirage ordinaire à 3 fr. le volume, nous avons fait un tirage numéroté de 500 exemplaires sur papier de Hollande (à 5 fr.), et de 30 sur pap. de Chine et 30 sur pap. Whatman (à 10 fr.).

Aux amateurs du GRAND PAPIER, nous offrons un *tirage spécial*, format in-8°, de 170 exemplaires sur pap. de Hollande (à 20 fr.), 15 sur pap. de Chine et 15 sur pap. Whatman (à 35 fr.), avec couvertures repliées. Ce tirage est orné des PORTRAITS des auteurs publiés, *que contiennent seuls les exemplaires en grand papier*.

EN VENTE

REGNIER, *Satires*, publ. par Louis Lacour. — 1 vol.
MONTESQUIEU, *Grandeur et Décadence des Romains*, publ. par G. Franceschi. — 1 vol.
BOILEAU, publ. par P. Chéron. — 2 vol.
HAMILTON, *Mémoires de Grammont*, publ. par M. de Lescure. — 1 vol.
REGNARD, *Théâtre*, publ. par G. d'Heylli. — 2 vol.
SATYRE MÉNIPPÉE, publ. par Ch. Read. — 1 vol.
P.-L. COURIER, *Œuvres*, avec préface par F. Sarcey. — 3 vol.
MALHERBE, *Poésies*, publ. par P. Blanchemain. — 1 vol.
CORNEILLE, *Théâtre*, avec préface par V. Fournel. — 5 vol.
DIDEROT, *Œuvres choisies*, préface par Paul Albert. — 6 vol.
CHAMFORT, *Œuvres choisies*, publ. par M. de Lescure. — 2 vol.
RIVAROL, *Œuvres choisies*, publ. par M. de Lescure. — 2 vol.

Sous presse : *Maximes de La Rochefoucauld*, *Théâtre de Marivaux*, etc.

Décembre 1880.